맘마와 지지

오탁번 소설 2

맘마와 지지

초판 1쇄 인쇄 | 2018년 12월 10일
초판 1쇄 발행 | 2018년 12월 14일

지은이 | 오탁번
펴낸이 | 지현구
펴낸곳 | 태학사
등　록 | 제 406-2006-00008호
주　소 | 경기도 파주시 광인사길 223
전　화 | (031)955-7580~2(마케팅부) · 955-7585~90(편집부)
전　송 | (031)955-0910
전자우편 | thaehak4@chol.com
홈페이지 | www.thaehaksa.com

값은 뒤표지에 있습니다.

ISBN 978-89-5966-510-5 04810
ISBN 978-89-5966-122-0 (세트)

오탁번 소설 2

맘마와 지지

태학사

작가의 말

발단-전개-위기-절정-대단원으로 이어지는 소설의 구조처럼 내 생애도 이제 '전개'와 '위기'의 과정으로 진입하고 있었다. 나는 1971년에 대학원 국문과를 마치고 육사 교수부 국어과에서 현역 교관으로 복무하고 있었다.

전역 후 수도여사대 전임을 거쳐 1978년 가을 고려대학교 사범대 국어교육과로 자리를 옮겨 앉았다. 나의 생애는 어떻게 전개되어 위기와 절정을 겪으면서 대단원에 도달할 것인가. 일주일을 반으로 나눠서, 앞은 대학교수로서 뒤는 작가로서 살기로 독하게 작정하고 암흑의 시공간으로 나를 몰아넣었다. 현실과 이상이 서로 패대기치고 정신과 육체가 드잡이하는 적의만 번뜩이는 시대 상황이었다.

런던대학의 윌리엄 스킬런드 교수(1926~2010)는 나와는 생면부지의 사람이었는데 내 소설 「불씨」(문학사상, 1975)를 런던에서 읽고 번역을 했다는 소식을 뒤늦게 들었다. 한국문학을 연구하는 외국인이 서울에서 발행되는 문학잡지를 읽는다는 사실도 놀랍거니와, 낯모르는 신인작가의 소설을 번역까지 했다니 기쁘기도 하고 왠지 모르게 좀 아득한 심정이 되었다.

스킬런드 교수는 일본소설과 한국소설을 전공한 학자로 영국에서뿐 아니라 국제적으로도 이름난 동양학자였다. 1983년 여름 해외연구교수로 미국 하버드대학에 갈 때 내가 번역한 시 몇 편과 함께 「불씨」의 영역본을 가지고 가서, 미국인들과 짧은 이야기를 나누기도 했다. 이듬해 여름 런던에서 스킬런드 교수를 처음 만났다. 그리니치 천문대의 본초자오선도 그와 함께 보았다.

「우화의 집」은 1972년 단행된 10월 유신을 톡 까놓고 풍자 비판한 소설이다. 그때 나는 육군 대위로 육사 교수부 교관이었다. 섶을 지고 불로 뛰어든 셈이었다. 도저히 참을 수가 없었다. 강의실에서 분필을 잡고 판서를 할 때도 손이 마구 떨렸다. 아무리 모진 태풍이 불어도 그 '태풍의 눈'은 오히려 바람도 약하고 고요하다더니…… 태풍은 나를 무너트리지 못하고 그냥 지나갔다.

나는 언제나 문학작품으로서 현실을 다룰 때, 그것이 문학 자체로 완벽한 구조가 되지 않으면 이미 문학의 위쪽이거나 아래쪽이라는 신념을 지니고 있었다.

2018년 겨울
오탁번

차례

종우

협동조합 창고 앞을 지나오다가 그를 만났다. 그를 처음 보았을 때 도무지 어리둥절해서 그가 누군지 알아보지도 못했다. 십 년 만의 해후였으니까 그럴 만도 하다.

"야, 길수 너 언제 왔니?"

그는 내 이름을 정확하게 부르며 손을 내밀었다. 내 손은 그의 크고 시커먼 손안으로 잡혀 들어갔다가 한참 만에 풀려나왔다. 면사무소 서기로 근무하는 친구를 만나 보고 우리 집으로 돌아오는 길이었다. 내가 어린 시절을 살았던 집으로 엄격하게 말하면 지금은 둘째 형님의 집을 말한다. 오랜만에 찾아간 고향의 옛집이다.

"언제 왔니?"

그는 눈부시게 쏟아지는 햇볕 속에서 누런 이빨을 드러내며 웃었다. 나는 도무지 그의 이름이 생각나지 않았다.

"어제, 밤 버스로 왔다."

나는 이렇게 대꾸하면서 그에게 담배를 권했다. 담배를 피우느라고 숨을 들이마시자 갑자기 쇠똥 냄새가 물씬 났다.

"서울서 뭘 해?"

"뭐, 그럭저럭."

몇 년 전에 고향에 왔을 때만 해도 협동조합 창고는 그 자리에 없었다. 바로 그 자리는 세 갈래 길이 갈라지는 곳이다. 오른쪽으로는 백운국민학교로 가는 길이고, 곧바로 난 길은 면사무소와 지서가 있는 장터로 가는 길이다. 장터에서 곧장 올라오면 나의 옛집이 있는 평동 이구가 된다. 이렇게 세 갈래 길이 각각 나 있는 그 자리에는 아름드리도 넘는 거목이 서 있었다. 밑동은 고목이 다 되어서 크게 구멍이 뚫렸지만 꼭대기의 나뭇가지에서는 해마다 푸르고 깨끗한 잎이 돋는 신기한 느티나무였다. 그런데 이번에 고향에 내려와서 보니 느티나무는 밑둥이 뎅겅하게 잘린 채 그 옆 터에 협동조합 창고가 넓게 자리잡고 서 있었다. 그 광경을 처음 보자 나는 고향이 발전되었다는 기분은커녕 가슴 깊숙한 곳에서 스산한 찬바람이 부는 것만 같은 암담한 기분이었다.

"회사에 다닌다며? 돈 벌었다고 소문났다."

"응? 헛소문이지."

"장가갔니?"

"아직."

나는 어릴 적에 아침마다 그 느티나무 밑을 지나 학교에 갔다. 수업이 끝나고 돌아올 때도 그 나무 밑을 지나왔다. 그 나무에는 늘 커다란 황소가 매어져 있었다.

"임마, 나는 새끼가 셋이다."

"그래? 영식아, 정말이야?"

느티나무에 매어 놓은 커다란 황소 생각이 떠오르자마자 나는 그의 이름이 금방 입 밖으로 튀어나왔다. 그렇다. 그는 영식이다. 영식이네 집은 바로 그 근처였다. 그의 집은 황소를 잘 사육하고 그놈을 잘 관리하는 것으로 생업을 삼는 집이었다.

담배 연기를 들이마실 때마다 쇠똥 냄새가 코로 스며든다. 처음에는 기분이 언짢더니 좀 지나자 그 냄새는 아주 상쾌하고 은은해지는 것이었다. 느티나무를 베어 버렸어도 그 자리에서는 아직까지도 쇠똥 냄새가 난다. 땅속 깊숙이 냄새가 배어 있는 모양이었다.

"느티나무는 언제 베어 버렸지?"

나는 담배를 휙 집어던지며 영식을 건너다보았다. 콧등에 주근깨가 송송 보인다. 어릴 때부터 영식이는 콧등에 주근깨가 있어서 놀림을 당했다.

"삼 년 전이야. 창고를 짓고 나서였지. 나무 그림자가 지면 창고에 보관한 곡식이 변질된다는구먼."

내가 매미채를 들고 느티나무로 기어오를 때나 소꿉동무들과 개미집을 파헤치거나 할 때, 영식이는 싸리비로 황소의 배때기와 잔등을 벅벅 긁어 주면서 부러운 눈으로 쳐다보곤 했었다. 다른 때도 영식이는 밭둑에서 쇠꼴을 베고 있었다. 그 황소는 평동 이구의 종우였다. 그의 아버지는 그가 사육하는 황소만큼 당당하고 건장하였다.

전쟁 직후여서 누구네 집이나를 막론하고 동네는 절량농가뿐이었을 때고, 그의 집만은 황소 덕분에 끼니를 이어나갈 수 있었다. 영식이 아버지가 튼튼한 황소를 끌고 동네를 으스대면서 돌아다닐 때, 아이들은 그놈의 우악스러운 걸음걸이에 압도되어 입을 헤 벌린 채, 햇볕을 받아 황금색으로 빛나는 황소의 두리두리한 눈과 뿔과 탄력 있게 흔들리는 꼬리를 숨을 죽이고 바라보았던 것이다. 그럴 때면 황소는 아이들의 기를 꽉 꺾으려는 듯이 응왕하며 울음소리를 냈다. 우리 동네의 소들은 모두 그놈의 마누라뻘 자식뻘 손자손녀뻘 등등이 되는 셈으로 족보를 따지자면 뒤죽박죽이었다. 동네의 종우가 되려면 힘이 좋고 덩치가 가장 커야만 된다.

영식이한테 종우에 대한 이야기를 막 꺼내려는데 장터 쪽에서 한 청년이 올라오더니 비실비실 웃으며 영식이에게 말을 건넨다.

"어이, 그렇게 하자구."

그 청년이 밑도 끝도 없이 이렇게 말문을 떼자 영식이는 코를 휑하니 풀면서 눈을 흘겼다.

"임마, 헛소리하려거든 마누라 궁둥이나 주물러 줘."

"이 더위에 마누라 궁둥이는 열쳤다고 주물러? 헛소리는 누가 헛소리를 한다는 거야? 콩 두 말이면 됐지 닷 말을 내라니 너무하잖아? 닷 말이면 좀 보태서 송아지를 한 마리 사는 게 속 편하겠다."

"좋을 대로 해. 닷 말 아니면 어림도 없으니깐."

무슨 수작들인지 도무지 갈피를 잡을 수가 없었다. 품삯 때문에 언쟁을 하는 것도 같았다. 그 청년은 낯모르는 내가 옆에서 있는 것도 개의치 않고 협동조합 벽에다 대고 오줌을 갈기면서도, 흥, 빌어먹을, 콩 닷 말이 누구네 집 개새끼 이름인 줄 알아, 어쩌고저쩌고 하면서 해 댔다.

나는 웬일인지 코웃음이 나왔다. 도시의 예의 바른 생활이 몸에 밴 나로서는 그들이 지금 무슨 흥정을 하는지는 몰라도 서로의 주장을 기분 내키는 대로 솔직하게 털어놓는 광경이 신기하고 재미있게 보였다.

"야, 길수야. 네 생각은 어떠니? 콩 닷 말이 많아?"

청년이 오줌을 누고 돌아서자 영식이가 나에게 응원을 청한다.

"뭐가 콩 닷 말이야? 나는 무슨 소리인지도 모르겠다."

"씨받이 하는 것 말이야. 소 교미하는 것 몰라?"

영식이가 이렇게 말하자 나는 그제서야 알아차렸다. 느티나무 밑동에서 쇠똥 냄새가 물씬 풍겨 온다.

"지금도 종우를 사육하니?"

나는 마침내 영식이한테 황소에 대한 이야기를 물어보았다. 그의 집에서 종우를 기르기 시작한 것은 아주 오래전부터이다.

내가 기억하기로는 전쟁 직후부터였으니까 말이다. 영식이네 종우는 느티나무 아래 언제나 매여 있었는데, 영양실조로 얼굴이 찌들 대로 찌든 마을 사람들이 그놈 앞을 지날 때면, 모가지에 단 쇠풍경을 뗑그랑뗑그랑하며 기세등등하게 흔들었다. 코뚜레를 꿴 휑한 콧구멍에서는 점액질의 액체가 여유만만하게 흘러내리고, 느티나무 주위는 그놈 때문에 쇠똥과 쇠오줌이 뒤범벅이 된 쇠지랑물이 질척질척해도 누구 하나 감히 불평을 할 수도 없었다.

영식이의 말을 들어 보면 내가 어릴 때 본 그 종우는 벌써 오래전에 팔았고 그 후에도 두 번이나 종우가 바뀌고 나서 제천 쇠장을 이 잡듯 뒤져서 사 온 놈이 지금의 종우라고 한다.

씨받을 소는 처음부터 큰 황소를 사오는 것이 아니라 어린 소를 전문가적인 방법으로 골격과 근육을 검토하여 사다가 잘 사육을 해서 키워야 한다는 것이다. 씨를 받기 시작해서 5, 6년이 지난 후면 또 종우를 바꿔야지 그렇지 않으면 그놈의 씨를 받고 나온 송아지들이 병약하다는 것이다. 종우로 사육하기 위하여 송아지를 고를 때의 전문가적 방법이란 영식이네의 가전되는 방법이므로 나로서는 알 길이 없으나 아직까지도 종우를 사육하고 있는 점으로 보아 무슨 방법이 있는 모양이었다. 관상쟁이가 사람의 사주를 보고 미래사를 꿰뚫어 맞히듯 영식이네는 송아지를 보면 그놈이 종우의 자질이 있나 없나를 손바닥 뒤집듯 알아내는 모양이었다.

"너의 아버님은 지금 뭘 하시지?"

내가 이렇게 물었을 때 영식이는 껄껄 웃었다.

"집이나 지키지 뭘 하겠나? 이젠 백발이 성성하시지. 씨소를 키우려면 힘이 좋아야 하니깐."

느티나무 옆에 있던 씨틀 생각이 났다. 씨틀이란 우리 동네에서 사용하던 독특한 말이다. 종우의 씨를 받기 위하여 만들어 놓은 나무로 된 틀을 씨틀이라고 했다. 지금 생각해 보아도 웃음이 나는 장면이 느티나무 주위에서 벌어지곤 했다. 소가 씨받이하는 것이 우습긴 뭐가 우스우련만 국민학교를 다니는 어린 나의 눈에는 그렇게도 우습고 신기할 수가 없었던 것이다.

영식이네의 큰 황소는 느티나무 주위를 빙빙 돌다가, 씨를 받으러 온 암소가 씨틀 위에 묶여지는 걸 보면 2, 30 걸음을 뒤로 물러섰다가 맹렬한 속도로 달려들어서 암소한테 올라타는 것인데, 크기가 그놈의 반밖에 안 돼 보이는 암소는 비명을 지르며 도망가려고 울어 댄다. 앞발과 모가지가, 평행봉처럼 생긴 씨틀에 묶여 있는 암소는 마치 흑인 병사에게 강간을 당하는 소녀처럼 꼼짝없이 무지막지한 그놈의 그것한테 유린된다. 어린 소년들이 깔깔거리고 웃으면 모여 섰던 어른들이 진지한 표정으로 손을 흔들면서 쫓는 것이다. 동물의 씨받이 광경이라기보다는 엄숙한 의식 같아 보인다. 씨받이의 성패에 따라서 막대한 손익이 따른다. 비싼 씨받이 곡물을 지불하고도 암소가 새끼를 배지 않을 때는 손해를 보는 것이고 새끼를 배어 몇 달

후에 송아지를 낳아 잘 기르면 그놈을 팔아서 논밭도 장만하고 곡식도 사게 되는 것이다. 지금이야 그렇지 않겠지만 그 당시에는 농가에서는 농우를 잘 사육하여 재미를 보느냐 못 보느냐에 따라 빈농이 되느냐 부농이 되느냐 하는 것이 달려 있었던 것이다.

종우를 사육하는 것도 아무나 할 수 있는 것이 아닌 모양이다. 영식이네는 종우를 사육하여 씨받이 곡물을 받는 것이 생계의 유일한 수단이기도 해서 그렇겠지만 종우 팔자가 상전 팔자이다. 힘든 일은 하나도 시키지 않고 상전 모시듯 잘 먹이니까 살이 찌고 튼튼해져서 정력도 굳세어질 수밖에 없는 노릇이다. 옛날에 범인을 다스리는 형구 가운데 쇠좆매라는 것이 있었다. 소의 생식기를 잘라내어 그걸로 채찍을 만든 형구인데 질기고 단단하기가 이를 데 없어서, 정신을 팔고 어리둥절해하는 사람을 보면, 쇠좆매를 맞았나 왜 그렇게 어리뻥뻥하냐는 속담이 전해지는 것만 보아도 소 중에서도 종우의 그것이야말로 얼마나 잘 보양이 되었겠는가를 알 만도 하다.

"어이, 그러면 서 말 줄 테니 황소나 끌고 오게."

청년은 한참 동안 망설이다가 결단을 내리듯 말한다.

"깎을 게 따로 있네, 그걸 다 깎으면 못 쓰네."

"임마, 우리 집 암소는 족보를 캐면 네 황소의 딸이야. 딸이 암내가 나서 발광인데 애비 도리에 화대 받게 됐어? 빌어먹을."

"아따, 그 자식, 입 한번 몹시 고약하군. 애비고 딸이고 간에 받을 건 받아야지. 한 번 씨받이를 해 주면 얼마큼 보양을 시켜야 되는 줄 알고서 하는 말이야?"

"암튼 간에 오늘로 아주 씨받이를 하자구. 서 말에 닷 되 더 얹어서 줄 테니까 개소리 집어던지고."

"오늘은 안 돼."

"안 되긴, 그까짓 것도 날 받아 해야 한단 말이야?"

"안 된다면 그런 줄 알게나."

"빌어먹을."

"어제 소리개 쌍둥이네 암소한테 씨받이를 했으니까 안 된다는 거야. 모레 아침 일찍 암소를 몰고 와."

청년은 귀에 꽂았던 꽁초를 피워 물면서 고개를 끄덕인다. 해가 서쪽 갈매산 위에 얹혔는데도 더위는 대낮이나 마찬가지인 것 같다. 느티나무 밑동 주위에서는 쇠지랑물 냄새가 후끈후끈한 열기에 뒤섞여 풍겨온다.

거기서 당장 씨받이가 행해지기를 은근히 바라고 있던 나는 청년이 가버리고 나자 부끄러운 생각이 들었다. 어릴 때는 그 광경을 보고 재재불 거리며 웃었는데, 어른이 된 지금은 어떤 기분이 들까 하고 스스로 궁금해졌던 것이다. 그 광경을 보게 되기를 은근히 바랐는데 영식이의 말을 듣고 보니 나는 아직도 종우에 관하여 아무것도 모르는 철부지에 불과하다는 생각이 들었다. 아무렴 사람이나 짐승이나 다를 게 없을 것이다. 그것을 하는데도 적당히 사이를 두면서 사이사이에 알맞게 보양도 해야 하는 것이지 무턱대고 많이만 할 수는 없는 일인 것이다. 씨받이가 새끼를 얻는 데 목적이 있지, 향락에 목적이 있는 것이 아니므로 소의 경우에는 더욱 그렇다. 섹스를 향락의 도구로 남용하는 인간에 비하면 소나 돼지처럼 그것이 새끼를 낳기 위한 수단으로만 이용된다는 것은 성스럽기조차 한 것인지도 모른다.

"이번엔 어떻게 내려온 거야?"

영식이는 오랜만에 고향에 다니러 온 내가 몹시 수상하다는 표정으로 물어온다.

"바람도 쐴 겸 해서 내려온 거야."

아무렇게나 한 말이 입 밖으로 나가자마자 나는 후회했다. 농촌 사람들은 논밭에서 김을 매느라고 땀투성이인데 바람을 쐬러 오다니 시러베아들이다.

"돈 많이 벌었다고 소문이 났더니 정말이군."

"바람 쐬러 왔다고 하면 어폐가 있군. 서울 큰 형님의 심부름을 왔어. 모종리에 있는 조모님 산소를 면례 하려고 그 일을 둘째 형님과 상의하러 왔네. 오랜만에 고향에 그냥 다니러 온 거야. 마침 여름 휴가고 해서 말이지."

나는 변명하듯 재빠르게 말했다. 영식이는 주근깨가 다닥다닥한 얼굴을 들고 웃으면서 장터에서 올라오는 길을 턱으로 가리켰다.

"저년이 내 마누라야."

나는 눈이 둥그레져서 그쪽을 바라보았다. 몸집이 작은 아낙네가 아이를 업고 걸어오는 모습이 보인다. 나에게 돈을 많이 벌었느니 어쩌느니 할 때는, 같은 시골에서 자라서 한 놈은 시골에 그냥 살고 한 놈은 어찌어찌하여 서울물을 먹었을 때 느끼는 위화감과 서울물 먹은 놈에 대한 적의를 영식이도 가지고 있구나 하고 서먹서먹했었다. 허지만 저년이 내 마누라야, 하고 말했을 때, 옛정이 한꺼번에 되살아나는 기분이었다.

"네 서방 옛 친구다."

아낙네가 협동조합 창고 앞에 왔을 때 영식이가 누런 이빨을 드러내며 이렇게 나를 소개했다. 아낙네는 장 보통이를 뒤로 감추면서 얼굴을 붉힌다.

"안녕하서유?"

아낙네의 말을 듣고 대뜸 이 여자는 수하나 수상 사람이라는 것을 알 수 있었다. 면 소재지에서 자란 우리들은 억양이야 아무래도 사투리겠지만 대개는 표준어로 발음하는데 물아래나 물윗 사람들은 싫어유, 좋어유, 몰러유 하는 사투리를 쓰는 것이다. 수하니 수상이니 하는 것은 평동 일구와 이구를 꿰뚫어 흐르는 원서천의 상류와 하류에 있는 첩첩산골을 가리키는 말이다. 같은 면이지만 워낙 국도에서 멀리 떨어져서 그런지 그쪽 사람들은 늘 사투리를 많이 써서 어디에서나 표가 난다.

"소주 한 되에 얼마 줬지?"

마을로 들어가는 자기 아내에게 영식이가 큰 소리로 묻는다.

"이백 원이나 하데유."

영식이와 내가 천천히 걸어서 마을 어귀로 들어설 때까지 그 아낙네는 핼끔핼끔 뒤를 돌아보며 잰걸음으로 작은 초가집으로 들어가 버렸다. 그 집이 영식이네 집인 모양인데 옛날에는 가장 번듯한 집에 살더니 요즘은 웬일일까 하는 생각이 나서 영식에게 얼굴을 돌렸다.

"요즘은 그전 같지 않아. 협동조합에서 송아지를 각 농가에 분배해 주고, 1, 2년 후면 다시 회수해 버리기 때문에 씨소의 시세가 없지. 애새끼들은 자꾸 늘고 농토는 손바닥만 하니 살림이 자꾸 줄어드는군."

그가 앞질러서 해명을 했다.

"새끼도 한배 안 치고 회수를 해 간단 말야?"

"씨받이는 양우장에서 하게 되거든. 도시에 식용 쇠고기를 공급하는 게 소 기르는 목적이니까 새끼를 몇 배 친 소는 환영을 못 받기 때문이야. 늙은 소는 고기가 질기고 맛이 없다는 거야. 암내를 낼까 말까 한 정도의 소가 제일이라는군. 그러니 우리 집 씨소가 옛날처럼 흥청거리지 못하지. 빌어먹을 것 같으니, 하긴 계집도 마찬가지 아니야? 내 여편네처럼 새끼를 몇 배 깐 년보다는 낯짝에 솜털이 보숭보숭한 처녀가 더 맛있으니까."

"에끼, 이 사람. 그야 여자하구 소를 비교할 수 있어?"

영식이와 헤어져서 나는 윗말로 올라오면서도 종우에 대한 추억을 생각해 내느라고 골몰하였다.

전쟁 직후의 우리 마을은 거의 완전하게 짓밟혀 있었다. 논밭은 미군이 비행장을 닦는다고 불도저로 밀어 버렸고 광에 숨겨 놓고 피란을 갔던 곡식은 모두 불에 타서 검정이 되었고 한두 채를 남겨 놓고는 집도 모조리 불타 버렸다. 마을에 불을 지른 것은 이 지역이 적군에 점령당했을 때에 대비한 작전상의 이유에서였지만, 겨울 피란 생활을 죽지 못해 살아서 견디고 돌아온 주민들 앞에 아무렇게나 내팽개쳐진 마을은, 윤간에 시달려 숨이 넘어간 늙은 여자의 처참한 나체나 다를 게 없었다. 사람들은 이를 악물고 파괴된 마을을 건설해 나가려고 몸부림을 쳤지만 절량농가뿐인 마을은 생기를 잃어버렸다.

주민들이 의지할 것은 농우뿐이었다. 피란길 때 짐을 싣고 갔던 소가 없었다면, 쑥밭이 된 논밭을 정지하는 것은 불가능했을 것이다. 각 농가마다 기르고 있는 농우는 이 마을의 힘의 상징이었고, 영식이네 종우야말로 마을의 힘을 키워 주는 원동력이었다.

"영식이네 살림이 기운 것 같더군요."

집에 돌아와 영식이를 만났던 이야기를 하자 형님은 시큰둥한 얼굴이 된다.

"시절이 변하니까 그런 거야. 요즘이야 송아지를 한배 낳아 기르는 것보다 더 수익이 많은 게 얼마든지 있지. 더구나 협동조합에서 송아지를 각 농가에 위탁 사육하는 판인데 안 그렇겠니?"

"수익이 많은 것이라뇨?"

"약초 재배도 있고 묘목 재배도 있지 않아?"

"정말 많이 달라졌군요."

"농우로도 암소는 쓸모가 없으니까 모두들 황소만 기르게 됐지."

해가 뉘엿뉘엿 넘어가는가 싶더니 금방 어둠이 내려앉는다. 마당에 모깃불을 피우고 멍석 위에 앉아 저녁밥을 먹으면서 형님과 조모님 산소 면례에 대한 이야기를 나누었다. 조모님 산소를 조부님 산소와 합장을 하려는 것은 우리 집안의 오래전부터의 계획이었는데 올 추석에 아주 실행을 하려고 서울에 사는 큰 형님이 작정을 하고 있었다.

"지관을 데려다가 한번 보여야 될 거다."

둘째 형님의 말로는, 지금 조부님 산소에다가 조모님 산소를 무턱대고 합장만 한다고 해서 되는 게 아니라고 한다. 그곳에 합장을 해도 좋은지 아니면 다른 묘지를 골라 두 분 산소를 파내어다가 묻어야 좋을지를 일단 풍수장이에게 알아 봐야 한다는 것이다.

"아무튼 올 추석에는 합장을 하게 될 테니 형님한테 가서 그렇게 전하면 된다."

공무원인 큰 형님이 고향을 떠나 외지에 나와 살고 지차인 둘째 형님이 고향을 지키고 살아서 대소 간의 집안일도 서로 차근차근 의논을 해서 처리하는 우리 집안이다. 둘째 형님은 성질이 괄괄하여 이따금 술이라도 걸치면, 고향을 지키고 사는 놈은 나뿐이다 하면서 큰소리를 치는데, 게으른 여편네 개밥통 들여다보듯 고향이랍시고 몇 년 만에 불쑥 코빼기만 들이밀었다가 콧등에 인둣날이라도 닿은 것처럼 후딱 떠나 버리는 나로서는 이러한 형이 그저 고맙고 부럽기조차 하다.

서울에 사는 사람들이야 남의 눈치코치 봐 가면서 남과 엇비슷하게 살아가야 마음이 편한 법이어서, 옆집에서 딸에게 피아노를 가르치면 앞집에서도 가르쳐야 되고 이 아무개가 얼마짜리 계를 붓는다는 소문이 나면 최 아무개도 그래야 마음이 편하고, 누가 일남 이녀만 낳고 가족계획을 한다고 하면, 그렇지 않고 삼남 이녀든가 일남 삼녀를 둔 부부는 공연히 기가 죽어서 허둥대는 게 보통의 일로 모두들 닮은 꼴이 돼 가지만, 고향을 지키는 둘째 형님은 까짓것 너는 너대로 살고 나는 나대로 산다는 배짱이 대단하여, 가족계획이니 뭐니 하는 말이 떠돌든 말든 자기가 마음먹은 대로 실행해 나간다.

"아이들 공부 끝까지 시키려면 늘그막에 힘들겠어요."

둘째 형은 지금 오남 삼녀를 두었는데 형수가 폐경할 때까지 계속하여 출산을 할 계획이다. 그래서 저녁상을 물리고 나서 내가 한마디 하자 아니나 다를까 형님은 펄쩍 뛴다.

"무슨 소리. 사람은 제 팔자를 다 타고 나는 법이야. 공부를 끝까지 할 놈은 공부를 끝까지 하게 될 게고 농사지을 팔자인 놈은 농사를 지을 게고…… 우리 집이 우리 대에 와서 사형제이지 팔대 독자 집안이 아니냐? 우선 씨를 불려 놓아야지 그중에서 훌륭한 놈도 나오고 할 것 아니냐?"

부럽다. 형님과 같이 마음껏 무모할 수 있는 상태가 부럽다. 이놈 저놈, 이것저것의 눈치코치 보면서 살아가는 나로서 이러한 형님이 부러워서 죽을 지경이다.

"아침 차로 올라갈 셈이냐?"

"그래야죠. 고향을 떠난 지가 하도 오래되어서 도무지 누가 누군지 알아보지 못하겠어요. 아까 영식이를 만났을 때도 그 녀석의 이름이 생각나지 않아서 곤란했어요."

"그럴수록 자주 다녀가야지……"

조카 놈이 내 무릎 위에서 잠이 들자 갓난애 젖을 물리고 앉았던 형수가 베개를 가져다가 베인다.

"어쩌면 이렇게 아이들의 잠버릇까지도 아범을 빼꽂았는지, 원."

형수의 말을 듣고 보니 어느새 형님도 목침을 베고 코를 드르렁드르렁 곤다. 나는 웃음이 슬슬 나왔다. 하루 일을 마치고 나서 재빨리 잠이 들 수 있는 형님이 부럽다.

"내일 가신다는 도련님하구 술도 한잔 안 하고 곯아떨어졌으니 어떡하우? 술상을 봐 올 테니 혼자 드시려우?"

칭얼거리는 애를 도닥거리며 형수가 얼굴을 쳐든다. 술 이야기가 나오고 보니 영식이네 집에 마실을 가야겠다는 생각이 갑자기 났다.

"그만두세요. 친구한테나 놀러 갔다 오겠어요."

나는 집을 빠져나와 부지런히 영식이네 집 쪽으로 내려갔다. 종우 이야기나 나누면서 술을 그 녀석과 마셔야겠다. 소주 한 되를 사 오는 것을 보았으니까 술은 틀림없이 있을 것이다. 술에 허기진 사람이 술꾼한테 술 뺏아 마시러 가는 것처럼 나는 의기양양했다.

"어서 오게나. 그러잖아도 지금 혼자서 술을 마시려니까 적적하던 참이야. 자, 어서 앉으라구."

마루 기둥에 호롱불을 켜놓고 마당 한복판에 놓인 평상 위에 앉아서 술을 마시고 있던 영식이가 내가 마당을 들어서는 것을 보자 올 줄 알고 기다렸다는 듯이 말했다. 영식이 옆에 앉아 커다란 젖통을 드러낸 채 갓난애를 재우는 그의 아내에게 인사를 하고 앉았다.

"그 녀석 참 실하다."

인사 삼아 아낙네가 안고 있는 애의 궁둥이를 두드려 주자 영식이 내외는 아주 기분이 흐뭇한 모양이다.

"안주 좀 가져와."

"안주는 이 밤중에 무슨 안주야?"

내가 만류하자 영식이는 깔깔 웃는다.

"풋고추하고 오이를 가져오는데 밤중이고 대낮이고 무슨 상관이겠나?"

아낙네가 잠시 후에 풋고추 한 움큼을 술상 위에 가져다 놓고 오이를 따라 대문 밖으로 나간다. 권커니 잣거니하면서 마신 소주가 꽤 되는지 볼때기가 얼얼해 왔다. 술이 얼얼하게 오른 내가 불쑥 영식이의 옆구리를 쿡 찔렀다.

"임마, 황소 좀 보자. 종우가 어디 있니? 외양간이 어디야?"

"싱거운 녀석도 다 보겠군. 봐서 뭘 하겠다는 거야."

나는 종우가 보고 싶었다. 황금빛으로 온몸이 번쩍이면서 위풍당당하게 마을을 누비던 황소에 대한 그리움이 가슴속 가득히 부풀어 올랐다. 폐허가 된 우리 마을에 생기를 넣어 주며 늠름하게 암소를 올라타던 그 힘의 실체를 다시 확인하고 싶었다. 외양간은 마당 귀퉁이에 있었다. 영식이가 호롱불을 들고 앞을 섰다. 우리가 가까이 가자 그놈은 턱짓을 우람하게 하면서 쇠죽통에 대가리를 비벼댄다. 불빛을 받아 두리두리한 눈깔에서 불똥이 철철 흘러내린다. 가지런히 쓰다듬어 놓은 몸뚱이의 털이 눈부시도록 아름답게 빛난다.

"그걸 한번 만져보고 싶군."

나는 종우의 아름다움에 압도되어 나도 모르는 사이에 이렇게 말해 버렸다. 영식이는 아무 대꾸도 없이 워워 하면서 종우의 목덜미를 쓰다듬는다. 나는 외양간 안으로 재빨리 들어가서 그놈의 배 밑으로 손을 넣었다. 내 손이 그놈의 그것에 닿자 뒷다리를 홱 하니 흔들었다.

"워, 워."

영식이가 소를 달랜다. 내가 그것을 손으로 어루만져도 가끔

쇠파리를 쫓느라고 꼬리만 칠 뿐, 아무런 반항도 하지 않는다. 나는 점점 적극적으로 그것을 어루만졌다. 차츰 그것이 부풀어 오르기 시작한다. 나는 그것을 꽉 움켜잡는다. 크다. 무지무지하게 크고 길다. 황홀하도록 뜨겁다.

"외양간에서 뭘 하시나유?"

영식이의 아내가 오이를 따가지고 들어오면서 우리를 보고 느릿느릿하게 말하는 소리가 들리자 나는 외양간에서 빠져나왔다. 술이 함빡 취해 왔다. 소주를 입에다 부으면서 어릴 때의 기억을 떠올렸다. 옆에 아낙네가 있는 것도 개의치 않고 나는 술기운에 의지하여 그 이야기를 영식이에게 했다.

"임마, 너는 모르겠지만 전쟁 직후의 일이야. 너의 집 황소가 한창 시세가 좋을 때니 마을이 다 망가졌을 때야……"

나는 소주를 입안에다 또 쏟아붓고 말을 이어나갔다. 영식이는 내 이야기를 듣는지 잠이 들었는지 고개를 푹 숙이고 앉았다. 그의 아내는 오이를 까서 술상 위에 놓는다.

"우리 집에도 암내 난 암소가 있었지. 그런데 말씀이야. 씨를 받으려고 해도 씨받이 곡식이 있어야지. 이런 형편은 비단 우리 집뿐이 아니었어. 너의 아버지는 종우를 사육하고 그놈을 잘 관리하는 데는 아주 엄격했지. 가을에 씨받이 곡식을 줄 테니까 외상으로 안 되겠느냐고 하면 일언지하에 거절을 했다 이거야. 밤중에 암소를 끌어내어서 너의 집으로 잠입해 오는 방법을 처음 알아낸 사람이 누구인지는 모르지만 어느 날 밤중에 형들과 같이 우리 집 암소를 끌고 나왔지. 지금이야 너의 집 외양간이 벽으로 돼 있지만, 그때는 서까래 같은 것으로 얼기설기 지었었지. 외양간 뒤쪽의 서까래를 뜯고 종우를 몰래 끌어내서 씨받이를 했단 말이야. 너의 집 종우에게 씨를 받지 않고도 새끼를 낳은 암소가 더러 있었던 걸 너도 기억할 거야. 너의 아버지도 속수무책이었지 뭐야. 그러니까 암소가 종우를 겁탈한 셈이지."

영식이가 아무 대꾸도 안 하고 묵묵히 앉아 있어서 내가 술잔을 코앞으로 들이밀자, 쿵 하고 평상 위에 모로 쓰러져 버린다.

"야 아범은 늘 저래유."

그의 아내가 시큰둥하게 말한다. 외양간 쪽에서 쇠지랑물 냄새가 후끈후끈하게 풍겨온다. 그 냄새는 한여름 밤의 후덥지근한 바람을 타고 콧속으로 들어와 나를 자극한다. 부풀어 오른 젖통을 그대로 노출한 채 끈적끈적한 땀 냄새가 풍기는 영식이의 아내를 나는 탐욕스러운 시선으로 훔쳐보면서 문득 우리 암소가 부정한 방법으로 씨를 받던 일이 다시 생각나자, 엉뚱하게도 내가 암소 대신 빚을 갚아야 한다는 계산이 떠오른다. 빚을 갚지 않고는 배겨나지 못하는 도시인의 예의 바른 마음씨가 취기 속에서도 의젓하고 당당하게 꿈틀댔던 것이다.

"엊저녁에 과음하셨수? 옷이 온통 오이 줄기와 이파리 투성이라우."

"오늘 가신다는 양반의 옷이 이 꼬락서니가 됐으니 어쩌우."

아침에 잠이 깨어 형수가 배시시 웃으며 엉망이 된 내 옷을 손질하고 있는 모습을 보자 나는 정신이 후닥닥 들었다. 머리가 지끈지끈한 게 꼭 무슨 중노동을 하고 난 것만 같다. 지난밤에 영식이네 집에서 어떻게 나왔는지 어떻게 우리 집까지 걸어왔는지 도무지 기억이 안 난다. 술상에 놓였던 오이가 동이 나자, 그의 아내가 끈적끈적한 땀 냄새를 풍기면서 오이밭으로 나가고 내가 그녀의 뒤를 밟았던 기억은 되살아난다. 난 몰러유, 난 몰러유 하던 느릿느릿한 목소리가 귓전에 되살아나자 나는 마당가의 샘터로 달려 나가 부리나케 찬물을 떠서 얼굴에 끼얹었다.

아침 버스로 고향을 떠나면서, 종우가 황금빛 몸뚱이를 빛내며 씨틀에 매인 암소에게 돌진하는 모습이 눈앞에 떠오르자 나는 생의 부푼 의욕 속에 몸을 떨었다. 장대하고 뜨거운 무기를 앞세우고 황금빛 몸뚱이와 두리두리한 눈깔과 억센 아가리를 벌리고 힘차게 내달리는 초인적인 힘이 내 몸에서 생겨나는 것 같은 착각에 빠져 있다가, 자리가 덜커덩거리는 바람에 밖을 내다보니 버스는 벌써 면계를 넘어가는 중이었다. 그때, 내 몸뚱이에 붙은 빛나는 황금빛의 털이 부스럼처럼 와스스 떨어져 버리고 뜨겁게 달아오르던 무기가 어느새 왜소한 완구로 변해서 기가 죽어 버렸다.

(기원, 1973)

아옹다옹

그 두 사람이 만나기만 하면 아옹다옹하기 시작한 것은 지난해 여름 휴가가 끝나고부터였다. 그전까지만 해도 그 두 사람은 출근길에 만나면 서로 예의 바르게 목례를 하고, 어쩌다가 퇴근길에 커피를 마시게 되면 한 번은 이쪽에서 찻값을 내고 한 번은 저쪽에서 찻값을 내는 사이여서 옆에서들 말하기를, 요즘 세상에 그렇게 깍듯할 수가 없다고 할 정도였다.

한쪽은 김성길, 남, 26세, 고대 상대 졸업. 또 한쪽은 최미혜, 여, 24세, 이대 사회학과 졸업. 성길이는 지금 무역회사 평사원이지만 앞으로 계장, 과장, 부장, 상무로 승진을 꿈꾸는 사람이어서 근무 태도도 이만저만하게 성실한 게 아닌, 실력 있는 청년이고, 미혜는 학교를 졸업하고 나서 결혼할 때까지 그저 바람이나 쏘일까 하는 기분으로 무역회사에 입사했으므로 근무 태도가 마냥 경쾌하기만 하다.

"요 앞, 양장점에 퍼뜩 갔다 올 테니까 이것 좀 마저 해 주세요."

사무를 보다가도 미혜는 이렇게 소곤거리면서 서류를 성길이 쪽으로 밀어 놓고 까닥까닥 나가 버리기가 일쑤인데, 이럴 때면 부탁하는 쪽이 미안한 법인데도 미혜는 도무지 그런 구석이라곤 없다. 미안해할 줄 모르는 그녀의 이런 태도가 어쩐지 밉지가 않은 것은 성길이뿐만이 아니라 동료 직원도 마찬가지여서 미혜의 이러한 근무 태만이 귀엽기까지 하다는 게 사무실 공기였다.

입사한 날짜가 같다는 이유도 있고 또 같은 미아동에 산다는 이유도 있고 하여 성길이와 미혜는 예의 바른 사이가 되어 이따금 차도 마시고 전람회 구경도 같이 가곤 했다.

"성길 씨는 결혼 안 해요?"

미혜가 이렇게 물었던 일이 있다.

"안 하긴요. 장가들고 싶어서 몸살이 날 정도지만, 삼 년 동안 군대에서 썩다가 나왔더니 연락망이 두절됐어요. 이제 내가 이 회사에 다닌다는 소문이 장안에 쫙 퍼지면 옛날에 알던 여자 떼거리들이 와 몰려들겠죠. 그때 가서 하나 골라잡고 땡……."

"여자 떼가 몰려든다고요? 상어떼처럼?"

성길이는 이런 실없는 이야기를 하면서도 도무지 마음이 편한 것만은 아니었다. 학교 다닐 때에는 발길에 툭툭 차이던 계집애들이었는데, 제대를 하고 취직을 한 다음부터는 웬일인지 하나도 걸려드는 게 없어서 그 방면의 사업은 너무도 실적이 없고 부실해도 이만저만 부실한 게 아니었다. 직장 생활을 성실히 하다 보니까 계집애들과 어울릴 기회도 없었고 제대를 한 늙은 총각의 체면으로 무턱대고 실적 위주로 이것저것 사업을 벌일 마음도 내키지 않았다. 이런 생각을 하면 약간 따분했다. 그래서 미혜 앞에서 허풍을 떨어 보았던 것인데 그녀는 그의 이런 허풍을 정말로 곧이들었는지 그 후 몇 달 뒤에 그 이야기를 다시 꺼냈다.

"상어떼한테 몰리는 기분이 어때요?"

"아주 오싹오싹해요. 미혜 씨는 그 방면 사업이 잘 돼 갑니까? 너무 퇴짜만 놓지 마시고."

"적당히 계약을 하라, 이 말씀이죠?"

"덤핑 판매를 하기 전에 말이죠. 요즘은 처녀 재고품이 많아서 값이 더 오를 때를 기다리는 건 위험하거든요."

"상대 출신답군요?"

"암요. 그래서 나는 미혜 씨 같은 처녀들이 덤핑 시장으로 쏟아져 나올 때 헐값으로 구입하려고 시기를 기다리는 참이지만, 여자 쪽이야 나하고 정반대의 시기를 택해야죠."

이런저런 이야기를 하면서도 그 두 사람의 사이는 예의 바르고 명랑하고 신사숙녀다웠다.

그런데, 지난여름 휴가 때 남해로 캠핑을 갔다 온 후부터 아옹다옹하기 시작한 것이 그 여름이 다 가도록 계속되었다. 휴가 보너스를 받은 사원들이 단체 캠핑을 가기로 한 것까지는 좋았다. 사장한테 보조비도 듬뿍 타내어서 사원 단합대회라는 명목으로 비교적 한적하다는 남해 해수욕장으로 떠나기로 했는데 이상망측한 조건이 생겼다. 반드시 이성을 동반해야 된다는 것이었다.

성길이는 파트너를 구할 생각을 하자 눈앞이 캄캄했다. 갑자기 어떤 계집애를 꿰차고 가야 될지 도무지 요량이 잡히지를 않았다. 대학 2학년 때 쌍쌍파티에 파트너로 데리고 갔던 천호동 순자. 대학 문 앞에도 못 가 본 하숙집 둘째 딸 명숙. 농협 총무과에 있는 호리호리한 진미 등등. 머리에 떠오르는 대로 부리나케 전화질을 해 보았지만 연락이 잘 되지도 않고 연락이 돼 봐야 계집애 쪽에서 언제 그렇게 철딱서니가 찼는지 사양을 했다. 그도 그럴 것이 군대 가기 전에 몇 번 데이트를 해서 극장 안에서나 은근슬쩍 손목을 잡힌 사인데 갑자기 남해 해수욕장에 같이 가자고 제의를 했으니 응할 턱이 없었다. 4박 5일의 코스에 동행을 한다는 것은 다 큰 처녀로서 시집올 용기가 있든가 바람피울 용기가 있지 않고서야 응할 턱이 없었다.

수출 1과와 수출 2과, 그리고 총무과가 남해로 가기로 되어 인원은 남자가 20여 명, 여자가 다섯 명인데, 파트너를 동반해야 된다는 규칙이 정해지자 환호작약하는 것은 총각 사원들이었고 장가를 간 사원들은 그 다음이었고 제일 거북살스러워하는 것은 여사원들이었다. 정해진 남자가 있다손 치더라도 쓸개가 온전히 붙었으면 따라나설 리가 없고 그렇지도 않은 미혜 같은 입장으로야 남해행을 포기해야 할 궁지에 몰렸다.

"성길 씨 말처럼 진작 판매 계약을 했었다면 좋았을 걸 그랬지 뭐예요. 공짜로 해수욕을 할 수 있을 테니깐."

미혜는 서울에서 풀장에나 다니면서 4박 5일 동안 내내 억울해 하고 원통해 해야겠다고 웃으면서 말한다.

"너무 원통해 하지 마세요. 미혜 씨 몫도 내가 다 놀고 올 테니까요. 남해에 갈 생각을 하니 지금부터 몸이 오싹오싹한데요."

"여자떼가 와 몰려들었을 텐데 누굴 골랐어요?"

"제비를 뽑아서 골랐어요. 아휴 골치 아파서 혼났죠."

이렇게 허풍을 떨 때까지만 해도 아직 이틀간의 여유가 있으니까 어떻게 하나쯤 골라잡을지도 모른다는 생각이었는데 하루가 또 지나고 출발 일자가 바로 그다음 날로 다가오자 성길이도 몸이 좀 달았다.

"과장님, 이거 골치 아프게 됐어요. 파트너를 구하기 어려운데요."

과장에게 신세타령을 하게 됐다.

"걱정 마, 우리 딸을 하나 빌려주지. 중학교 일학년인데 아주 숙성하거든, 하하."

"농담 마세요. 파트너 구하기가 장가가는 것만큼 어렵다니까요."

"미스터 김도 눈이 높아서 큰일이야. 파트너를 못 구한다는 게 말이 돼?"

"생각보다 쉽지 않아요."

"가까운 데서 찾으라구!"

성길이는 과장의 말을 듣고 아차 하는 생각이 났다. 미혜. 그렇다. 미혜와 파트너가 되면 간단한 것을 가지고 지금까지 골치를 썩였다는 생각이 들자 마음이 가벼워지고 콧노래가 슬슬 나왔다.

남해로 떠나기 전날 밤에 성길은 미혜네 집으로 전화를 걸었다. 좀 겸연쩍기도 했지만 허풍을 떨면서 용건만 내리닫이로 주워섬겼다.

"글쎄, 파트너를 모집했더니 너무 와글와글해서 하나만 골라잡기가 어렵다 이 말이죠. 많은 처녀들을 낙첨시키는 것은 비인도적이라 이 말이죠. 그래서 내 파트너로 미혜 씨를 지명하는 거예요. 낼 아침 출발 시간 아시죠? 지명 연설과 수락 연설은 남해에 가서 멋있게 합시다요."

이튿날 아침 남해행 버스에 성길이 옆에 앉은 미혜는 웬일인지 새침데기가 되어 창밖만 내다보았다. 남해에 가서도 그런 기분은 다 풀리지 않았지만 성길이가 정식으로 지명 연설을 허풍을 떨어 가면서 주워섬기자 그녀도 고개를 까딱까딱하며 수락했다. 알고 보니 사원끼리 파트너가 된 짝은 성길이 짝만이 아니어서 뭐 쑥스러운 구석도 없이 그 두 사람은 지명과 수락의 절차를 남해의 물결과 모래와 하늘 속에서 끝냈다.

휴가가 끝나고 다시 회사에 나갔을 때부터 그들은 웬일인지 아옹다옹하는 앙숙이 돼 버렸다. 왜 그런지 도무지 알 수 없는 일이었다. 싸움을 거는 편은 늘 미혜 쪽이었다.

"넥타이가 비뚤어졌잖아요!"

"머리 좀 자주 감아요. 창피하게 비듬 좀 봐!"

"하품을 하면서 입을 가리지도 않다니?"

"기침이 자꾸 나잖아요. 담배 연기 좀 조금씩 내뿜어요!"

사사건건 성길한테 시비조여서 성길이도 능글능글하게 그녀가 하지 말라는 것만 골라가면서 했다. 사무실 안에서는 두 사람의 아옹다옹을 개가 닭싸움 보듯 시큰둥하게 보는 것이었다. 미혜가 왜 자꾸 성길이에게 아옹다옹하는지 또 성길이는 왜 미혜가 싫어하는 것만 골라가면서 하는지 다른 사람들은 아무런 관심도 없었다. 그전까지만 해도 그렇게 예의 바르고 깍듯하던 두 사람이 서로 무례할 만큼 신경을 곤두세우게 된 까닭이 훤하게 들여다보여서 그런 신경전의 귀추가 뻔하다는 걸 잘 아는 데서 오는 고의적인 무관심이었다.

(여성동아, 1973)

아이스크림 킥

덥다. 선풍기 바람도 술 취한 놈 하품처럼 후텁지근하다. 교정지를 붙들고 앉아도 눈이 슬슬 감긴다. 따르릉따르릉 하는 전화벨 소리에 문득 정신이 나다가도 곧 늪 속에 빠진 개구리처럼 정신이 몽롱해진다.

순자가 다니던 대학 입구를 하루가 멀다 하고 중뿔나게 쏘다니던 시절이 좋은 때라는 생각이 문득 들자, 창수는 비시시 삐져나오는 웃음을 손등으로 훔쳐낸다.

"뭐야? 기분 나쁘게 왜 혼자 웃어?"

맞은편에 앉아 하품을 하던 동료가 핀잔을 준다. 창수는 아랑곳하지 않고 눈을 지그시 감는다. 순자 생각만 하면 더위가 잊혀진다. 이상하다. 순자는 창수에게 있어서 청량음료 같은 구실을 한다.

창수가 지난봄에 대학을 졸업하고 나서 빈둥빈둥할 때 순자는 깡충깡충 뛰면서 좋아했다. 창수의 하루 24시간이 몽땅 그녀의 소유가 된 셈이어서 온종일 함께 붙어 다니며 할 짓 못할 짓을 다 해냈다.

여름이 시작되자마자 창수는 시시껄렁한 잡지사 기자로 취직이 되었다. 소개해 준 김 선생이 지금 생각하면 이가 갈릴 정도로 밉다. 쥐꼬리만 한 월급을 위하여 하는 직장 생활이란 할 수도 안 할 수도 없는 지겨운 노릇이다.

창수는 순자보다 두 살이 많은 죄로 학교를 두 해 먼저 졸업하게 되었고, 시력이 나쁘고 충치가 많고 수치질이 있고 폐활량이 형편없이 적다는 죄로 병역 의무도 완전히 타의에 의해서 봉쇄당하게 되자 대학에도 군대에도 소속될 수 없는 무소속 청년이 될 수밖에 없었다. 지난 2월 24일 아침 열 시에 있었던 졸업식장에서 순자가 카메라로 찰카닥찰카닥 사진을 찍으면서,

"축하해요, 축하해요."

하고 쫑알거릴 때도, 창수는 기쁘기는커녕 약이 올라서, 순자보다 두 해씩이나 일찍 주책없이 낳아 놓은 부모를 욕하고, 냄새나는 항문과 안경 속에서 껌벅이는 눈깔과 시커멓게 썩은 어금니와 아무리 신선한 공기라도 눈곱만큼밖에 들이마시지 못하는 허파를 저주했다.

갑자기 무소속이 됐다는 사실은 그에게 해방감을 주기는커녕 구둣발에 밟힌 개구리처럼 찍소리도 못 하고 죽어 버릴 것 같은 무서움을 줬던 것이다. 약삭빠른 친구들은 자기가 나갈 직장의 전화번호가 박힌 명함을 건네주며 으스댔는데 그는 도무지

졸업 후의 진로가 막막해서 죽어 버리고 싶은 심정이었다.

그의 주변머리와 실력으로 취직을 한다는 것은 애당초 생각을 말아야 한다는 것을 미리부터 알고 있었다. 사학과를 다닌다면서도 임오군란이 어린 단종과 충신을 죽이고 임금이 된 세조에게 반항해서 일어났던 군란이라고 알고 있는 엉터리 학사이며, 교수들과도 개인적으로는 한 번도 이야기를 나눈 적이 없고 서울 천지에 별다른 지기를 가지지도 못하고 다만 시골에 농사짓는 형님 내외와 그의 앞으로 떼어 놓았다는 게딱지만 한 논 서너 마지기가 있을 뿐이며 꼬박꼬박 등록금을 바쳐서 얻은 오늘날의 졸업장이 있을 뿐이라고 그는 굳게 믿었다.

순자에게 과감하게 대시하여 이리저리 몰다가 슛 골인한 것은 4학년 여름이었다. 그러니까 바로 작년 이맘때이다. 사귄 지 일 년밖에 안 됐는데 이렇게 공개적으로 애인이라고 소개할 수 있는 것은 굼벵이도 구르는 재주가 있다고 그도 순자에게만은 제왕처럼 군림하고 있기 때문이다.

'내 사랑 오직 그대에게'라는 슬로건이 순자의 인생관인데, 일단 점령당한 탓으로 그렇게 편리한 인생관을 지녔는지 애당초부터 천성으로 타고났는지는 알 바 아니다. 아무튼 졸업을 하고 나서 그가 느끼는 막막한 심정과 괴로움도 순자의 눈에는, 대회전을 앞둔 장군이 전략을 세울 때 눈을 지그시 감는다거나, 광땡을 잡은 녀석이, 자 앞에서부터 서 보라구 어쩌구 하면서 손에 든 화투짝을 다시 한번 까서 벚꽃 바구니 뒤에 훤히 떠오르는 보름달을 보면서 너무 좋은 나머지 한숨을 푸 내쉬는 그런 제스처로 보였던 것이 사실이다.

"임마, 엄살 피지 말아. 우리는 머리 빡빡 깎고 논산에 가는데, 너는 군대도 슬쩍 빠진 재주꾼 아닌가? 자고로 병역을 슬쩍 빠질 수 있는 수단을 가진 놈은 출세형이라고 했다."

졸업 후의 진로에 대한 고민을 솔직히 털어놓으면 듣는 녀석의 반응은 이 정도였다. 그의 애인 순자도 마찬가지여서 졸업식이 끝난 며칠 뒤에 엉뚱한 말을 했다.

"요즘은 너무너무 기뻐요. 창수 씨가 모두 모두 제 것이라는 실감이 나요. 취직하지 말고 몇 달 푹 쉬면서 우리의 장래를 설계해요. 나도 이제 후년이면 졸업이니까 2년 후 이맘때 결혼을 해요."

"결혼? 아무 준비도 없이 어떻게 결혼을 해? 요즘 너무 할 일이 없어서 죽을 지경이야."

대답 대신 그녀는 그의 목을 안고 영화 장면처럼 키스를 퍼부어 댔다. 아침 일찍 하숙방에서 스적스적 기어 나와 그녀의 집 앞을 어슬렁거리다가 그녀를 데리고 정릉, 남산, 수유리, 뚝섬, 태릉으로 쏘다니고 극장과 다방과 빵집을 들락날락하며 하루를 보내다가 밤이 늦으면 어슬렁어슬렁 하숙집으로 들어가는 그의 꼴이, 그녀의 눈에는 그렇게 믿음직스럽고 사랑스러울 수가 없는 모양이었다. 사랑을 하면 맹목이 된다는 이야기는 지금 이 자리에서 새삼스럽게 되풀이할 것은 없으나, 순자야말로 사랑은 무엇이라고 했을 때의 상징처럼 그를 사랑하는 것만을 일과로 삼으면서 만족하고 있는 아가씨였다. 그는 아무튼 행복했다. 그러나 아기자기하고 달콤새콤한 행복이 취직을 하자마자 박살이 났다.

"뭐야? 잠꼬대까지를 다 하고? 전화 받아요. 신촌 그 아가씨야."

깜박 잠이 들었었나 보다. 맞은편 동료가 어깨를 툭 툭 친다.

창수는 화들짝 놀라 정신을 차렸다. 순자와 만날 약속을 하면서 그는 아이스크림 맛이 나는 그녀의 오목조목한 입술을 생각했다.

오늘의 슈팅은 슬라이딩이나 바나나킥보다는 흐늘흐늘하게 흘러들어 가는 아이스크림 킥으로 해야겠다는 음흉한 생각을 하며 창수는 엉큼한 미소를 지었다.

여름 휴가도 없고 보너스도 없는 개코같은 직장에 다니는 창수 같은 시시한 녀석이, 무더위를 피할 수 있는 방법은 뻔한 일이다.

(여성중앙, 1974)

1984년

술에 곤드레만드레가 되어 돌아온 창식은 아내가 갖다 바치는 저녁 밥상을 냅다 발길로 찼다. 쟁그랑땡그랑 하며 그릇이 방바닥에 굴러떨어졌다. 굴러떨어진 그릇은 깨지지 않았을 뿐만 아니라 거기 담겼던 밥이나 반찬도 말짱했다.

"놀랐죠?"

아내가 배시시 웃으면서 방바닥에 흩어진 그릇을 하나하나 밥상 위로 주워 올렸다. 멀뚱해진 창식은 또 밥상을 냅다 내찼다.

술이 너무 취해서 다리가 비틀거렸다.

"어떻게 된 거야? 누굴 약 올리는 거야?"

밥상 위에 가지런히 놓였다가 창식이의 프리킥을 맞은 그릇들은 챙그랑챙그랑 방바닥에 굴러떨어지자마자 오뚝이처럼 오뚝오뚝 바로 자리 잡았다.

"다리 운동 다 됐죠? 이제 그만 하세요."

"당신, 요술쟁이가 된 거야?"

창식이는 주머니에서 시가레터를 꺼내어 버튼을 누르며 방바닥에 털썩 주저앉았다. 진짜 담배는 아니지만 버튼만 누르면 시가레터에서 담배 연기가 모락모락 피어올랐다.

아내는 밥상을 정리해서 윗목으로 밀어 놓고 창식이의 맞은편에 와 앉는다.

"오늘 미도파 바겐세일에 가서 사 왔지 뭐예요? 플라스틱으로 만든 그릇에 모조 반찬을 부착한 건데요. 아주 편리하죠?"

"더럽게 편리하구만."

"괜히 주문해다 놓은 밥상을 뒤집어엎으면 경제적으로 얼마나 손해예요?"

"그러면 주식회사들이 낭패겠구만."

주식회사 제도가 발달되기 시작한 것이 아마 80년대 초부터였던 것 같다. 아침 점심 저녁을 대량 생산하여 각 가정에 배달해 주는 회사 측에서 보면 이따위 플라스틱 밥이 등장했으니 낭패가 아닐 수 없다. 공해와 운동 부족으로 쩔쩔매는 월급장이들은 저녁 늦게 곤드레만드레가 되어 들어와 아내가 바치는 밥상을 발길로 차 뒤엎는 것이 유일한 운동이지 그 밖에는 도무지 운동을 할 시간도 장소도 없다.

"담배 좀 아껴 피워요. 이번 달 담뱃값이 얼만 줄 아세요?"

"얼마긴 얼마야? 이 답답한 세상을 담배도 실컷 못 피우면 어쩌란 말이야?"

창식이는 신경질적으로 시가레터의 버튼을 더욱 세게 누른다. 찰칵찰칵. 그러나 담배 연기는 점점 작아지다가 푸시시 꺼져 버린다.

"이런 빌어먹을!"

"담배가 동이 났어요? 그것 보세요. 작작 피우라니깐."

"전매청에 전화나 해요."

아내는 투덜거리면서도 전매청에 전화를 한다. 잠시 후에 전매청 판매국 직원이 왔다. 가스화한 담배를 시가레터에 공급을 받고 창식이는 대금을 지불하면서도 얼굴은 구겨질 대로 구겨졌다. 잎담배는 모두 수출을 하고 인조 가스 담배를 개발한 놈이 누군지 그저 마빡을 쥐어박고 싶다.

수출도 좋고 번영도 좋지만 도무지 말씀이 아니다. 신탄진이니 청자니 하는 담배가 있던 10년 전의 일이 생각난다. 와이셔츠 포켓에 담뱃갑을 넣고 다니며 한 대 꼬나물던 시절, 친구와 다방에서 차를 마시면서 재떨이에 담배꽁초가 수북이 쌓이면 레지가 와서 재떨이를 바꾸어 가던 시절이 생각나자 문득 10년 전이 그립다. 지금의 아내와 처음 만나서 데이트를 하던 그 시절.

"저는 말이죠, 창식 씨가 담배 피울 때가 가장 좋아요. 저를 집까지 바래다주고 돌아서서 어깨를 움츠리고 담뱃불을 붙이던 모습이 가장 맘에 들어요……."

이렇게 쫑알거리며 사랑을 속삭이던 아내도 이젠 창식이와 마찬가지로 유능한 80년대 도시민이 되어 버렸다. 경제 개발이 극도로 되고 보니 주부들은 밥 지을 걱정도 없고 반찬 만들 걱정도 없게 됐다. 주식공장, 부식공장들이 주택가마다 거미줄처럼 판매망을 펴 놓고 있어서 그저 전화만 따르릉 하면 깍두기, 생선조림, 쌀밥, 보리밥, 만둣국 등등이 제까닥 배달된다.

시민들은 모두 현대 문명의 메커니즘 속에 휘말려 들어서 편리할 대로 편리한 생활을 한다. 정부에서 저축을 장려하고 주부들이 계를 모으고 적금을 붓던 10년 전에 비하면, 오늘날은 돈을 저축할 필요도 없어지고 각 은행마다 돈을 맡기려는 고객을 사절하느라고 진땀을 뺀다. 퇴직하면 복지연금을 타게 되니까 젊어서부터 개인적으로 노년을 걱정할 필요는 없다.

아마 우리나라 경제가 이토록 부유해진 것은 한강에서 발견된 유전 때문일 것이다. 그 당시에 한강으로 공장의 폐수가 흘러들어서 물고기가 다 죽고 온통 기름투성이여서 겨울에 얼음도 얼지 않는다고 아우성이었다. 바보 같은 놈들이다. 한강 속에 세계 굴지의 유전이 자빠져 있어서 기름투성이인 것을 모르고 한강 오염이 어쩌구저쩌구 하면서 떠들어 댔으니 바보 같은 놈들이다. 한강 유전이 발견되던 그 당시를 생각만 해도 재미있다. 아랍과 이스라엘 전쟁 직후에 아랍이 원유 생산을 감소시키는 바람에 이른바 석유 파동이 벌어진 지 일 년이 됐을 무렵인 것으로 기억되는데, 다방이나 식당, 목욕탕은 영업시간을 줄이면서 원유 공급 부족을 견디었지만 석유 값은 나날이 폭등하여 나중에는 먹고 죽으려고 해도 구하기가 힘든 지경에 놓였을 바로 그때, 궁즉통이라고 한강 유전이 발견된 것이다.

원유 매장량이 세계 굴지여서 3, 4년 동안에 외국 차관을 모두 갚고 나니, 거지가 복금을 타게 되면 깜짝 놀라 심장마비를 일으키듯, 시민들은 정서 마비를 일으켜서, 아옹다옹하고 아기자기하게 지지고 볶던 생활인의 멋은 까맣게 잊어버리고 메커니즘의 노예로 전락했고, 돈 없던 놈이 돈맛을 보면 더 사치와 허영에 눈이 어둡다고 세계 제1위의 수출국이 되려고 눈이 뒤집혀서 담배도 몽땅 수출을 하고 지렁이도 모두 수출을 하여, 전국 어떤 집의 시궁창 바닥을 눈을 까뒤집고 찾아보아도 지렁이 한 마리 구경할 수 없었다. 그것뿐이 아니라, 어느 땐가는 가발 수출이 붐을 일으키더니 이제는 한국식 손톱 발톱이 세계적으로 유행이 되어 손톱 발톱을 싹둑싹둑 잘라내기도 한다.

"여보, 그만 잡시다."

창식은 아내의 한 아름도 더 되는 허리를 발길로 툭 차면서 말했다.

"무얼 곰곰이 생각하시는 것 같더니 겨우 자자는 소리예요? 싱겁긴."

"아닌 게 아니라 10년 전 당신과 데이트할 때를 회상했지. 10년이면 강산이 변한다더니 변한 것은 당신의 허리통이군. 다섯 배는 굵어진 것 같으니깐."

"요즈음은 허리가 굵어야 미녀예요. 지난가을 상계동 오페라 하우스에서 열렸던 미스 온누리 선발대회를 못 보셨어요? 그때 미스 온누리로 뽑힌 미스 동일본의 몸이 어땠는지 아세요? 웨이스트가 히프의 두 배였어요."

"당신 허리도 유행에 민감하다는 말씀이군."

"그렇구말구요. 그런데 참, 당신 오늘 신문 보셨어요? 동서일본이 또 전쟁을 할 것 같대요. 전쟁이 나면 어떡하죠?"

"그게 무슨 걱정이야? 전쟁이 나든 말든."

"일본 지사로 좌천된 최 계장네 식구들은 벌써 귀국했대요."

창식은 침대 위에 누워 신문을 펼쳤다. 〈동서일본 휴전선에 전운〉이라는 기사가 큼직하게 보도되어 있었다. 한국과 외교관계를 맺은 동일본의 주한 대사가 외무장관을 예방하고 전쟁무기 원조를 요청했다는 기사가 소식통 인용으로 보도되어 있었다.

창식이는 격세지감을 새삼 느꼈다.

"일본에 재미 보러 간 녀석들 김 샜겠다."

"요번에도 많이 갔어요?"

요즘은 연말연시 휴가이다. 휴가 보너스를 타 가지고 외국관광을 나간 한국인 수는 약 20만 명인데 그중에서 10만 명이 일본으로 갔다. 일본이 술값도 가장 저렴하고 또 그 나라 국민성이 우리 한국인에게는 살살거리고 비위를 잘 맞출 뿐만 아니라 기모노를 입은 아가씨들도 한국인이라면 간이나 콩팥도 떼어 먹여 주는 판이다. 그래서 시청 청소부들도 휴가 때가 되면 점잖게 차려입고 일본행 비행기를 타는데, 동서일본 사이에 전운이 감돈다니 혼쭐만 빠지고 돌아오게 될 것 같다. 창식이도 작년에 일본에 가서 재미 톡톡히 보고 왔는데 일본 게이샤들은 확실히 감칠맛이 있어서 좋았다. 창식이가 일본에 관광여행을 가서 기분이 좋았던 것은, 일본의 예속 아래 살았던 과거가 생각나서 일종의 복수심 같은 이상야릇한 객기가 작용했기 때문이었다.

"지하철 노동자가 파업을 했군."

창식이는 신문을 뒤적이면서 이렇게 중얼거렸다. 아내는 한 아름이나 되는 허리통을 흔들며 침대 위에 올라와서,

"오늘은 웬일로 신문을 다 보죠?"

하며 눕는다.

"서울 인구가 이 정도로 격감을 했나? 지하철은 승객이 없어서 폐업 상태라니 말야."

"우리 같은 못난 사람이나 남아 있지, 똑똑한 사람은 모두들 시골로 내려갔어요. 석유 냄새가 진동하는 서울에 열쳤다고 살겠어요?"

"지하철이 개통됐다고 좋아들 하던 때는 언제야? 한강에서 석유가 난다고 미쳐서 날뛰던 것은 언제야? 사람들이 건망증이 심해서 탈이야. 빌어먹을 녀석들 같으니!"

"당신 왜 짜증이우? 아직 술이 덜 깼수?"

"뭐 일거리를 달라구? 지하철 노동자 놈들도 정신이 없군.

승객이 없어서 너무 심심하다고 파업을 해?"

"그만 자요."

"노조 운동을 하다가 모가지가 달아날 때는 언젠데 하늘 높은 줄 모르고 발광이야? 임금 인상을 울부짖던 몇 년 전을 생각해 보면 기가 막히군."

아내의 코 고는 소리에 눌려 창식은 입을 다물었다. 창식은 눈을 감고 아내의 코 고는 소리를 흉내 내기 시작했다. 드르렁 끄르렁 드르렁 끄르렁. 창식이도 곧 잠이 들었다. 개꿈도 꾸지 않았다.

이튿날은 신정 연휴가 끝나고 각종 업무가 시작되는 날이었다. 아침부터 함박눈이 펑펑 쏟아졌다. 온 천지가 백설로 뒤덮였다. 창식은 아침 일찍 회사에 출근하여 동료들과 악수를 나누었다.

열 시쯤 되었을 때 사무실이 갑자기 술렁거리기 시작했다. 창식은 의자에 기대어서 졸다가 눈을 번쩍 떴다.

"사태가 심상치 않아요. 국무총리가 중대 발표를 한대요."

맞은편에 앉은 오 계장이 수선을 피웠다. 그러고 보니 사무실 응접용 탁상 위에 놓인 텔레비전에서도 웅성웅성대는 기자회견장의 광경이 방영되고 있었다.

"무슨 발표를 한다고 그럽니까?"

창식이도 눈이 휘둥그레져서 텔레비전 쪽으로 의자를 돌렸다.

"동일본에 파병하는 것 아닙니까?"

"설마 그럴 리야 있어요?"

"국무총리가 나타났군요."

텔레비전 화면에는 백발이 듬성듬성한 총리의 모습이 나왔다. 만면에 만족한 웃음을 띠고 그는 기자들에게 손을 흔들며 마이크 옆에 서서 미리 준비된 성명문을 천천히 위엄 있게 읽기 시작했다. 예상과는 달리 총리의 성명은 국내 문제에 관한 것이었는데, 정책의 천명이라기보다도 간절한 애원에 가까운 것이었다.

요지는 이렇다. 70년대의 악전고투를 감내하여 오늘날의 번영을 누리기까지 국민 여러분의 물샐틈없는 총화에 더없이 감사하는 바이다. 지금 우리나라 중앙은행에는 외화가 산더미처럼 쌓여 있어서 그 정확한 통계조차 못 내고 있는 실정이다. 소비가 미덕인 사회에 사는 국민 여러분은 지난날의 허리띠 졸라매는 생활 양식에 아직도 얽매여 있는 자가 많다. 이것은 큰 문제이다. 이러한 악습을 타파하지 못하면 산더미처럼 쌓인 외화도 한낱 휴지에 불과할 것인 만큼 여러분은 새로운 각오로 소비 위주의 생활 태도를 확립해 주어야겠다. 두 번째로 말씀드릴 것은 국민 각자가 정치 문제에도 적극적인 참여를 해야겠다는 것이다. 지난가을에 실시된 총선거에서 입후보자가 없어서 본인이 지명한 국회의원이 과반수가 되었던 점은 여러분도 다 아실 것이다. 이것은 대외적으로 큰 수치가 아닐 수 없다. 민주 정신에 투철한 애국애족이 우리의 삶의 길이라는 것은, 15년 전에 제정하여 오늘에 이르고 있는 국민교육헌장에도 명시되어 있다. 정치를 남에게 맡기고 방임하는 태도는 가장 비민주적인 근성이다. 언론의 자유와 집회의 자유가 헌법에 명시되어 있어도 그것을 누리지 않는 국민 여러분은 오늘날의 물질적인 부만 알지 민주 시민으로서의 근본정신을 망각하고 있는데, 제발 재삼 고개 숙여 요망하니, 민주 정신에 투철한 태도를 앙양하기 바란다.

"중대 발표는 무슨 중대 발표야? 저런 소리 하려거든 안방에서 떡국이나 먹을 일이지……."

"언론의 자유가 뭐지요?"

신입 사원이 창식에게 이렇게 물으며 고개를 갸우뚱거린다. 창식이는 기가 막혔다. 대학 졸업생이 언론의 자유도 모르다니 헛공부를 한 모양이다.

"언론의 자유란 말이야, 막 떠들어도 되는 자유야."

"수다를 피우면 되는 거예요?"

"이 친구 꽉 막혔군. 정부를 막 지지해도 되고 톡 까놓고 비난해도 되는 자유야. 정부뿐만이 아니라 자기가 보고 느낀 바를 솔직하게 발표할 수 있는 자유란 말이야."

"지지도 하고 비난도 한다구요. 아이구 골치 아프다……."

신입 사원은 입맛을 다시면서 돌아서 버린다. 창식은 눈이 쏟아지는 창밖을 내다보다가 시가레터를 꺼내 버튼을 눌렀다.

멀리 한강 변에서 시커먼 연기가 오르는 게 희미하게 보인다. 한강에 정박 중인 유조선들이 토해 내는 고동 소리도 이따금 들려온다.

"수출을 전면 중단하면 될 것 아냐? 외화를 무턱대고 벌어다가 놓지만 말고 아예 수출을 중단하면 될 게 아니냔 말야?"

누군가가 이렇게 말한다. 그러자 수출과 직원이 손을 내저으면서 한마디 한다.

"모르는 소리야. 수출이란 돈벌이만이 아니라 국제 간의 외교 문제야. 외화가 필요 없다고 일방적으로 수출을 중단하면 상대방은 어떡하지?"

"그럼 무상으로 원조를 하면 되잖아?"

"무상 원조를 달게 받을 나라가 요즘 세상에 어디 있어? 자네한테 내가 돈을 거저 주면 받겠나? 국제 관계도 마찬가지야……."

듣고 보니 그렇기도 하다. 창식은 시가레터를 포켓에 쑤셔 넣고 나서,

"우선 잎담배 수출만 중지할 수는 없는가?"
하고 수출과 직원에게 말했다.

"안 됩니다. 과장님을 위해서라면 그게 좋겠지만 우리나라처럼 가스 담배가 개발되지 않은 나라한테 잎담배를 팔지 않으면 그 나라 애연가는 다 목을 매달고 죽으려고 할 거예요."

"이상한 논리구먼."

"니코틴이 얼마나 유해한 줄 아세요? 그런 유해한 것은 다른 나라에 팔아먹고 우리는 가스 담배를 피우는 것이 가장 바람직하지요."

입맛이 썼다. 창식은 휘청휘청 걸어 나와 승강기를 타고 옥상으로 올라갔다.

스카이라운지에서 보는 설경은 유난히 아름다웠다. 모든 것이 엄청나게 변했어도 눈 내린 경치의 아름다움은 마찬가지이다. 대학 앞 동네에서 사글셋방을 얻어 자취를 하며 지내던 대학 시절이 생각났다. 라면을 끓여 먹으면서 가난하게 보낸 학창 시절이었다. 찻집에 들어가면 커피값이 드니까, 지금 아내와 데이트를 할 때면 으레 서로 손을 마주 잡고 어두운 골목을 무작정 걸어가던 그 시절이었다. 결혼을 하고 어렵게 살면서 허리띠를 졸라매고 살던 때는 지금 생각해 보니 생에 대한 의욕도 강했고 보람도 느꼈다. 그런데 풍요한 오늘날은 어떠한가. 무언가 거인 같은 무지막지한 자에게 목덜미를 잡혀 끌려가고 있는 기분이다. 말조심 사람조심 길조심하던 오랜 습관이 몸에 배어서 어딘지 무기력하고 무성격적인 꼬락서니가 돼 버린 자신을 생각하니 기가 막혔다.

"뭘 그리 생각하시죠?"

총무과 여사원이 앞자리에 앉으며 헤살을 부린다.

"새해가 되니 더 예뻐졌군."

"고마와요. 과장님, 심심하지 않으세요? 저한테 좋은 플랜이 있는데요."

"심심해서 몸살이 날 지경이오."

"잘 됐군요. 저하고 바람이나 쏘이러 가지 않겠어요?"

"바람?"

"네. 가까운 홍콩쯤으로요. 오늘 밤에 갔다가 모레쯤 오죠, 뭐."

창식은 정말 바람이나 쏘이러 후딱 가고도 싶었지만 웬일인지 마음이 썩 내키지 않았다.

"사양하겠소. 나는 시골에나 다녀와야겠소. 시원한 공기나 마시고 와야겠소."

"호호. 동행할 사람이 없으니 그럼 저는 어쩌죠?"

여사원은 가볍게 일어서며 미소를 짓는다. 창식은 속으로, 골빈 년 하고 욕을 해 댔다. 창가로 가서 아래를 내려다보니 네거리에는 시위 군중이 행진을 하고 있는 광경이 보였다. 플래카드를 높이 들고 그들은 국회의사당 앞을 지나 정부청사 쪽으로 행진을 하고 있었다. 창식은 갑자기 가슴이 두근거렸다. 뜻밖의 광경이었다. 한 시간 전에 총리가 언론 집회의 자유를 발휘하라고 애원하더니 그 반응이 재빨리 나타난 모양이었다.

창식은 단숨에 거리로 뛰어나와 시위대 속에 끼었다. 경관들이 시위 군중을 신주 모시듯 에스코트하고 있었다.

"지렁이를 수입하라!"

"총리는 국민 생활에 간섭하지 말라!"

"관직과 국회의원직을 종신제로 하라!"

"석유 생산을 중단하라!"

플래카드의 내용은 대강대강 이런 것들이었다. 창식은 신바람이 나서 목이 터져라고 구호를 외쳤다. 시위대가 행진하는 도로는 제설차가 눈을 밀어붙이고, 에스코트를 하는 경관들도 재미난 곡예 구경을 하듯 시위대를 앞에서 끌어주고 뒤에서 밀어주었다.

최루탄과 돌이 난무하던 거리. 대학 배지를 단 가난한 대학생. 주동 학생 처벌. 이따위 기억이 창식의 머릿속에 명멸했다. 콩나물 10원, 두부 두 모 30원, 김 두 톳 백 원, 쌀 두 말 이천오백 원, 구공탄……. 신혼 초에 아내와 이마를 맞대고 궁리하던 생활비. 저축을 하려고 안간힘을 쓰던 모습도 느닷없이 떠올랐다.

"이 시위는 어디서 주동을 한 거요?"

창식은 옆에 있는 신사에게 신이 나서 물었다. 신사는 안경테를 밀어 올리면서,

"글쎄요. 그건 나도 모르오."

하며 비실비실 웃는다.

"자연발생적인 시위라 이 말씀입니까? 저절로 모인 민심이라 이 말이군요?"

"아니요. 나는 오늘 시위에 참가하면 일주일간 휴가를 준다기에 나왔소."

"뭐요? 누가 그래요?"

"그만그만한 직장에는 모두 인터폰으로 전달이 됐는데, 형씨는 모르고 나오셨소? 비판받을 것을 자청하는 정부는 우리나라 밖에 없을 게요. 생각하면 기가 막히지."

창식은 눈앞이 아물아물했다. 어용 데모, 관제 데모가 분명하다. 총리의 중대 발표도 이제 생각해 보니 미리 이런 시위운동을 지령하고 나서 행한 것임이 틀림없다. 무감각하고 무비판만을 능사로 아는 반벙어리가 된 국민들을 선도하는 정책을 밀고 나가기로 작정한 모양이었다. 창식은 쓴웃음을 지으면서, 대열에서 빠져나왔다. 어디로 갈까. 아무리 생각해도 갈 데가 없다.

"도와드릴까요?"

경관이 미소를 지으며 다가왔다. 창식은 손을 내저었다.

"어느 방향으로 가시는지 제 차를 쓰세요."

경관은 아첨하는 얼굴로 한 발자국 더 창식에게로 다가섰다.

"오늘분 소비량을 다 쓰지 않으면 또 이유서를 써야 해서 그래요. 휘발유 말입니다. 제 차를 쓰세요."

창식은 집으로 전화를 걸어서 아내를 나오게 했다.

굵은 허리를 흔들며 나온 아내와 마주 앉자마자,

"시골로 아주 이사 가지 않겠소?"

하고 단호하게 말했다.

"좋아요. 제주도로요? 강원도로요?"

"강원도가 좋겠어. 개발 금지 구역이 많은 데는 강원도니깐."

그들은 우선 〈산바람 센터〉에 들러 산 공기를 실컷 마셨다. 산골의 오싹오싹하도록 신선한 공기가 허파로 들어가자 전신의 근육이 경련을 일으킬 만큼 자지러지게 상쾌했다.

"담배씨를 얻어다가 담배도 심고, 솥에다 밥을 해 먹고, 숭늉을 마시고, 좀 사람답게 살아야지."

창식은 밖으로 나오면서 아내의 등을 껴안았다.

"숭늉 맛 아직 안 잊으셨군요?"

아내도 빙그레 웃으며 창식을 쳐다보았다. 회사에는 열흘 동안 결근하면 자동으로 사임 되는 규정이 있으므로 연락할 필요도 없었다.

뽀드득뽀드득, 눈 밟히는 소리가 곱다.

(여성동아, 1974)

우화의 집

현기네 집은 평화롭고 질서 있는 집안으로 모든 일이 조부님의 말 한마디로 일사불란하게 진행된다. 1950년대와 1960년대에도 그랬고 1970년대에도 그랬다. 집안의 대권을 잡고 다스려 나가는 조부님이 사랑 응접실 소파에 앉아 집안의 온갖 잡음을 엄격히 통제하고 있기 때문에, 감히 누구도 큰소리를 낼 수 없고 서로 아옹다옹을 한다거나 아이들이 등쌀을 부린다거나 하는 일은 상상도 할 수 없는 일이다.

환갑이 훨씬 넘은 아버님 내외분도 조부님 앞에서는 오금을 못 펴고, 그저 내리시는 분부만 잘 알아모시겠다는 의사만 표시하는 정도였으니까 그 아래 아래로 내려갈수록 일단 대문 안에 발만 들여놓으면 옴짝달싹을 못 하는 것이다.

조부님은 일제 때 제국대학을 나오시고 해방 후에는 군정청 고관을 지내셨고 정부 수립 후에는 장관을 역임하신 분인데, 무엇보다도 질서와 절도를 중히 여기시는 분이다. 관료라기보다도 정치인 타입이어서 자손들 다스리시는 방법도 다분히 정치적인 제스처로 해 나가시는데 그 이념이 유아독존격이고 제2인자를 결코 용납하지 않는 일인독재주의를 신봉하신다. 웬만하면 집안 살림의 대권을 아버님에게 양도하실 만도 하련만, 집안 대소사를 분부하시다가 아버님이 의견을 내세울 낌새라도 있으면, 네 이놈 물러가거라, 하신 다음 장손인 현기를 불러들이신다. 아들과 손자를 왼쪽 오른쪽에 끼시고 한쪽이 꿈틀거리면 뒤통수를 꽉 누르고 다른 한쪽을 기용하시며 꿈틀거린 쪽을 힐난하신다.

"노망이시지 뭐예요? 할아버님은 귀찮으시지도 않으신가? 도대체 언제까지 집안 살림을 휘두르셔야 직성이 풀린답디까?"

현기의 처가 이렇게 비판을 해 댈 때가 가끔 있는 외에는, 아버님이나 현기나 모두 모두 조부님의 집안 통치권에 대하여 맹목적으로 신성시하는 것이다. 마흔을 내일모레 앞둔 현기의 처로서는 아이들이 커서 학교엘 다니는데도 늘 갓 시집온 철부지 취급을 당하니 불만이 없을 수도 없겠고, 실질적으로 집안의 모든 잡사를 혼자 도맡은 입장으로 아무개네 혼사에는 부조를 얼마를 내라느니 뭐는 어떻게 하라느니 하는 지시가, 시아버님과 남편의 순서대로 행정 계통을 통하여 자기에게 전달되어야 비로소 행할 수 있으니 가슴이 답답할 만도 할 것이다.

아버님 내외분은 평생동안 습관이 되어서인지 조부님의 이와 같은 독재 정권에 순응해 나가면서 만족하는 분들이었고 현기도 매일반이었다. 장자와 장손이 매달 갖다올리는 집안 살림 유지비는 그럭저럭 일백만 원이 넘었는데 조부님은 집안의 경제 성장을 위하여 매월 적금을 들고 나머지로 집안 살림을 해 나가신다. 쌀값, 연탄값, 세금, 학비, 잡비의 명목으로 돈을 똑똑 떼어서 현기 처에게 줄 때의 엄숙함과 정숙함은 감히 필설로 표현하기가 어렵다. 쌀값이 오른 달은 오른 만큼 정확하게 더 주고, 내리면 내린 만큼 정확하게 덜 주신다. 가구를 하나 들여놓으려해도 반드시 조부님의 결재가 나야 돈이 나오고, 누가 아파서 아무리 급한 경우라도 조부님을 거쳐야만 돈이 나오고, 조부님이 부재중이실 때는 외상으로 약을 사다 먹은 다음 청구서를 갖다 드리고 약값을 타내야 되니, 집안의 말단 행정을 도맡은 현기의 처는 도무지 울화가 치밀어서 견디지 못할 때가 많다. 그러나 위로 시부모님이 또 있으니 이런 불만도 벙어리 냉가슴 앓기에 그칠 수밖에 무슨 뾰족한 방법이 없다.

"너는 그래도 집안 살림이나 해 보지 않니? 나는 이날 이때까지 살림 한번 못 해 봤단다. 밥이나 하고 빨래나 하고 대청이나 소제를 해 봤지 아이들 학비 하나 내 손으로 못 주고 옷감 하나 내 손으로 못 끊었다."

시어머님의 말씀을 들으면 그래도 지금은 많이 자유화가 된 모양이다. 조모님이 15년 전에 돌아가시기 전까지는 자기도 시어머니처럼 식모 취급밖에는 못 받은 셈이었다. 조모님이 돌아가시자 시어머님을 건너뛰어 손자며느리인 자기에게 그분의 임무를 이양하신 것이다.

조부님이 노망이신가 하면 그렇지가 않다. 여든이 되셨지만 정정하기가 이를 데 없어서 겨울철에도 감기 한번 앓으시는 법이 없다. 조그만 한약국을 하시는 아버님께서 수시로 보약을 해 드려서인지 식사도 아들 손자보다도 더 잘 하시고 온종일 사랑방 응접실에 떡 버티고 앉아 집안의 동정을 감시하시다가 조금이라도 시끄러운 일이 생기면 불호령을 내리신다.

조부님이 아무리 집안을 엄히 다스린다 해도 그러나 구석구석에서 모반이 쉴 새 없이 일어나고 부정이 저질러지는 것도 사실이다.

"에헴, 일찍 일찍 불 끄고 자거라. 내일이 일요일이라고 늦잠 자지들 말고. 에헴."

정확하게 열 시가 되면 조부님은 뜰에 나오시어 이렇게 분부를 하신다. 아버님 내외분이 거처하시는 방은 현기 내외가 거처하는 방 맞은편인데 조부님의 이 분부가 떨어지면 똑 하는 소리가 난다. 전등 끄는 소리다. 조부님의 분부를 가장 잘 지키는 분이 아버님이다. 아버님은 평생동안 집안의 대권을 잡아 보지 못하고 조부님의 권력 유지를 빈틈없이 뒷받침해 온 분이다. 그러나 현기는 조부님의 그러한 통치력 행사가 과연 정당한 것인가 하는 의문을 가뭄에 콩 나듯 품어 볼 때가 있는 정도이지만 아래로 내려올수록 이런 의문은 표면화되어 조부님의 입장에서 보면 신경질 나고 괘씸하기 그지없는 소요가 일어날 때도 있다.

며칠 전의 일이다. 조부님이 뜰에서 에헴에헴 하면서 소등 취침을 분부하시자마자 아버님의 방에서는 똑 하는 소리가 났는데 현기 내외가 거처하는 방에서는 기척이 없었다. 기척이 없자 조부님은 또 헛기침을 하시며 냉큼 불을 끄고 이불 속으로 들어가라는 식의 분부를 연거푸 내리셨다.

"얘, 텔레비전 그만 보고 건너가 자렴. 증조할아버지께서 노하시겠다."

현기의 처가 아들에게 눈짓을 하며 내몰려고 하자, 고등학교 2학년짜리 사내애가 볼이 부어서 한다는 소리가,

"이 집구석에서는 잠도 마음대로 못 잔단 말예욧!"

했다.

현기는 가슴이 뜨끔했다. 뜰에 계실 조부님이 이 버르장머리 없는 말을 들으셨다가는 아닌 밤중에 집안이 북새통이 날 만큼 불호령이 내릴 판이다.

"쉿! 조용 좀 해라. 이 철딱서니 없는 것아."

"오빠는 주책도 없어요. 할아버지 비위를 맞춰야지, 괜히 어쩌려고 큰소리야?"

"오늘 밤 텔레비전 못 보고 쫓겨나면 모두 형 책임이야."

아이들이 모두 그 녀석에게 핀잔을 퍼부었다. 텔레비전에서는 게리 쿠퍼가 주연하는 서부영화가 방영되고 있었다. '도망자'니 '삼 인의 탐정'이니 '페이튼 플레이스'니 하는 외화가 방

영될 때면 아이들이 모두 공부방에서 이 방으로 건너온다. 토요일, 일요일 밤에는 각 채널마다 영화를 한 편씩 방영하므로 자정이 넘도록까지 안방에서 텔레비전 앞에 모여앉아 숨을 죽이고 구경을 하는 것이 보통이다. 그날 밤도 마찬가지였다. 열 시만 되면 매일 소등 취침 명령이 떨어지니까 열 시 넘게까지 텔레비전을 보는 날이면, 전등을 끄고 텔레비전만 켜 논 채, 그것도 소리를 아주 낮춰서 조부님 몰래 보고는 다들 자기 방으로 건너가서 이불을 뒤집어쓰면서 아이들은 생그레 웃는다. 마치 위정자 몰래 밀수를 하거나 탈세를 한 사람들이 안도의 미소를 띠듯 말이다.

큰 사내놈이 버르장머리 없는 말을 지껄였는데도 뜰에서는 아무런 반응이 없었다. 현기 처가 일어나서 전등을 끄고 텔레비전의 볼륨을 아주 낮춰 놓고는,

"여보, 그만 주무세요. 아이들도 모두 자나 보죠?"

하며 큰소리로 한마디 했다.

조부님이 들으시라고 위장 전술을 쓰는 아내의 말을 듣고 현기는 코웃음이 나왔다. 집 안에서 이 정도의 위장 전술이 상용되고 있다는 것은 누구나 다 알고 있다. 아마 조부님도 눈치를 채고 계실 터이지만 자디잔 일을 가지고 아랫것들과 실랑이를 하면 그만큼 자신의 절대적인 위엄에 누를 끼치게 되리라는 것을 아실 것이었다.

악당들에게 쫓기는 게리 쿠퍼가 말에서 뚝 떨어지는 장면이

되었을 때 큰 사내놈이 텔레비전의 볼륨을 오른쪽으로 냉큼 돌렸다.

"답답해서 못 보겠단 말예요! 아 그래, 텔레비전도 마음 놓고 못 봐요?"

이렇게 큰소리로 떠벌이기까지 하는 것이었다. 사랑에 계신 조부님이 들으시라는 듯이 큰 소리로 말이다. 기가 죽었던 텔레비전은 갑자기 용기백배하여 왕왕거리기 시작했고, 말발굽 소리가 벼락 치듯 크게 나오고 총소리도 진짜 총소리만큼 실감 나게 커졌다.

"얘! 볼륨 낮춰! 불벼락이 떨어지면 어쩌려고 그런 짓을 한담."

"실감이 안 난단 말예욧! 판토마임을 보는 것 같아 기분 잡친단 말예욧!"

모자간에 실랑이가 벌어지는 동안 현기와 아래 아이들은 조마조마하게 사랑의 거동이 어떻게 되나 거기에만 신경을 썼다. 그러나 벌써 잠이 드셨는지 조부님의 불효령은 내리지 않았고 서부영화를 무사히 시청하게 되어 모두들 한숨을 푹 내쉬었다.

조부님 쪽에서 보면 버릇없는 증손자 녀석의 반항이 괘씸하기 그지없겠지만 일일이 조무래기들과 실랑이를 벌이는 것을 피하는 눈치였다.

"아이고, 배고파서 환장하겠네!"

학교에서 늦게 돌아오는 아이들이 대문에 들어서면서 공연히 큰소리로 이렇게 어쩌다가 악다구니를 해도 조부님은 에헴 에헴 기침만 하시는 걸 보면 조부님의 집안 통치 방법이 기교적임이 분명하다.

이튿날은 일요일. 모두들 늦잠을 자고 싶지만 조부님이 내리는 엄한 기상 명령에 눈곱을 떼며 잠자리에서 일어나 마당 한가운데 있는 세면대로 모여야 했다. 꼭 같은 시간에 기상을 하여 식구들이 모두 같이 세면을 하는 것이 집안의 규칙이었다.

"현기, 이리 좀 오너라."

세면이 끝나고 타월로 얼굴을 닦을 때 조부님이 느닷없이 현기를 호출했다. 현기는 엉거주춤 조부님을 따라 사랑으로 건너갔다.

"너 이놈, 아이들 교육을 어떻게 시키는 거냐? 자정이 넘을 때까지 아이들 데리고 히히덕거리며 떠들고. 그래 잘 헌다."

이렇게 말씀하시는 조부님의 턱수염이 부들부들 떨리는 걸 보자 현기는 가슴이 오그라들어서 의자 밑으로라도 기어 들어가 숨고 싶었다.

"이놈! 왜 대꾸가 없어? 집안 살림이나 나라 살림이나 매한가지야. 규칙이 있으면 그걸 무조건 따라야 집안이나 국가나 유지되는 거야. 중구난방으로 제멋대로 움직이면 무슨 꼴이 되겠냔 말이다."

"시정하겠습니다……."

"내가 불 끄고 자라고 이르니까 불을 끄고 몰래 텔레비전을 봤지? 고의적으로 내 말에 반항을 하느라고 일부러 소리도 높이고…… 에, 고현 놈들. 어느 녀석이 그따위 짓을 했는지 네가 알아서 조처해. 몇십 년 동안 아무 요동 없이 지켜 온 가풍을 훼손하려는 자는 엄벌해야 돼!"

"제가 책임지고 조처하겠습니다."

이 집안에서 이런 문제가 제기된 것은 처음 있는 일이다. 조부님은 곰곰이 생각했을 것이었다. 철모르는 어린 것들이 하늘 높은 줄 모르고 날뛰는 것을 방지할 방도에 관하여 조부님은 곰곰이 생각하다가 일단 현기의 선에서 처리시키자고 작정을 한 모양이다.

여느 일요일과 마찬가지로 그날도 집 안은 쥐 죽은 듯 조용했다. 조부님이 거처하시는 사랑에서는 이따금 담배에 불 댕기는 성냥 긋는 소리가 날 뿐이었다. 조부님의 분부대로 현기는 아이들을 안방으로 불러들여 지난 밤의 항명사건을 수습했다. 텔레비전의 볼륨을 높이고 이 집구석에서는 잠도 마음대로 못자느냐고 앙큼한 소리를 내뱉은 녀석에게 벌로 일주일 동안 안방 출입을 금지시키기로 했다. 안방 출입을 금지시킨다는 것은 텔레비전 구경을 못 하게 하는 것이므로 벌을 받은 아이는 기가 막히다는 표정이다.

"아버지만 눈감아 주면 쓱싹 되지 않아요? 그렇죠? 증조할아버지한테는 벌을 주었다고 말씀드리고 적당히 해서 쓱싹해요. 히히."

“쓱싹하자구? 할아버님을 가볍게 봤다간 큰일 난다. 그분은 천리안을 가지신 분이야.”

“오빠 약 오르겠다. 오늘 밤에도 영화를 할 텐데……”

“권투 시합도 있지롱.”

밑의 두 남매가 벌 받은 형을 조롱하자,

“너희들도 언제 벌을 받을지 몰라요.”

하고 현기 처가 웃는다.

항명의 장본인인 큰 사내놈에 관한 징계를 보고하자 조부님은 만족한 모양이었다.

“말썽이 될 만한 요소는 시초부터 싹둑 잘라야 후환이 없는 법이다.”

“지당하신 말씀입니다…….”

조부님의 집안 다스림이 너무나 독재적이라는 점을 진언하고 싶은 생각이 불현듯 일어났다. 지난밤에만 해도 아이들이 열 시가 넘도록 자지 않고 텔레비전을 보면서 떠든 죄를 엄격히 따지면 자기도 공범 속에 든다. 열 시가 넘어도 필요에 따라서 안 잘 수도 있는 문제 아닌가 말이다.

“무슨 할 말이 있느냐?”

“아니올습니다…….”

생각보다도 빨리 현기의 입에서 이런 말이 먼저 나왔다. 현기의 마음속에 꿈틀거리던 이런저런 생각도 자기 입에서 나온 조부님에 대한 충성의 말 한마디로 깨끗이 사라져 버렸다. 세상에 태어나면서부터 조부님에게 순종해 온 현기로서 하루아침에 그분의 다스림을 왈가왈부한다는 것은 이만큼 어렵고 무모한 일이다.

아버님이 내신 한약국에 이따금 가게 되면, 현기는 아버님의 그 걸걸하신 목소리와 웃음소리를 듣고 놀란다. 집안에서는 조부님의 세도에 눌려 오금을 못 추는 아버님이 일단 대문 밖에만 나가시면 완전히 독립된 인간으로 행세를 하신다. 이것은 당연한 일이지만 현기로서는 그렇게 보이지 않았다. 호탕하게 웃으시며 손님을 대하고 큰소리로 떠들며 약재를 들여놓는 아버지와 집안에서는 기침도 크게 안 하시는 아버지가 동일인인 것을 스스로 확인하려면 잠시 동안 현기의 머릿속에 혼란이 일어나야 한다.

"집 안에 계실 때와는 딴 분처럼 느껴지는군요."

언젠가 현기가 약국에 갔을 때 이렇게 말하자 아버님은 느닷없이 껄껄 웃으시면서 대꾸했다.

"너희 조부님에 관해 말하고 싶으냐? 그분은 너나 내가 잘 받들어 모셔야 돼. 얼마나 재미있는 우리 집안이니? 환갑이 넘은 내가 집안에서는 열 살배기 아이 노릇을 해야 한다는 게 말이다. 분명히 말해 두지만 너는 애비를 못났다고 생각하면 못쓴다. 애비에게도 다 생각이 있단 말이다. 너희 조부님은 영웅이시다."

"조부님이 작고하신다면 아버님께서 지금과 같은 방법으로 집안을 다스리시겠군요."

"아니다. 애비는 다르다. 나는 너희들에게 모든 걸 다 맡기겠다. 영웅이 아니면 의의를 못 느끼는 너희 조부님과 이 애비는 다르다. 나는 말이다. 영웅이 아닌 데 의의를 느끼며 산다고나 할까."

현기 부자는 조부님에게 순종하는 것이 습성이 되었고 그 습성이 그대로 인격을 형성하여 남이 보면 숨통이 막힐 것 같은 조부님의 엄격한 통제에 순응해 나가는 것이 조금도 불편하지 않다. 그러나 이제 막 성장하는 아이 녀석들은 그렇지가 않다. 노골적으로 항명을 하고 비판하고 최고 권력자에게 대들고 싶은 충동을 그대로 나타낸다. 현기의 처만 하여도 남편 앞에서 조부님에 대한 짜증을 노골적으로 표시한다.

조부님의 일사불란한 리더십이 아이들이 일으키는 소요쯤으로 허물어지지 않는다는 걸 현기는 잘 알고 있다. 집안 구석구석까지 조부님의 입김으로 가득 차 있는데 만일 조부님의 권력이 도전을 받아 조금이라도 기우뚱하게 되면 온 집안을 휩쓸 혼란과 무질서를 막아낼 수가 없을 것이다.

"아버지, 좋은 수가 있어요. 이어폰을 사 왔거든요. 담요로 문을 가리고 보면 귀신도 모를 거예요."

저녁이 되어 텔레비전에서 골든 프로가 방영될 때, 징계를 받아 자기 방에 연금 상태로 있던 사내놈이 히히 하고 헤살을 부리며 안방으로 살짝 들어와서 하는 소리이다.

"형 혼자만 텔레비전을 보겠다는 거야?"

아우 녀석이 이렇게 대들자,

"웃기지 마. 이것 좀 봐."

하며 그 녀석은 주머니에서 이어폰을 꺼냈다.

그 녀석이 꺼낸 이어폰이라는 게 괴상망측한 것이었다. 어릴 때부터 워낙 손재주가 있는 아이라서 어느 구석을 어떻게 쫓아다니며 만들어 냈는지는 몰라도 코드는 하나인데 여러 개의 이어폰이 마치 낙지발처럼 붙어 있는 것을 방바닥에 떡 꺼내 놓고,

"이 맹추야, 이걸 봐. 자, 이렇게 코드를 꽂고 이걸 귀에 꽂으면 되잖아? 아버지랑 엄마도 한번 귀에 꽂아 보세요. 잘 들리죠? 이렇게 하고는 전등을 찰칵 끄면 아무도 모른단 말야."

하며 기세등등하다. 마치 만점을 받은 시험지를 가져와서 자랑하듯 말이다.

현기 내외는 그 녀석의 비상한 솜씨에 혀를 끌끌 찼다. 이어폰을 귀에 꽂고 시청하니까 마치 텔레비전을 자기 혼자서 보는 듯한 독점감이 생긴다. 전등을 끄고 캄캄한 방에서 이렇게 이어폰을 사용해서 텔레비전을 시청한 경험이 없는 현기 내외와 아래 두 남매는 긴장감도 맛보게 되는 것이다. 훈육 선생 몰래 영화관으로 잠입하여 까까중이 머리를 어둠 속에 감추고 영화 구경을 하던 중학교 시절이 회상되어 현기는 빙그레 웃기까지 했다.

"증조할아버지가 오빠 방문을 열어 보면 어쩐담?"

"쉿! 조용! 불을 켜 놓고 빠져나왔으니까 공부하는 줄 아실 거야. 운동화도 방문 앞에 벗어놓고 맨발로 왔다구……."

녀석 아주 철두철미하다. 아이들은 쥐죽은 듯이 조용하고 질서정연하게 텔레비전 앞에 앉아, 소공자가 배를 타고 바다 건너가는 화면을 말똥말똥 쳐다본다. 현기 처도 이어폰에서 소리가 들려 나오는 게 신통한지 이어폰을 뺐다 끼웠다 하는 얼굴이 진지해 보인다.

'비밀 결사가 지하실에 모여 음모를 꾸미는 것 같다.'

현기는 이렇게 혼자 중얼거렸다. 우습기도 하고 슬프기도 한 그런 장면이다. 집안을 다스리시는 조부님의 눈을 속여 가며 이런 꼬락서니로 저녁 한때를 보낸다는 게 우스꽝스럽고 치사하고 더럽고 메스껍다. 조부님이 통치 방식을 변경하든가 아이놈들이 조부님의 다스림에 순종하든가 해야 집안꼴이 되지, 이렇게 비정상적인 요소가 있어서야 어디 될 말인가. 현기는 이어폰을 귀에서 떼어낸 다음 방문을 열고 마당으로 내려섰다.

이왕 내킨 김에 조부님께 툭 터놓고 아뢸 말씀은 다 아뢰어서 집안의 부조리한 현상을 개선해야 되겠다는 생각이 들었다.

'흥, 내가 자유화 운동의 기수가 된다? 아이들 편을 들어서 조부님께 집안의 파쇼 통치를 즉각 중지하고 다수결 원칙에 따라서 운영하자고 대들어? 하지만 그건 괴로운 일이다. 조부님의 노하신 얼굴, 어휴, 생각만 해도 등골이 오싹하다. 조부님을 잘 받들고 아이들을 엄격히 다스리면 아무 일도 없지. 아이놈들이 저렇게 반동분자가 되는 것도 이 애비가 불투명하기 때문이야……. 하지만 시대에 역행할 수도 없는 일 아닌가?'

현기는 마당에서 이리저리 거닐며 곰곰이 생각해 보았다. 언젠가 큰녀석이 기타를 딩딩거리고 치다가 조부님에게 호되게 야단을 맞은 일이 있었다. 그때 조부님에게 야단을 맞고 안방으로 건너온 녀석이 현기에게 대들듯이, 그리고 비난하는 어투로 이렇게 말한 적이 있다.

"아버지는 도대체 뭐예요? 증조할아버지한테 제가 야단을 맞아도 아무렇지도 않아요? 다 아버지 책임이에요. 아버지가 무력해서 그래요. 기타를 들고 길거리에 나가서 놀아야 되나요? 해도 해도 너무해요. 우리 집안이 뭐 증조할아버지의 비위나 맞춰 드리는 장소예요? 틀린 것은 틀렸다, 왜 이렇게 말씀을 못 드려요? 우리나라는 민주공화국이에요. 학교에서 그렇게 배웠다구요. 모든 권력이 국민으로부터 나온다는데 우리 집은 어디 그래요? 국가와 가정은 다르다구요? 비민주적인 가정이 모여서 민주 국가가 된다는 이상한 논리를 펴시는군요. 우리 집안은 헌법에 위배되는 집안이에요."

녀석은 이렇게 말해 놓고 태연자약했는데 현기가 오히려 안절부절했다. 현기의 마음속 깊숙이 숨어 있는 생각을 그 녀석이 들춰내어 눈앞에다가 훼훼 내저은 것이어서 그는 마음이 편치 못했다. 그러나 몇십 년 동안 습관처럼 돼 온 무비판 정신은 곧 이러한 싱숭생숭한 마음을 꾹꾹 눌러 다시 마음 깊숙이 처박아 둘 수가 있었다. 그런데 이번만은 좀 다르다. 안방에서 벌어지고 있는 저 진풍경은 현기의 마음속 깊숙한 곳에 있는 싱숭생숭함을 한꺼번에 들춰내어 그를 괴롭히는 것이다. 이대로 방관만 하면 아이들에게 요령껏 남을 기만하며 처세하는 현대인의 악을 무언중 가르치는 나쁜 애비 구실을 자초하는 것이다.

현기는 조부님이 거처하시는 사랑방 앞에 와서 공손한 음성으로 나지막하게,

"좀 여쭐 말씀이 있습니다……."

라고 말했는데 마지막 말은 자기도 모르는 사이에 목구멍으로 기어들어 감을 의식하였다. 에헴 하는 기침 소리가 들렸다. 들어오너라 하는 신호이다.

방문을 열고 들어가자 뜻밖에도 아버님이 함께 계셨다. 이 밤 중에 웬일일까 하고 현기는 덜컥 겁부터 난다.

"그래 이 철부지 녀석아. 밖에 나가서 애비 흉을 봐? 밖에 나가서 집안 망신을 시키고 돌아다니는 놈은 벌을 받아야 해!"

조부님은 현기가 들어가도 거들떠보지도 않으시고 소리는 낮으나 뱃속에서 뿜어 올라오는 힘 있는 목소리로 호령을 하신다. 무슨 영문인지를 몰라 현기는 어리둥절한 채로 윗목에 덩그마니 앉았다.

"소자가 불민하며 그런 잘못을 범했습니다……."

아버님은 조부님 턱 밑에 무릎을 꿇고 앉아 머리를 조아린다.

"너는 무슨 일이냐? 야심했는데 자지 않고."

조부님이 이윽고 현기를 건너다보신다.

"예. 다름이 아니오라 내일이 바로 채만수 선생 회갑이온데 부조를 해야 되겠기에……"

현기의 입에서 나온 말은 얼토당토않은 이런 것이었다.

"만수 녀석이 벌써 그렇게 나이가 들었나?"

조부님은 이렇게 말씀하시며 캐비닛 서랍을 열고 부조할 돈을 헤아려 현기에게 건넨다.

"철민이는 방에 가뒀지? 딴짓 못 하게 잘 감시하렷다."

"예."

큰아이 놈 이름이 철민이다. 예, 하고 대답은 잘 하면서도 현기는 제정신이 아니다. 지금 안방에서 이상야릇한 이어폰을 귀에 하나씩 꽂고 눈을 말똥말똥하며 텔레비전을 보고 있는 마누라와 자식들 모습이 눈앞에 클로즈업되었으니 말이다.

일주일이 지나고 열흘이 지났다. 그날 밤 아버님이 야단맞으신 이유도 일주일이 지나고서야 밝혀져서 그 소문을 들은 현기는 앞이 캄캄해지도록 놀랐다. 한약방으로 놀러 온 친구가 아버님에게 조부님의 안부를 묻는 데서부터 일이 벌어졌다고 한다. 자네 엄친께서는 요즘도 정정하신가. 이 사람아, 말도 말게, 나는 아직도 집에서는 어린애 취급을 받는다네. 온 집안을 한 손아귀에 쥐고 일벌백계로 다스리시거든. 이런저런 이야기를 주고받았는데 그 후에 그 친구가 대문 앞을 지나다가 조부님을 보고는 문안 인사를 한다는 소리가, 아직도 집안을 한 손에 쥐고 흔드신다면서요… 한 것이었다. 이 말을 괘씸하게 들으신 조부님이 아버님을 당장 불러서 집안 망신을 시켰다고 호령을 하신 것이다. 따지고 보면 아버님의 잘못이야 하나도 없다. 그러나, 오늘날, 이 집안의 경우에는 '따지고 보면'이라는 말이 전제로 될 수 없으니까, 조부님이 호령을 하시면 호령을 듣는 쪽은 무조건 머리를 조아리는 것이다. 밖에 나가서 집안일을 이러쿵저러쿵한다는 것은 옳지 못하다. 그렇다면 집안에서는 집안일에 관하여 옳고 그름을 말할 수 있어야 하지 않는가. 현기의 집안에서는 절대 권력의 조부님이 계시기 때문에 하의상달이란 있을 수 없다. 절대복종만이 있다.

현기는 그날 밤 조부님에게 집안일의 옳고 그름을 이실직고하려고 갔다가 그만 기가 죽어버린 데 대하여 심한 부끄러움을 느끼게 되었다. 연금 상태에서 풀려난 철민이는 날이 갈수록 불평분자가 되어서 제 어미가 조금 나무라기만 해도 집안 꼴이 이게 뭐냐는 투로 대들고, 증조할아버지에게도 거의 노골적으로 도전하다시피 한다.

"일찍 일찍 불 끄고 자거라. 에헴."

밤 열 시, 조부님이 마당을 거닐며 이렇게 취침 명령을 내리신다.

"성적이 떨어지면 증조할아버지가 책임지겠어요?"

철민이는 이렇게 시침을 뚝 떼고 눈을 말똥말똥하며 한마디 하는 것이다.

"공부라는 건 평소에 하는 거야."

조부님이 이렇게 호령을 하면,

"다른 아이들은 매일 밤을 새워 가며 공부를 한단 말예요. 이 집에서는 공부도 마음대로 못 한단 말예요?"
하며 볼이 부어서 대든다.

그러나 조그만 녀석이 이따위 앙탈을 부린다고 해서 조부님의 위엄에 금이 가거나 집안 통치력이 흔들릴 리는 절대로 없다. 현기 처도 요즘 와서 부쩍 조부님에게 항거하는 기색이 많아졌지만 조부님의 입장에서 본다면 이런 소요는 필요악에 불과하다. 권력자가 거대한 정치적 술수를 쓸 때, 사소한 사회 불안 요소를 조작해 내어 그쪽으로 국민들의 불평불만을 유도해 내듯 조부님도 철민이의 버르장머리없는 말대꾸나 손자며느리의 앙큼한 짓을 눈 감아주기까지 하는 것이다.

"아버지는 비판 한마디 못 하시죠? 세대가 달라서 그래요. 저희들은 민주 시민 교육을 받았거든요……."

철민이 녀석은 증조할아버지한테 종알종알 대드는 것을 굉장한 비판 정신으로 안다. 현기가 조부님에게 순종만 하는 태도를 윽박지르기까지 한다.

"엿 먹을 놈 같으니! 그게 뭐 말라비틀어진 비판이야? 증조할아버지 손에서 나오는 돈을 받아 학교에 다니는 놈이 비판 좋아하네."

현기는 이런 생각을 가지고 있다. 본질적인 구조에 대한 비판이 올바른 비판이지 지엽적인 비판은 결국 그 권력 구조의 유지를 돕는 필요악에 불과하다. 독재정치를 하는 집권자는 이따금 섹스 문제가 사회를 풍미하게 은연중 조장하고 묵인한다. 그러면 지사라는 치들은 섹스 모럴의 타락을 개탄하고 당국을 상대로 맹렬한 비판을 가한다. 엿 먹을 녀석들이다.

조부님의 팔순 생신이 며칠 후로 다가오자, 현기는 아버님을 약국으로 찾아가서, 차제에 집안일에 대한 긴요한 의견을 말하기로 하였다. 조부님 앞에서는 도저히 자기 의견을 말할 수가 없는 현기이다. 전은 이러이러하고 후는 이러이러하다는 말씀을 아뢰고 싶어도 도무지 조부님 앞에서는 입술과 혓바닥이 말을 듣지 않는다. 네, 잘 알아모시겠습니다 하는 뜻의 말밖에는 발음해 낼 수가 없다. 잘 훈련된 입술과 혓바닥이다.

"그래, 네 의견으로는 조부님을 은퇴시키자는 말이지? 근력이 정정하신 분을 은퇴시킬 수 있을까? 공기 좋은 시골로 모신다는 네 의견이 얼마나 실현 가능성이 있는지 모르겠다……."

아이들 교육상 지금의 집안 상황은 해롭기 그지없다. 효도에서 우러나는 복종이 아니라 면종복배하는 습성을 은연중 가르치게 된다. 조부님의 다스림에 따르는 척하면서 지능적으로 조부님의 뜻을 거역한다. 철민이 녀석이 고안해 낸 텔레비전 이어폰만 해도 그렇다. 집안 전체에 받아들여지지 않는 다스림은 올바른 다스림이 아니다. 조부님을 하루속히 집안 통치자의 위치에서 물러앉게 하는 것만이 효도요, 아이들에 대한 애비의 도리라는 생각으로 현기는 조부님 은퇴 공작을 대담하게 모의했던 것이다.

모의 상대로 끌어들인 아버님의 반응은 부정적이었고 현기의 말을 듣고 있는 얼굴 표정은 차라리 절망적이기까지 했다. 시골에는 수천 평의 농지가 있으니까 조부님을 그곳으로 모시어서 여생을 자연과 벗하게 해 드리자는 게 현기의 생각이다.

"아버님께서 집안을 다스리시니까 나는 오히려 마음이 홀가분하다. 네 말을 듣고 보니 이 애비도 면목이 없구나. 네 말에도 일리가 있다. 아주 심각한 문제구나. 허지만 그분에게 감히 누가 그런 말씀을 드리지? 받아들여질지도 의문이고……"

"제가 간곡하게 말씀드리겠어요. 조부님이 시골로 내려가시게 되면 아버님께서 집안을 다스리세요."

"나보고 집안을 다스리라구? 나는 싫다……. 귀찮단 말이다."

후계자 문제는 아무래도 좋았다. 현기는 우선 조부님을 은퇴시키는 일이 급선무라고 생각했다. 여든이 넘으셔서도 집안을 꽉 움켜쥐고, 몇 시니까 불 끄고 자라, 아침 일찍 일어나서 운동을 하라, 누구네 큰일에는 부조를 얼마를 하고, 아이들 학용품값은 어떻게 하고…… 이렇게 꼬치꼬치 분부를 하시다니. 하루속히 조부님으로 하여금 집안일에서 손을 떼게 하는 것만이 효도이다. 그래야 아이들도 활개를 펴고 아이들답게 살지 이

상태가 계속되면 집안이 스르르 붕괴될지도 모른다. 겉으로 보면 조용하고 평화로운 현기네 집안이지만, 맨 웃어른의 일방적이고 강압적인 다스림과 아이들의 반항이 서로 뒤엉켜 있어서 언젠가는 집안 전체를 돌이킬 수 없는 혼란 속으로 빠져들게 할 것이다.

"증조할아버지를 제거해 버린다 이 말씀이군요? 하하, 신난다. 드디어 해방이 되겠다……."

아이 녀석들의 반응은 이렇게 전폭적인 찬성의 쪽으로 기울었다. 그런데 현기의 처는 좀 걱정스러운 표정으로,

"시골로 귀양을 보내는 거나 다름이 없군요. 글쎄 그건 좀 과하지 않을까요?"

하며 고개를 갸우뚱했다.

현기가 디데이로 정한 조부님의 생신날이 드디어 왔다. 노인의 장수를 축복하는 생신 잔치에는 시골에 있는 친척들까지 참석하여 큰 집회를 여는 듯했다. 집 근처 여관에는 생신을 축하하러 온 시골 분들이 묵었고 현기는 손님 접대를 하느라고 직장에도 며칠째 나가지 못했다. 생신날 아침에 현기는, 할아버지 아저씨뻘 되는 일가들이 다 모인 자리에서 조부모님에게 단도직입적으로 하야를 권고하였다.

"자손들이 불민하여 할아버님께 지금까지 집안 살림을 보살펴 주십사 했습니다만 이제부터는 손을 떼시고 홀가분하게 시골에 가 계시면서 여생을 편히 보내셔야 되겠습니다."

현기의 말은 침착하고 예의 바른 것이었다. 그의 말을 들은 일가들도 모두 고개를 끄덕끄덕하며,

"형님도 이제 한시름 놓으시고 유유자적하게 지내셔야죠."

"아저씨께서도 이제는 번거로운 일일랑 그만두시고……"

하며 현기의 의견을 지지해 주었다. 당연한 노릇이다. 도대체 나이 여든이 된 노인에게 집안의 대권을 맡기고 있었다니 그 자손들도 엿 먹을 녀석들이다.

"너희들을 어떻게 믿느냐? 안 된다. 내 눈에 흙이 들어가기 전에는 안 돼."

조부님의 말이 떨어지자 갑자기 방안은 무거운 침묵 속에 잠겼다.

"허지만 할아버님께서는 연로하셨고, 요즘 한창 자라는 아이 녀석들이 할아버님 분부를 잘 따르지 않는 사례가 있고요. 에, 무엇보다도 할아버님을 편히 모셔야 되겠기에……"

"닥쳐라! 우리 집처럼 일사불란한 집이 어디 있느냐? 너는 무슨 꿍꿍이속으로 할애비한테 이따위 방정 맞은 주둥일 놀리는지 몰라도, 모두 내 명에 스스로 복종하고 내 건강 또한 좋으니까 두말하면 잔소리야."

국민이 원한다면, 이라는 조건을 붙이는 지배자의 우를 조부님도 범하고 계셨다.

"형님, 이렇게 하면 어떨까요? 거, 왜, 투표라는 것 있지 않습니까? 식구들을 불러 놓고 공정하게 투표를 한번 해 보시죠?

형님이 집안을 이끌어 나가시는 것을 찬성하느냐, 반대하느냐 말예요. 그게 가장 좋겠어요."

종조부뻘 되는 영감님이 이렇게 진반농반으로 한마디 불쑥 한다.

"좋아. 투표를 해서 결정하지. 현기 저 녀석은 어릴 때부터 현명하지 못하더니 나이 사십이 되어도 저 꼴이야."

절대다수의 지지를 꽉 믿고 계시는 조부님이 껄껄 웃으며 말씀하신다. 뚜껑은 열어 보나 마나 이미 당신을 지지하는 결과가 나오리라고 확신하시는 듯 조부님의 표정은 자신만만하시다.

이렇게 되어 투표가 진행되었다. 아이 녀석들은 재미있는 게임을 하는 것처럼 신이 나서 투표지와 투표함을 마당 한복판에 준비해 놓고, 오늘로써 조부님의 장기 집권이 끝맺게 된다는 희망에 들떠 야단법석이다.

"아주 민주적이지요?"

철민이가 생글생글 웃으며 현기를 바라본다. 현기는 아버지를 흘낏 훔쳐본다. 무슨 깊은 생각에 잠긴 듯한 어둡고 우울한 아버지의 얼굴을 보자 조부님의 대권에 도전하여 소란을 일으킨 자신을 후회하고 싶어진다. 투표가 끝났다. 생신 잔치에 모인 일가친척들은 가장 흥미로운 연극을 구경하는 태도로 한쪽에 물러서서 바라보고 있다.

개표가 시작되었다. 개표는 아버님이 맡으셨다. 투표함에서 투표지를 하나하나 꺼내어 거기에 쓰인 '찬성' 또는 '반대'를 읽으면 되는 것이다. 조부님이 계속하여 집안의 대권을 잡는 것을 찬성하면 '찬성'이라고 쓰고 반대하면 '반대'라고 쓰도록 돼 있다.

"찬성!"

아버지의 말이 떨어지자 마루에 정좌하신 조부님이 빙그레 웃으신다. 모여선 친척들은 손가락을 하나 접는다. 식구는 모두 아홉 명이다. 조부님, 아버님 내외분, 현기 내외, 아이들 넷.

"찬성!"

아버님의 두 번째 목소리가 떨어지자 철민이가 고개를 갸우뚱한다. 찬성표가 연거푸 두 표나 나오다니 이상하다는 투다. 아버님 내외분이 찬성을 하셨다 해도 현기 내외와 아이들 넷은 단연코 반대임이 분명하다. 조부님은 투표에 참가를 안 하셨으니까 6대 2로 조부님의 하야가 결정되려는 순간이다.

"찬성!"

"찬성!"

아버지는 투표지 두 장을 꺼내 쑥 훑어보고 나서 큰 소리로 말한다. 이상하다. 찬성표가 또 나오다니 알 수 없다. 현기는 처를 흘끗 돌아다보았다. 여자란 믿을 게 못 된다더니 원 이럴 수가 있는가 말이다. 자기가 성화를 부리는 바람에 조부님에게 하야를 권고했던 것인데 도무지 이렇게 겉 다르고 속 다를 수가 있을까. 지금 나온 찬성 두 표는 처와 국민학교 1학년짜리 막내 놈의 것이 분명하다고 현기는 생각했다. 막내 놈은 말을 잘못 알아듣고 찬성이라고 잘못 써넣었을 것이다. 4대 4 무승부로 끝나면 어떻게 되는가. 재투표를 하게 되면 아이들에게 주의를 잘 시켜야 되겠다고 현기는 마음먹었다.

"찬성!"

"찬성!"

"찬성!"

아버지의 목소리가 떨어지자 현기는 아버지 곁으로 뛰어가서 직접 투표지를 들여다보았다. 분명히 '반대'라고 씌어졌는데도 아버님은 찬성으로 개표를 하시는 것이다. 순간 현기는 눈앞이 캄캄해졌다가 가슴이 두근거리기 시작했다.

"찬성!"

아버님은 끝으로 한마디 크게 하시고 손에 든 투표지를 찢어서 투표함에 도로 넣으신다. 만장일치로 조부님의 계속 집권을 지지하는 투표 결과가 드러나자 모여 섰던 일가친척들이 박수를 치기 시작한다. 현기 처와 아이들이 어리둥절해하며 현기 앞으로 모여 서서 고개를 갸우뚱한다.

"부정 선거예요, 아버지."

"순 엉터리다!"

아이들이 투덜거리는 소리도 요란한 박수 소리에 묻혀 버린다.

"원 녀석들 같으니, 이렇게도 할애비를 좋아하니……."

조부님은 만족한 듯이 아이들의 어깨를 두드리며 흥겨워하신다.

"조부님에 대한 효도를 우리에게 과시하려고 아까 그런 말을 했군."

아저씨뻘 되는 어른이 현기에게 이렇게 말하며 웃는다.

"참으로 훌륭한 집안이야. 그 어른에 그 자손이지."

"아무렴. 아주 발전 가능성이 많은 모범 집안이구 말구."

손님들은 흥겹게 술잔을 비우며 모두들 한마디씩 한다.

"그분을 상심하게 해서야 되겠느냐? 네 뜻대로 집안의 대권이 바뀌면 그 뒤에 올 혼란은 누가 막겠느냐? 아무튼 나의 잘못은 역사가 심판할 거니까 접어 두자."

아버님이 낮은 목소리로 현기에게 말했다. 현기는 도무지 뭐가 뭔지 모를 만큼 머리가 어지럽다. 조부님은 친척들의 환호를 받으며 수염을 쓰다듬으시다가 현기 부자를 보자 너그럽게 미소하신다.

"학교에서 배운 것하고는 영 다르다. 그렇지?"

"가출을 하든지 다른 집으로 양자를 가든지 해야 되겠어."

철민이와 그 아랫 녀석이 서로 주고받는 소리가 들린다. 그러나 아이들의 이와 같은 소리도 현기의 귀에나 겨우 들렸을 뿐 손님들의 웅성대는 소리에 묻혀 버린다. 조부님은 황제의 위엄을 뽐내며 만수무강을 축원하는 손님들 사이를 빠져 대청에 마련된 자리에 올라 등을 편안히 기대고 아래를 굽어보신다.

현기네 집안이 1970년대는 물론 1980년대까지도 길이길이 평화롭고 질서 있게 번영하리라는 것은 두말하면 잔소리이다. 백 퍼센트 지지를 받고 미소 짓는 조부님 만세!

(현대문학, 1974)

세우

숙모님이 돌아가셨다는 전보를 받고 부랴부랴 서울을 떠난 것은 오후 세 시가 훨씬 지나서였다. 그날은 아침부터 이 일 저 일이 제가끔 뒤틀려 나가고 있었다. 늦가을 날씨답지 않게 하늘은 잔뜩 찌푸린 채 염소 오줌 누듯 빗방울을 찔끔거리고 있었다. 누구에게 왜랄 것도 없이 신경질이나 나고, 온몸이 근질근질할 정도로 부풀어 오르는 까닭 없는 적의를 마음속에 숨기고 있었다. 서서히 완전하게 짓눌려 버릴 것 같은 기분이 공연스레 느껴지는 날이었다.

넷째 시간 강의를 그럭저럭 마치고 났을 때였다. 교반장 생도가 수업 종료 보고를 할 때, 뒷줄 오른쪽에 앉은 생도가 손을 책상 위에 떠억 올려놓고 있는 것을 보고 나는 갑자기 걷잡을 수 없이 화를 내고야 말았다.

"차렷 자세가 그게 뭔가?"

너무 큰소리로 외쳤기 때문에 착한 생도들은 눈을 동그랗게 뜨고 나를 쳐다보았다. 평소에도 이따금씩 야단을 치는 교관이라면 대수로울 게 없지만 나는 사관학교에서 교편을 잡는 동안에 이런 식으로 생도들을 꾸짖은 적이 없었다.

특간장교라고 보통 불리는 일반대학 출신 교관들은 너나 할 것 없이 둥글둥글 마음이 좋았다. 맡은 강의나 열심히 하고 생도들에게 되도록 책을 많이 읽히려고 애를 쓰면 되는 것이지 보행 자세라든지 차렷 자세라든지 경례 동작 같은 것은 생도대 훈육관 장교들이 이모저모 빈틈없이 훈련을 시키기 때문에 교수부 교관들이 이러쿵저러쿵 할 입장이 되지 못했다. 강의 시간에 곁눈질을 한다든가 자세가 흐트러진다든가 하는 생도가 있어도 야단을 치지 않고, 아무개 생도, 이 세상에서 가장 편한 자세로 앉아, 하는 식으로 유머를 섞어 주의를 환기시킬 정도였다.

특간 장교들은 일반대학 물을 몇 년 먹었으니까 사관학교에 와서 첫 시간 강의실에 들어가면 숨이 콱 막히면서도 정신이 번쩍 드는 것을 누구나 경험하게 된다. 질서정연하게 부동자세를 취하고 교반장 생도가 우렁찬 목소리로 인원 보고와 수업 준비 종료 보고를 해대기 때문이다. 생도들의 수업태도는 완벽한 작품이어서 필기를 할 때에는 필기를 동시에 하고 책을 읽힐 때면 책장 넘기는 소리가 동시에 들리는 것이다.

그런데 그날은 이상했다. 수업 종료 보고를 하려고 교반장이 차렷 구호를 외쳤는데도 한 녀석이 책상 위에 손을 그대로 얹고 있었다. 아침 출근 때부터 기분이 언짢던 나는 드디어 그 녀석을 미끼로 하여 공공연하게 화를 내면서 일장의 훈시를 도도하게 해댔던 것이다.

"지금이 어느 때인 줄 아는가? 정신 못 차리면 누구에게 잡혀 먹힐지 모르는 세상이야! 여러분은 총을 들고 나라를 지킬 사람이야! 정신자세가 그 모양이면 적군을 어떻게 무찌르나? 국가를 위해서 바친 몸은 생도들의 몸이 아니야. 차렷 구호가 떨어졌는데도 그따위 자세를 취하는 것은 바로 국가의 명령에 불복종하는 거야!"

문을 쾅 닫고 복도로 나오자 마주친 화학과 최 중위가 경례를 하면서 웃었다.

"김 대위님, 웬 목소리가 그렇게 우렁찹니까? 복도가 쩡쩡 울리대요."

"그래요?"

나는 무안해져서 뒤통수를 긁으며 강의 노트를 한 손에 든 채 1층 식당으로 내려갔다. 입맛이 썼다. 생도가 무심결에 저지른 조그만 실수를 핑계 삼아 화풀이를 한 내 꼬락서니가 역겨워서였다.

화가 날수록 목소리를 부드럽고 작게 차근차근 해야 된다는 것은 교편생활을 하는 사람이 꼭 지켜야 할 일이다. 선생이 피교육자 앞에서 화를 낸다는 것은 선생의 부족한 인격에서 비롯된다는 것도 익히 알고 있는 나였다. 그만한 일을 가지고 국가 명령에 불복종 운운했으니 생도들이 속으로 기절초풍했을 것 같았다. 식당 문을 열고 들어가서 오른쪽 모자 칸에 노트를 되는대로 집어넣고 나서 식권을 끊기 위하여 카운터로 갔다. 허기가 지나쳐서인지 위가 쓰릴 지경이었지만 이미 먼저 온 장교들이 줄지어 선 후미에 서 있을 수밖에 없었다.

"김 대위, 왜 얼굴이 구겨졌지? 오늘 아침 통근차 못 타서 그래?"

사학과 양 대위가 돌아다보며 약을 올리자 나는 바보처럼 슬쩍 웃었다. 하긴 그날은 웬일인지 아침 꼭두새벽부터 이 일 저 일이 묘하게 뒤틀려 나가는 기분이었다. 아침 첫 시간부터 수업이 있는 날은 그야말로 만사 젖혀 놓고 반드시 통근차를 타야 한다. 통근차를 놓치는 날이면 택시를 타야 하는데 불광동에서 사관학교까지 이천 원 가까이 나온다. 이천 원을 포켓에 넣고 다닐 만한 형편이 되지 못하는 것이 뻔한 일이고 보면 통근차를 못 타면 어떤 꼬락서니가 된다는 것을 누구나 짐작할 것이다.

그런데 바로 그날 나는 그러한 액운을 겪어야 했다. 집 앞 골목을 막 나서는데 통근차가 휙 지나가는 게 보였다. 나는 죽을 힘을 다해서 뒤쫓아 뛰었지만 통근차는 벌써 차량들의 북새통 속으로 잠겨 버리고 마는 것이었다. 나는 순간적으로 지나가는 택시를 세웠다. 꼬마에게 입힐 스웨터를 사오라고 아내가 준 돈이 포켓 속에서 가가대소를 하는 것 같았다.

"뭐야? 장교가 아침에 통근차도 못 타다니?"

식탁에 마주 앉아서도 양 대위는 능글능글하게 말을 걸어 왔다. 사관학교 수업은 아침 여덟 시부터 시작된다. 생도들은 일곱 시 반에 학과 출장을 하고 통근차가 학교본부 앞에 도착하는 시간은 정각 일곱 시 사십오 분이다. 전날 밤에 술이라도 진탕 마시면 아침 통근차를 타기가 여간 힘든 게 아니다. 내가 사는 불광동 삼거리에 통근차가 도착하는 시간은 일곱 시 오 분이다. 일 분 정도 빠르기도 하고 늦기도 한다. 그 시간에 맞춰서 나가지 않으면 통근차는 무정하게도 그대로 지나가 버린다. 그렇게 되면 일반버스를 몇 번씩 갈아타야 사관학교에 닿을 수 있다. 금단추가 쭈루룩 달린 정복을 입고 대위 계급장을 어깨에 단 장교 체면에 학생들이 오골박짝대는 버스를 타는 일은 여간 고역이 아니다. 첫 시간 수업이 없는 날이면 이만한 고역을 치르면 되지만 수업이 첫 시간에 있는 날은 반드시 통근차를 타야지 못 탔다가는 큰 탈이다.

"월급 타서 택시 값으로 다 버리는 것 아냐?"

양 대위는 원래가 입이 건 친구이므로 무슨 꼬투리만 잡히면 물고 늘어지는 성미다. 그러는 꼴이 둥글둥글하니 밉지가 않다.

"아직도 좀 남았어. 서너 번은 택시 타고 왔다 갔다 할 수 있다구."

나는 단숨에 밥 한 그릇을 비워 버렸다.

오후가 되어 연구실에서 수업 준비를 하고 있는데 최 병장이 엉거주춤한 자세로 들어와서 꼭꼭 접힌 쪽지를 내밀었다.

"급한 전보인 모양인데 죄송합니다."

"뭐야?"

나는 시큰둥하게 대답하면서 전보를 펴 보았다. 자모가 나란히 분해돼 있는 것을 하나하나 맞춰 가며 힘들게 내용을 읽어 내려갔다.

'12일어머님별세창래'

나는 의자에서 벌떡 일어섰다. 몸이 부르르 떨렸다. 시골 창래 형님이 친 전보였다. 형님에게는 양모였다.

"과장님 계시나?"

나는 모자를 집어쓰면서 다급하게 물었다.

"면회 온 분이 계셔서 다방에 내려가셨습니다."

"이거, 야단났군."

나는 꼭 미친 사람처럼 중얼중얼하며 책상 위에 널린 책을 주섬주섬 한쪽으로 밀어 놓고 밖으로 나오려 했다.

"정말 죄송합니다. 김 일병이 전보를 받아 놓고 휴가를 가는 바람에 오늘에야 전보를 찾았어요."

"뭐라구?"

"다시는 이런 일이 없도록 주의하겠습니다."

그제서야 달력을 쳐다보았다. 12일. 12일은 엊그제였다. 그날은 14일이었다. 장례를 치르는 날이었다. 숙모님이 이미 이틀 전에 돌아가셨음을 깨닫자 몸이 후끈후끈 달아올랐다. 엉엉 울음을 터뜨리고 싶었다.

"이 자식아! 나를 키워 준 숙모님이야. 한 분밖에 없는 숙모님이란 말이야! 한 번 더 실수하고 싶어도 할 수가 없다 이거야!"

최 병장의 뒤통수를 쥐어박고 나서 나는 다방으로 뛰어내려갔다.

"지금 당장 고향에 가야겠습니다. 숙모님이 별세했습니다."

과장을 만나자마자 나는 다짜고짜로 용건을 말했다. 중령 계급장을 단정하게 붙인 어깨를 쑥 올리며 과장은 허허하고 웃었다.

"우선 커피나 한잔하고 나서 천천히 말하시오. 내일부터 교과 과정 세미나인데 갑자기 고향에는 왜?"

과장은 내가 허둥지둥하는 꼴이 의외라는 듯이 웃었다.

"지금 당장 내려가야 해요."

"숙모님이면 안 가도 되는 거 아니오?"

"안 가요? 숙모님이 돌아가셨는데도 제가 안 가요?"

"요즘은 직계가 아니면 다들 안 갑디다요."

과장 맞은편에 앉은 뚱뚱한 신사가 말참견을 했다. 나는 뚱뚱이의 말을 듣자마자 울화통이 터져 나오기 시작하였다.

"당신이 뭔데, 말버릇이 그게 뭐요? 낫살이나 먹었으면 인륜도덕도 알아야 할 게 아니오?"

지금 생각하면 나에게서 어떻게 이런 당돌한 말이 나왔는지 모를 지경이다.

과장이 벌떡 일어서서 내 어깨를 밀고 구석 자리로 쫓다시피 해서 데리고 갈 때까지 나는 너무너무 분하고 원통해서 숨을 씨근덕거렸다.

"김 대위, 오늘 왜 이래? 저분이 누군 줄 아시오? 김 대위 오기 전까지 여기 교수부 차장 하다가 대령으로 예편한 분이오."

나는 난처한 얼굴로 몸 둘 바를 모를 처지가 돼 버렸다.

"알았소. 김 대위한테는 숙모님이 바로 친어머니나 다름없는 분이라는 걸 내가 깜박 잊었소. 행정과에는 내가 얘기해 놓을 테니 출장증을 끊어 가지고 가시오."

과장은 부하 장교를 인화와 이해로써 다루는 사람이었다. 나는 과장에게 정중하게 거수경례를 올려붙였다.

"다녀오겠습니다."

조금 전에 무례하게 따따부따해 댄 뚱뚱한 신사한테로 가서 죄송하다는 말만 짤막하게 하고 도망치듯 다방에서 빠져나왔다. 행정과로 가서 출장증을 끊어 가지고 한걸음에 학교 밖으로 빠져나왔다. 세 시가 가까웠다. 나는 한숨을 땅이 꺼져라 하고 내쉬고 나서 곰곰이 생각했다. 무슨 차를, 어디서, 어떻게 타야 최단 시간 안으로 고향에 갈 수 있을지 도무지 궁리가 떠오르지 않았다.

우선 청량리로 나가기로 마음을 먹고 나는 택시를 탔다. 그제서야 포켓에 든 돈이 겨우 몇백 원이라는 생각이 떠올라 나는 운전수에게 홍릉으로 가자고 했다. 우선 돈을 융통해야지 차비가 없는 판이었다. 홍릉에는 이종사촌이 살고 있었다. 몇 달 만에 불쑥 찾아간 내 손을 붙잡고 굉장히 반가운 모양이었다.

"야, 대위다 대위!"

"밥풀 세 개야. 수남이 삼촌은 말똥이 둘인데……"

조카 녀석들이 군복을 입은 나를 보자 깡충깡충 뛰면서 법석을 떨었다.

"시골 숙모님이 돌아가셨어요. 그래서 고향에 내려가려고 하는 데 차비가 모자라서 돈 좀 빌리려고 왔어요."

"저런, 숙모님이 갑자기 별세를 하시다니요?"

"웬일인지 저도 모르겠어요. 작년 봄에도 고혈압으로 쓰러진 일이 있었는데 아마 고혈압인 것 같아요."

"우리 아빠한테도 알려야죠?"

"그만두십시오. 사병 애들이 전보를 늦게 전해 줘서 다 틀렸어요. 어제 그저께 돌아가셨다니 오늘 장례를 치를 거예요."

형수한테서 돈을 두둑하게 받아 넣고 나서 청량리역으로 나왔다. 고향 쪽으로 가는 기차는 오후 다섯 시가 지나서야 있었다. 다시 밖으로 나와서 동대문 고속버스 터미널로 가서 나는 원주행 고속버스에 몸을 실었다. 그때가 세 시 반이었다.

버스가 서울을 벗어나자 차창 밖에는 비가 흩날리기 시작했다. 늦가을 날인데도 날씨가 고약해서 이곳저곳에 기분 나쁘게 희뿌유스럼한 안개가 펴져 오르고 있는 모습이 보였다. 후미진 골짜기와 나무숲의 밑둥에서부터 안개는 꿈틀대며 펴져 올랐다. 여름 장마철처럼 습기가 가득 차 있어 버스 안의 공기도 끈적끈적했다.

"살아서 움직이는 것 같죠?"

옆자리에 앉은 여자 승객이 말을 건네왔을 때 그때까지 나는 오로지 별세하신 숙모님에 대한 생각에 푹 잠겨 있다가 그제서야 옆에 다른 승객이 앉아 있다는 사실을 깨달았다.

"안개 말이에요. 날씨가 참 이상하답니다."

"정말 그렇군요."

나는 건성으로 대답하고 나서 밖을 내다보았다. 도로 양쪽 내리받이에서도 안개는 슬금슬금 기어오르며 수탉처럼 흰 벼슬을 내밀다가 버스의 속도에 밀려 날아가 버리고 있었다.

"안개가 아니라 비군요."

나는 무심결에 이렇게 말했다. 맞았다. 우리들의 눈에 안개처럼 희뿌옇게 보이면서 서서히 꿈틀대는 그놈은 안개가 아니라 비였다. 가느다란 비가 아주 촘촘하게 느릿느릿한 속도로 내리고 있어서 후미진 골짜기에서는 꼭 안개처럼 보였다. 그것은 세우였다.

"가랑비가 저렇게 보이는 거예요."

내가 다시 이렇게 주장하자 옆의 여자는 손으로 입을 가리며 웃었다.

버스는 경부선 고속도로를 벗어나서 원주로 가는 2차선의 좁은 고속도로로 접어들었다. 눅눅한 습기와 골짜기에서 꿈틀대는 가랑비 때문에 버스 안은 저조의 분위기가 감돌았다. 담배 연기도 흉측하게 의자 밑으로 기어 들어가서 꿈틀대며 오래오래 그 형상을 유지해 나가고 있었고, 윈도를 닦아내는 클리너 혼자서 버스의 적막감을 이겨내려고 안간힘을 쓰고 있었다. 차장이 적막감을 못 견디겠다는 듯 카세트를 돌리자 갑자기 찡그렁 쨍하는 팝송이 흘러나왔다.

"안내양, 음악을 껐으면 좋겠구만."

잠바를 입은 아저씨가 점잖게 말하자 차장은 그것을 껐다. 다시 적막하고 피곤하고 괴기한 분위기를 싣고 버스는 윙윙거리며 비안개가 막아서는 길을 허우적대고 뚫으며 달려갔다.

〈원주 32km〉라는 표지판이 꿈틀대는 비안개 속에서 푸르딩딩한 이마를 내밀고 있었다. 나는 자꾸자꾸 시계를 보았다. 표지판 위에서도 시계 속에서도 자꾸 숙모님의 얼굴이 떠올랐다. 나는 고개를 흔들며 숙모님의 얼굴을 지우려고 애를 썼다. 너무 애를 쓰다 보니 마치 버스가 내 힘에 의해서 굴러가고 있는 것 같은 착각이 들 정도였다.

숙모님이 나의 어린 뼛속 깊이깊이 자리 잡게 된 것은 전쟁이 난 해 겨울이었다. 얼었던 도랑물이 녹고 처마에서 고드름이 후두둑후두둑 떨어지던 때였으니까 2월쯤 됐나 몰랐다. 여름 전쟁 때도 우리들은 피란을 못했고 겨울에 다시 전쟁이 났을 때도 우리는 피란을 못했다. 우리 집 식구뿐만이 아니라 온 동네가 마찬가지였다. 앉아서 고스란히 전쟁을 겪을 수밖에 없었지만 우리 마을에서 전투를 하는 일은 없었다. 심심산천이란 말은 바로 우리 마을을 두고 하는 말일 것이다. 앞뒤로 높은 산이 우뚝우뚝 서 있어서 박달재와 다릿재를 잇는 좁다란 국도만이 출구 노릇을 하고 사방은 병풍처럼 산이 막아 서 있다. 겨울 전쟁 때는 중공군이 몰려들어서 며칠을 주둔했다. 잊지 못할 일이 벌어진 것은 바로 그 겨울 어느 날이었다.

나는 그때 아홉 살이었다. 창래 형이 열세 살이었고 북으로 끌려가서 지금은 생사도 모르는 맏형님이 열일곱 살이었다. 아버지와 숙부님은 서로 형제분끼리 약속이나 하신 듯 전쟁이 일어나기 훨씬 전에 세상을 떠나셨고 우리 집은 두 과부가 자식들을 키우고 있었다. 한 분은 어머님이고 다른 한 분은 숙모님을 가리키는데, 귀가 따가울 정도로 그 후 내내 우리 집은 동네에서 〈두 과부 집〉이라고 호칭되었다.

어머님과 숙모님은 거의 동갑이어서 서로 흉허물 없이 같은 집에서 살며 남편들이 없는 집을 잘 지켜나가고 있었다. 숙모님한테는 혈육이 없어서 둘째 형이 양자를 가게 돼 있었다. 지금 고향에 사는 창래 형이 숙모님을 어머니로 모시면서 이제까지 살아온 것도 우리 집안에 전해져 오는 미풍 때문이었다. 대가 끊어지지 않게 서로서로 자식을 꾸어 가고 빌려주는 일이 가장 아름다운 일이라고 나는 생각한다. 맏형이 15년 전에 부산서 비행기를 타고 서울로 오다가 비행기가 송두리째 납북되는 바람에 소식이 끊긴 후에도 어머님은 창래 형을 원가로 복귀시킬 생각은 전혀 안 하시는 눈치였다. 우리 어머님이야 과부가 되긴 했어도 알토란 같은 아들이 셋이나 있으니 그럭저럭 위안이 되셨겠으나 숙모님은 홀로 되신데다가 혈육도 없으니 그 막막한 심정이 오죽했겠느냐 말이다. 그러나 뼈 있는 집 여자들은 지아비를 바꾸지 않는 법이다. 그렇지만 숙모님이 우리 삼 형제를 어머님과 합심하여 키우시면서 수절을 한 것은 그러한 당위에서가 아니라 타고난 천성의 연약함과 아름다움에서 비롯됐던 것이다.

그해 겨울 전쟁 때 마을에 주둔했던 중공군들의 행패는 마을 사람들을 질식케 했다. 그들은 면사무소 창고를 열어서 곡식을 모두 꺼내고 집집마다 돌아다니며 농우를 모두 약탈해다가 잡아먹었다. 뱃속에 아귀가 꽉 들어앉은 모양으로 닥치는 대로 먹어치우는 것이었다. 갈무리해 둔 감자와 무 구덩이도 파헤치고 마루 벽에 달아 놓은 호박도 빼앗아갔다. 나중에는 천장에 달아 놓은 옥수수도 모두 뒤져내었기 때문에 어른들은 큰 근심을 하고 있었다. 봄이 오면 씨를 뿌려야 할 텐데 곡식 종자마저 빼앗겼으니 근심도 이만저만이 아니었다.

그러나 정작 큰일은 그 뒤에 벌어졌다. 그들은 며칠 동안 닥치는 대로 이것저것을 모두 먹어대고 길 한복판이고, 논바닥이고 간에 가리지 않고 홍두깨만 한 똥자루를 여기저기 수둑하게 내질러 놓고 나서 끼룩끼룩 트림을 하며 딴 궁리를 하고 있었다. 그것은 여자 사냥이었다.

그 사냥은 어둑어둑해질 때 시작되곤 했다. 중공군 병정들은 총을 어깨에 메고 몇 명씩 떼를 지어 히히덕거리며 마을 입구로 들어서는 것이었다. 철모르는 나는 그들의 행동을 완전히 알아차릴 수 없었다. 논두럭 밭두럭으로 아이들과 떼 지어 몰려다니며 쥐불을 놓느라고 야단을 떨던 나였다. 쥐불이 바람을 받아 논두럭을 빨갛게 태우면 불티와 재가 날아올라 아이들의 조그만 얼굴에 달라붙었다. 들쥐를 다른 마을로 내쫓기 위해서 쥐불놀이를 한다지만 아이들은 그냥 놀이에만 충실해서 이따금 논두럭 밑에서 들쥐가 정말로 기어 나와 도망치는 것과 마주치면 눈을 동그랗게 뜨고 놀라서 입만 딱 벌리는 것이었다.

나는 처음에는 중공군들이 벌이는 여자 사냥이 내 또래의 아이들이 하는 쥐불놀이와 비슷한 것이라고 생각할 만큼 눈치코치가 쥐뿔도 없었다. 암 없고 말고, 그때 내 나이는 겨우 아홉 살이었으니까 말이다.

중공군들은 마을 구석구석을 들쑤시며 곡식을 징발해 가듯 마을을 발칵 뒤집어 놓고 여자를 사냥하느라고 혈안이 되어 있었다. 몇몇 병정들의 탈선행위이었거니 했던 마을 사람들은 사냥이 며칠째 계속되자, 곡식을 빼앗길 때보다 어찌해야 좋을지를 더 몰라 허둥지둥하였다. 마을 여자들은 모두 흰옷으로 갈아입고 낮에는 바깥출입을 못 했다. 연초 건조실이나 다락에 숨어 살면서 뒤가 마려운 것도 참다가 한밤중이 돼서야 뒷간에 가야 했다. 빨간 옷이나 노란 옷 같은 물감 들인 옷을 입으면 젊은 여자인 줄 알기 때문에 그놈들의 마수를 벗어나기가 힘들었다. 그래서 젊은 여자들도 흰옷을 입고 노파처럼 등을 구부리고 머리에 수건을 쓰고 다녀야만 그런대로 그들의 사냥에서 벗어날 수가 있었다. 젊은 여자가 손에 잡히면 그들은 굶주린 이리떼가 먹이를 놓고 싸우듯 서로 싸우기도 하고 어떤 때는 번갈아 가며 윤간을 하기도 했다.

"사냥꾼이 온다아!"

마을 입구 쪽에서 이러한 외침이 들리면 마을은 삽시간에 긴장감이 감돌며 응전태세로 돌입했다. 응전태세로 돌입했다는 것은 젊은 여자들은 지붕 밑 땅 밑으로 숨어 버리고 건장한 남자들이 눈을 부릅뜨고 대문을 지키고 있는 상태를 말하는 것이었다. 사냥꾼들이 자기 집 앞으로 몰려오면 손을 훼훼 내저으면서 여기엔 여자가 없다는 시늉을 했던 것이다. 어떤 때는 아내가 사냥꾼한테 먹이로 바쳐지는 모습을 본 남편이 도끼를 휘두르며 달려갔다가 총상을 입는 일도 있었다.

사냥꾼의 입장에서 본다면 우리 집처럼 여러 조건이 좋은 경우가 없을 것이다. 그때 어머님과 숙모님은 서른다섯 살도 안 된 나이였다. 사냥꾼들도 남자가 버티어선 집은 이리 기웃 저리 기웃 하는 게 보통이지만 우리 집처럼 과부가 꼬마들만 데리고 사는 집에는 함부로 들어와서 짓밟고 파헤치고 야단지랄을 부려도 막아낼 장정이 없었다.

"소리개 갑순이도 당했다지요?"

"글쎄 말이네, 겨우 열다섯 살인데."

"성님 몸 걱정이나 하우."

"아우님은 어떻고? 포동포동하니 꼭 처녀 같은데……"

나는 잠결에 이런 소리를 듣고 잠이 깨었다. 어머님과 숙모님은 나를 사이에 두고 누운 채로 이런 말을 주고받으며 한숨을 푹 내쉬는 것이었다. 숙모님이 사냥꾼들에게 먹이로 바쳐진 것은 바로 그날 밤이었다. 나는 어린 두 눈으로 똑똑히 보았다.

버스가 원주 터미널에 도착할 때까지 바깥 날씨는 그 모양 그 꼴이었다. 수물수물 엉켜서 몰려다니는 듯이 보이는 가을 가랑비가 계속해서 느릿느릿 흩뿌려대고 있었다. 원주에 도착하자 다섯 시가 가까웠다. 날씨도 깨무러져서 구석진 곳에서는 어둠이 넘쳐 나고 있었다. 고약한 날씨였다. 나는 제천행 시외버스를 타려고 정류장을 찾아 나섰다. 길가 가로수 옆에 붙은 공중전화 박스 옆을 지날 때 불현듯 아내한테 전화를 걸어야겠다는 생각이 나서 발길을 돌려 우체국으로 갔다. 아내는 꼬마와 곤지곤지를 하던 중이었는지 전화를 받으면서도 키득키득 웃었다.

제천행 버스는 여섯 시에 떠나는 막차밖에 없었다. 거의 한 시간이나 기다려야 될 판이었다. 나는 안개처럼 내리는 가랑비를 맞으며 버스정류장 부근을 수캐처럼 빙빙 돌다가 소변을 보기 위해 정류장 안에 있는 변소로 들어갔다. 운전수 차림의 사내가 용변을 막 마치고 나오며 그것을 툭툭 털어서 가랑이

속으로 쑤셔 박는 모습을 보고 나는 반병어리처럼 빙긋 웃었다. 나도 소변을 마치고 돌아서서 걸어 나오며 그것을 툭툭 털면서 운전수 흉내를 냈다. 나는 그곳에서 나와 곧바로 가까운 술집으로 가서 소주를 한 병 마셨다. 장교 정복을 입었지만, 곧 어두워질 테니까 취기가 약간 올라도 어떠랴 싶은 생각이었다. 취기가 오르자 숙모님의 따뜻한 얼굴이 내 앞을 스쳐가는 것 같은 착각이 일어났다. 이미 그 시간엔 장례절차가 모두 끝나서 땅속에 깊이 묻혔을 숙모님의 그리운 얼굴이었다. 한시바삐 고향으로 달려가야 한다는 생각이 다시 떠올랐다.

버스 출발 시간은 아직도 삼십 분이 남아 있었다. 제천 못미처서 봉양에서 버스를 내려, 다시 충주 쪽으로 가는 버스를 타고 고개를 넘어가야 할 텐데 봉양에 가 본들 그러한 밤 버스가 있을지 의문이었다.

숙모님이 이미 땅에 묻힌 뒤에 한밤중에 도착해 봐야 무슨 소용인가 하는 생각이 들자 나는 소리 죽여 울었다. 나는 울음을 그치고 밖을 내다보았다. 어둠은 점점 퍼져 올라오고 있었다. 안개처럼 수물거리는 가랑비도 어둠에 묻혀 보이지는 않고 수물수물거리는 소리만이 땅바닥 위를 기어서 들려왔다. 비도 안개도 아닌 자디잔 것들이 눅눅한 습기와 어울려서 사람들을 맥 풀리게 만들어 놓고 있었다.

버스가 털털거리며 단구, 치악, 신림을 지나 봉양까지 와 닿자 나는 펄쩍 뛰어내렸다. 나 말고도 몇 명이 더 내렸다. 가랑비는 그 모양 그 꼴로 지척대고 있었다. 비다운 비를 맞은 것도 아닌데 옷이 흠뻑 젖어 있었다. 담배 가게 호롱불 앞으로 가서 버스 시간을 보려고 고개를 내밀었다. 버스는 없었다. 여덟 시가 지나서 그 험한 고개를 지나 첩첩산중으로 가는 버스가 있을 턱이 없었다.

꼭두새벽부터 통근차 때문에 실랑이하는 덕분에 아침도 굶고, 수업은 기분 잡치게 하고, 점심도 구내식당에서 때우고, 부랴부랴 내려오느라고 허둥허둥대며 하루해를 보낸 탓인지 온몸이 폭삭 무너앉는 것처럼 피곤하였다. 나는 담배 가게 호롱불을 등지고 평상 위에 앉아 쇠지랑물 냄새가 풍기는 길바닥을 내려다보았다. 삼거리 한가운데에 초소가 서 있었는데 플래시를 번쩍번쩍하며 사내들이 지키고 있었다. 그들이 경찰관인지 헌병인지 예비군인지 어두워서 분간할 수가 없었다. 분간해낼 필요도 없는 일이었다.

"장교님, 어느 쪽으로 가십니까?"

어두운 초소에서 귀에 선 목소리가 크게 들려 나왔다. 나는 엉거주춤 일어서서 초소에서 걸어 나오는 사람을 쳐다보았다. 그는 경찰관이었다. 우의가 번들번들 비쳐 보였다.

"평동 가는 길입니다. 시간은 급하고 버스는 없고 야단났군요."

"한참 후에 제천에서 나오는 화물 트럭이 있을 겝니다. 충주에서 비료를 싣고 제천으로 갔으니까 곧 되나오겠지요."

"그럼 그놈 신세를 져야겠습니다."

"저희들이 잡아 드리지요. 날씨가 고약해서 길 떠난 사람들이 고생입니다."

경관은 친절하게 말하고 나서 다시 초소로 돌아갔다. 그동안에도 몇 번이나 제천 원주 사이에는 자동차들이 오갔지만 아직 내가 가야 할 방향으로는 얼씬도 하지 않았다. 기진해서 그 자리에 털썩 주저앉고 싶었다. 아침밥도 못 먹은 채 점심 한 그릇만 먹고, 습기와 가랑비와 슬픔과 하루 종일 실랑이를 했으니 가뜩이나 허약한 주제에 힘이 남아 있을 까닭이 없다.

"정말 안개가 아니라 비예요."

왼켠에서 느닷없이 여자의 목소리가 들려 나왔다. 나는 깜짝 놀라 그쪽을 바라보았다. 호롱불빛이 닿지 않는 곳이어서 희끄무레한 형상만 어렴풋이 보일 정도였다. 나는 불빛 앞에 앉아 있었으므로 그쪽에서 보면 환하게 드러나 보일 것이었다.

"어머, 그렇게 옷이 젖어서 어떡하죠?"

이렇게 자연스레 말하며 그 여자는 불빛이 닿는 곳으로 옮겨 앉았다. 나는 그제서야 그 여자를 알아보고 일그러진 웃음을 지었다.

"제 말이 딱 맞았지요? 안개라면 이렇게 옷이 젖을 리가 없지요."

나도 의기양양하게 그 여자를 훑어보면서 말했다. 원주행 고속버스에서 같은 좌석에 앉아 온 여자였다. 호롱불빛을 상반신

에 받고 있는 그 여자는 뜻밖에 곱고도 정다워 보였다. 나는 더욱 의기양양해져서,

"그런데 원주서 무슨 차를 타고 오셨습니까?"

하면서 친근감을 표시했다.

"같은 버스를 타고 왔잖아요?"

"아, 그랬던가요?"

원주에서 봉양까지 한 시간 반 동안에 나는 줄곧 숙모님 생각만 하고 있었다. 숨을 거둘 때의 모습, 염습을 할 때의 모습, 관속에 들어갈 때의 모습, 땅에 묻히는 모습…… 자기가 낳은 자식이라도 어찌 그토록 사랑하는 마음으로 보살필 수 있으랴 할 정도로 숙모님은 우리 삼 형제를 당신 살처럼 보살펴 주었다. 그러한 숙모님이 별세를 했는데도 나는 지금 장례에까지 지각을 하고, 낯선 곳에서 후줄근하게 흩뿌리는 가랑비에 전신이 젖고 있는 것이었다.

"어디까지 가십니까?"

"저도 평동까지 가요. 트럭이 오면 저도 편승시켜 주셨으면 해요. 오늘 안으로 꼭 가야 하는데……"

그 여자가 평동까지 간다는 말을 하자 나는 공연히 가슴이 두근거렸다. 평동이면 손바닥처럼 뻔한데 누구네 집 딸일까. 외모로 보아서는 농촌에서 농사나 짓는 처녀는 아닌데, 아무튼 동행이 있어서 즐거웠다.

"김창래 씨가 형님 되시나요?"

그 여자는 새들새들 웃으며 말했다.

"네, 형님이 됩니다."

"어쩐지 그런 것 같았어요. 코와 턱이 아주 그분과 닮았어요."

"우리 형님을 잘 아십니까?"

"그럼요, 조합 이사 일을 보시기 때문에 매일 조합에 나오시는걸요."

조합 이사라는 것은 농업협동조합 이사를 말하는데 조합장, 이사, 감사 등의 임원은 마을에서 인망이 좋고 능력이 있는 사람들이 맡아서 했다. 창래 형이 농협 일을 본다는 것은 오래전에 알고 있는 터였다. 읍내에서 나고 자란 그 여자는 조합의 경리직원인데 서울 중앙회로 출장을 갔다가 돌아오는 길이라고 했다. 제천여고를 졸업한 후 삼 년째 백운농협에 근무한다고 했다.

"어쩐지 평동 사람은 아닌 것 같더군요."

"관상쟁이 같은 말씀을 하시네요."

흙탕물을 튕기면서 제천 쪽에서 시커먼 화물 트럭이 유령마차 같은 시늉을 하며 나왔다. 초소에서 플래시를 번쩍번쩍하니까 트럭이 숨넘어가는 유령처럼 멎었다. 헤드라이트가 비치는 공간은 지척지척 내리며 꿈틀대는 철 아닌 가랑비로 흐물흐물한 채였다.

"이분들을 평동까지 태워 주시오!"

초소를 지키는 경관이 플래시로 트럭을 비치며 큰 소리로 외쳤다.

"뭐라고요?"

운전석에서 굵은 사내의 목소리가 들려 나왔다. 엔진 소리가 뒤섞여서 잘 들리지 않는 모양이었다. 나는 동행이 된 여자와 함께 운전석으로 가까이 가서 초라하게 올려다보았다. 운전석에는 운전수 이외에도 두 사람이 더 있었는데 술에 취했는지 곯아떨어진 모습이었다.

"운전석은 자리가 없으니 어떡하시겠습니까?"

경관이 플래시를 이리저리 흔들며 나에게 말했다.

"저 뒤에라도 타야겠습니다."

비료를 싣는 화물칸을 가리키며 나는 말했다.

"감기에 걸린다구요."

운전수는 짜증이 난 목소리로 말하며 밖으로 가래침을 토해냈다. 나는 트럭 꽁무니 쪽으로 가서 기어올랐다. 조합 경리직원도 잽싸게 트럭 위로 올라왔다.

"재수 옴 붙었네, 젠장."

운전수의 투덜대는 소리가 들리고 나서 트럭은 곧바로 출발하였다. 트럭이 요동을 칠 때마다 몸의 중심을 가누기가 어려워 이리 쏠리고 저리 쏠리면서 한 손으로 여자를 부축하느라고 애를 먹어야 했다. 가랑비는 후줄근하게 계속 그 모양 그 꼴이어서 속옷까지 흠씬 젖어 온몸이 근질근질한 것이 유행성 전염병에나 감염된 것처럼 모든 구석구석이 다 맥 풀려 버리는 것이었다. 트럭이 지나가면서 가로수 가지를 툭툭 치면 그 때마다 빗물이 떨어져 내렸다.

"이름이 뭐요?"

나는 이마에 와 부딪는 빗물을 한 손으로 닦아내며 큰 소리로 외쳤다.

"네?"

"이름 말이오. 이름!"

"정미예요! 정미! 바를 정 아름다울 미!"

한동안 우리 사이에는 침묵이 흘렀다. 트럭이 토해 내는 엔진 소리와 흙탕물이 질펅거리는 소리, 나뭇잎이 트럭에 부딪치며 빗방울을 와스스 떨구는 소리만 들렸다. 헤드라이트에 비치는 산과 숲은 수물대는 가랑비들이 안개처럼 곳곳에 배어 있었다. 트럭은 기어를 갈아 넣고 다시 갈아 넣으며 힘겹게 고개를 굽이굽이 돌면서 올라가고 있었다.

"우리 숙모님이 돌아가셔서 고향에 가는 길입니다."

나는 묻지 않는 말을 이렇게 크게 외쳤다. 모자 위에서 벌레처럼 빗물이 볼때기로 주르르 굴러내렸다. 여자는 내 말을 못 들었는지 아무 대꾸가 없다가 불쑥,

"참 아름답지요? 이런 밤은 오래오래 계속됐으면 좋겠어요."

라고 말했다.

나는 흠칫 놀랐다. 곱게 생긴 여자와 동행이 되어 이 험준한 고개를 가랑비에 흠씬 젖어서 넘고 있는 장면은 욕정적인 구

석이 있을 만도 했지만, 나는 그날 아침부터 모든 게 뒤틀려 가고 있었고 공복과 피곤한 슬픔과 실랑이를 하느라고 맥이 빠져 있었으므로 그런 생각은 땅띔도 못했다.

트럭이 덜커덩거리며 모퉁이를 돌아가는 바람에 그 여자의 몸이 내 가슴으로 쏠려 왔다. 트럭이 중심을 잡고 곧바른 길을 가는 데도 여자의 몸은 원위치로 복귀하지 않고 무게를 나에게 의지하고 있는 걸 깨달았다. 그 여자의 숨소리가 바로 턱 밑을 자극해 왔을 때 내 머리 속에는 또다시 숙모님의 모습이 떠올랐다.

그날 밤 어머님과 숙모님이 이런저런 이야기를 하며 한숨을 쉴 때 느닷없이 문을 잡아 나꾸는 소리가 들렸던 것이다. 여자 사냥을 온 중공군 병정들이었다. 사냥꾼의 마수가 언제 뻗쳐 올지 몰라 방문을 꼭꼭 닫아걸고 안에서 자물통을 채워야만 했던 어두운 시절의 늦은 겨울밤에 일어난 일이었다. 밖에서 소리소리 지르며 문을 열려는 사냥꾼들과 문 하나를 사이에 두고 어머님과 숙모님, 그리고 우리 삼 형제는 대치하고 있었다. 대치했던 것이 아니라 포획될 때를 기다리고 있을 수밖에는 별도리가 없었다.

"성님, 뒷문으로 얼른 피하시우."

숙모님이 이렇게 말한 것은 아래 돌쩌귀가 뽑혀 나갔을 때였다.

"안 된다네. 아우님이 얼른 피하우. 우물쭈물하다간 둘 다 당하겠네."

어머님이 숙연한 표정으로 말했다. 어린 삼 형제는 겁에 질려 울지도 못하고 눈만 크게 뜬 채 방구석에 쪼그리고 앉아 있었다. 밖에서 탕하고 총소리가 들렸다. 겁을 주느라고 공포를 발사한 모양이었다.

"성님은 안돼요, 자식들 보는 앞에서 그 꼴을 어찌 당하우? 성님은 얼른 도망 가시우. 자식들이 보는 앞에서 성님이 어떻게……"

숙모님이 어머님을 뒤쪽 문으로 밀쳐내자 뒤이어 방문이 우당탕하며 벗겨지고 병정들이 와르르 몰려들었다. 세 명이었다. 누비로 만든 군복을 입고 그들은 역겨운 냄새를 풍기며 자기들의 손아귀에 잡힌 만족한 포획물을 둘러쌌다.

목숨보다 더 소중한 정조를 스스로 빼앗김으로써 어머님과 우리 삼 형제를 구해 낸 숙모님이었다. 그날 밤 바로 건너 마을에서는 여자들이 조무래기들만 남겨 두고 피신을 해서 애꿎게도 조무래기들만 떼죽음을 당했던 것이다.

트럭은 박달재 고갯마루를 넘어 내리막길을 조심조심 미끄러져 내려가고 있었다. 내 몸에 그대로 안긴 채 숨소리만 내뿜는 조합 경리직원은 물에 젖은 한 마리 동물처럼 몸에서 그런 냄새가 났다. 그 냄새를 맡은 순간, 이 여자와 정사를 한 번쯤 가져도 좋다는 생각이 들었다.

비도 안개도 아닌 것들이 온종일 시야를 가로막고 몸과 마음을 맥 풀리게 흠씬 젖도록 만드는 날은 감정도 희뿌유스럼하게도 이도 저도 아닌 상태가 되는가 보았다. 걷잡을 새 없이 숙모님에 대한 슬픔이 부풀어 오르다가는 뚝 그치고, 침을 흘리고 헤헤거리고 싶은 바보 시늉에 유혹을 당하기도 하는 것이었다. 이것은 이상한 일이었다. 전보를 당일에 받고 일찌감치 하향을 했더라면, 눈을 꾹 감고 슬픔을 참다가 고향에 도착하자마자 숙모님의 유해 앞에 가서 엎드려 대성통곡을 해댈 수 있었을 것이었다.

그러나 뒤늦게 소식을 알고 허겁지겁 서울을 떠나 눅눅하게 젖어드는 습기에 눌린 상태로 창래 형님 집에 도착하면 도저히 나 자신의 배반감을 이겨낼 수가 없을 것 같았다. 이미 땅속에 묻혔을 숙모님에 대하여 나는 돌이킬 수 없는 불효를 저지른 셈이었다.

계곡을 옆으로 끼고 산모퉁이를 돌고 돌면서 트럭은 꾸준하게 내려가고 있었다. 계곡 쪽으로는 가랑비의 엉킴이 더욱 심해서 거미줄처럼 목에 와 찰싹찰싹 감기는 농밀한 상태였다. 고개 오른쪽으로는 칠흑의 어둠이었다. 바로 그 어둠 아래에 나의 생가가 있었다. 사방이 보이지는 않아도 트럭의 요동만 가지고도 지금 통과하고 있는 지점을 짐작할 수 있었다. 박달재는 모퉁이를 지나면 바로 계곡을 끼고 들어갔다가 기어 나와서 다시 모퉁이를 수없이 꺾어 돌아야 했다. 긴 구렁, 짧은 구렁, 불두덩이, 소내미골 등등의 이름이 꾸불꾸불한 구렁마다 붙여져 있는 고개였다. 트럭이 긴 구렁을 돌아 나와서 불두덩이를 끼고 돌고 있음을 나는 알 수 있었다. 이제 조금만 더 내려가면 평동 입구가 되는 사잇길이 나서는 곳이었다. 나는 여자를 한 손으로 감싸 안은 채 운전석 지붕을 쿵쿵 두드렸다.

"내려 주시오!"

트럭은 귀가 먹어서 그대로 달리고 있었다. 어둠을 헤집으며 가랑비는 가느다란 실오래기를 던져 나를 묶어 버리고 있었다. 트럭은 어느새 평동 장터를 지나 다리를 건너고 있었다. 나는 다리 너머에 무한대로 펴져나간 다릿재의 어둠과 그것이 내뿜는 끈적끈적한 가랑비, 마치 거미줄처럼 달라붙는 철 아닌 가랑비를 생각하면서 흠씬 젖은 몸뚱이를 여자 쪽으로 돌렸다. 여자는 외지 사람이어서 아직 목적지에 도착하지 않는 것으로 알고 얌전하게 침묵을 지키고 있는 모양이었다. 우스웠다. 아침부터 기분이 언짢고 일마다 묘하게 뒤틀리더니 결국 나는 숙모님이 별세한 고향을 그대로 지나쳐, 갈 곳도 까닭도 없는 충주 쪽으로 트럭에 실려 가고 있는 중이었다.

수업 시간에 생도가 차렷 자세를 잘하지 못했다고 불호령을 내리며 애국자를 가장하고, 예비역 대령한테 인륜 도덕입네 뭐네 하며 딱딱거리고, 형수에게 돈을 꿔서 달려 내려와 숙모님을 마지막 만나 그분이 우리 가문을 위해 희생하신 순결과 우리를 돌봐 키워 준 사랑 앞에 무릎을 꿇고 오래오래 눈물을 쏟으려던 내가, 고향을 지나쳐 가고 있는 것이었다. 밤이 얼마나 깊었는지도 짐작할 수 없었다.

짓눌려 내리는 가랑비, 비랄 것도 못되어 안개처럼 보이는 철 아닌 가랑비는 눅눅하고 끈끈하게 나의 몸을 휘감아 버리고 있었다. 좀 더 세차게 운전석 지붕을 콰콰 두드렸다.

트럭이 다시 기어를 갈아 넣으며 고갯길로 접어들 때 나는 얼굴에 달라붙는 가랑비를 뜯어내면서 다른 한 손을 여자의 젖가슴 속으로 쑥 넣었다.

(세대, 1974)

어둠의 땅

불의와 부정부패를 일소하기 위해 터진 혁명의 소용돌이는 온갖 어둡고 냄새나는 곳의 구석구석까지 밀어닥쳤다. 부정축재자의 재산을 몰수하는가 하면 정치깡패들을 색출 처단하였다. 정치범을 즉각 석방하여 그리워하는 가족의 품으로 인도하기도 했다.

장기수로 복역하던 4205번이 석방된 것은 혁명의 소용돌이가 좀 지난 후의 일이었다. 원체 중형을 선고받은 죄수이므로 여러 가지 면으로 면밀히 뒷조사를 한 다음에 석방하는 모양이었다. 15년 언도를 받을 만큼 죄를 지었다면 함부로 석방할 수는 없는 일이다. 반국가 죄를 지은 죄수는 혁명이 백 번 일어나도 석방될 수 없는 것이다. 부정축재자도 마찬가지이다. 복역을 하는 부정축재자나 반국가 죄인을 석방한다는 것은 불의와 부정부패를 일소한다는 혁명 이념에도 어긋난다.

혁명이 일어나고도 몇 달 뒤에야 그가 석방된 것은 당국에서 이러한 여러 가지 점을 고려한 나머지 신중을 기해서 석방 결론을 내리느라고 시간이 걸렸기 때문이다.

그가 중형을 언도받긴 했어도 반국가적인 죄인이 아니라 단순한 정치범이라는 결론을 내렸음이 분명하다. 하긴 그는 어쩌다가 체포가 됐을 뿐이지 정치범이랄 것도 없는 시시하고 평범한 녀석이었다.

그가 형무소 문밖으로 나온 시간은 광복절날 오전 여덟시 정각이었다. 1960년대 초, 빛나는 여름 아침이었다.

그가 출소한 시간을 좀 더 정확하게 기술하고 넘어가는 게 좋을 듯하다. 여덟 시 정각에 육중한 철문이 철커덕하며 기분 나쁜 쇳소리를 내고 열렸으니까, 그가 철문 밖으로 나온 시간은 여덟시 일분 정도 뒤의 일이었다고 기술하고 넘어가야 하겠다. 지금 당장 1분의 오차에서 빚어진 과오가 십 년 후에는 몇천 배의 과오로 확대될지도 모른다. 아니 수천 배로 확대될 것이 틀림없다. 따라서 4205번이 다시 오재천으로 복귀한 시각은 1960년대 초 8월 15일 오전 8시 01분이 된다.

갑자기 특사로 풀려나게 된 그는 잠시 동안 눈을 똑바로 뜰 수가 없었다. 어두운 골방에 처박혀 있다가 밝은 밖으로 끌려나온 소년이 잠시 동안 눈을 똑바로 못 뜨고 비틀거리듯 그도 비틀거렸다.

형기가 채 끝나기도 전에 전혀 예기치 않게 특사로 출옥을 하게 된 그는 가쁘고 홀가분하다는 마음보다는 어딘지 올데갈데없는 막막한 마음이 더 앞섰다. 감옥에서 보낸 지난 십 년 동안이 단 하루의 일처럼 싱겁게 느껴졌다. 십오 년 형을 언도받았을 때는 차라리 자결이라도 하고 싶은 심정이었지만 일 년이 가고 이 년이 가고 삼 년이 갈수록 한강과 남산이 마르고 닳도록 오래오래 그러한 감금의 상태 속에서 지내고 싶은 마음가짐이 됐다. 인간은 상황에 따라 재빨리 타협할 수 있는 자질을 지녔으므로 그가 이따위 허무맹랑한 마음가짐을 가지게 된 것도 아무런 신기할 구석이라고는 없는, 복역수들의 낮간지러운 자위에 불과한 것일지도 모르지만, 그의 경우는 좀 유별난 데가 있었다. 형무소 뜰에 뼈를 묻으려는 모범 무기수 같은 태도를 취했다.

십 년 전 세상을 들끓게 했던 XX죄로 체포되어 중형을 선고받은 죄수치고는 좀 모자라는 구석이 있는 것처럼도 보였고 모든 것을 자포자기한 녀석처럼도 보였다. 특사를 받게 된 것도 혁명 덕분이기는 하지만 바로 이러한 바보스러움 또는 자포자기의 마음가짐에 대한 포상일지도 몰랐다.

형무소 정문을 나서자 웬일인지 다리가 휘청거렸다.

가파른 내리막길이어서 몸의 균형을 잡기가 어렵기 때문이기도 했으나, 정문 옆 붉은 벽돌담 아래 웅기중기 모여있는 사람들과 시선이 마주치자 더욱 다리가 휘청거려서 한동안 몸을 똑바로 세우고 심호흡을 해야만 했다.

감방에서 작업장으로, 작업장에서 감방으로, 제한된 구역만을 왔다 갔다 하며 십 년을 살았으니 가파르고 낯선 길에 다리가 적응을 재빨리 하지 못하는 모양이라고 속으로 생각하다가, 그는 갑자기 자기의 나이가 열 살 더 많아졌다는 사실을 깨닫고 슬픈 얼굴이 됐다. 벌써 서른일곱 살이다. 서른일곱 살. 그는 꺼칠꺼칠한 손바닥으로 얼굴을 쓱쓱 문질러 보았다.

담벼락에 진흙처럼 붙어 서 있는 사람들은 죄수를 면회하러 온 가족들일 것이다. 그들의 얼굴은 초조와 우수로 뒤덮여 있다. 그는 그들의 얼굴에서 바로 십 년 전에 자기를 면회 오던 사람들의 얼굴 모습을 보는 듯했다. 위로를 하기도 하고 눈물을 흘리기도 하면서 제한된 면회 시간을 안타까워하던 얼굴들이 하나하나 떠오른다.

한 해 두 해가 지나자 그를 찾아오던 면회자들의 발길이 아주 끊겼다. 그는 서운해하지도 않았고 그들을 욕하지도 않았다. 어떤 경칠 놈이 십오 년 후에 출소할 자기를 면회하러 오겠느냐 말이다. '피고는 어쩌구저쩌구, 십오 년 징역형과 자격정지에 처함'이라는 선고를 받을 때, 그는 이미 이십칠 년을 살았던 세계를 재빨리 버렸다. 오재천이고 개뿔이고 다 버리고 4205번이라는 하나의 숫자로 변신했던 것이다. 면회온 친지들이 슬프고 부끄러운 낯짝을 하면서 이러쿵저러쿵할 때, 오히려 그는 그들의 슬픔과 부끄러움에 비위를 맞추느라고 애를 썼다. 맨 마지막까지 면회를 온 사람은 경희였다. 경희는 그의 아내였으므로 그녀가 맨 마지막의 면회자가 된 것은 당연한 일인지도 몰랐다.

그는 경희에게 단호하게 말했다. 어리석은 짓 하지 말아요. 십오 년이라는 시간을 잘 생각해. 십오 년 전이면 내가 열두 살이고 당신이 열 살 때야. 소학교 3, 4학년 때야. 그때부터 십오 년 후에 우리가 결혼을 했지. 만난 지 두 달 만에 결혼을 했어. 소학교 때부터 우리가 서로의 아내와 남편이 되기 위해 오로지 서로를 기다린 게 아닌 것처럼 지금부터 십오 년 후까지 나를 기다릴 마음이라면 큰 잘못이야. 우리는 서로의 길이 다른 거야. 운명인지도 모르지. 절대 면회 오지 말아요. 출옥해도 당신을 찾아가지 않을 테니까 당신의 길을 가요. 그게 인간적인 일이야. 서로 솔직해져야 해요. 이렇게 말하고 감방으로 돌아와서 그는 몹시 울었다.

울다가 간수에게 들켜 쪼그려 뛰기와 원산폭격을 세 시간 동안 당하여 어깨뼈가 골절이 됐었다. 아내에게 단호하게 작별을 선언한 것에 대한 후회는 없었고 작별 그 자체가 그다지 슬프지도 않았다, 그런데도 어깨뼈가 제자리에 붙은 몇 달 후까지 눈물을 자꾸 흘렸다.

형무소 앞 비탈길을 내려와서 차도에 이르러 그는 한동안 망설였다. 잠시 후에 그는 눈부시게 쏟아지는 햇볕 속을 천천히 걸어서 왼편으로 내려갔다. 십 년 전에 이 형무소에 수감될 때 이 근방은 시의 변두리에서도 맨 끄트머리 허허벌판이었다. 폐허의 고성같이 우뚝 서 있는 침묵의 형무소는 그 당시 그의 눈에는 신나는 신세계였는데, 지금은 형무소 밖에까지 인가가 들어서고 공장 건물이 늘어서 있어서 십 년 간의 변화를 한눈에 바라볼 수 있었다. 그가 잠시 후에 다다른 곳은 버스 정류장. 그는 버스를 탔다. 버스가 떠나자 그는 버스 안의 승객들을 둘러본다. 승객들은 모두 그의 얼굴을 쳐다보다가 그의 눈길과 마주치자 얼른 얼굴을 돌린다. 그제야 그는 빡빡 깎은 자기의 머리를 생각하고 실소를 했다. 버스삯을 받으며 차 안을 왔다 갔다 하는 차장도 그한테는 손을 내밀지 않았다.

"이봐 차장 아가씨. 그 모자 좀 나 줄 수 없나?"

그가 이렇게 말하자 차장은 잠시 곤혹스러운 표정이 되더니 베레모를 벗어서 그에게 건네준다. 승객들은 아무도 웃거나 놀라지 않는다. 버스 안의 무거운 침묵 속에서 그는 차장의 베레모를 머리에 썼다. 작아서 잘 맞지 않는다.

"아저씨, 이걸 써 보시죠."

맞은편에 앉았던 청년이 자기가 쓰고 있는 등산모를 내어민다. 버스 안에는 두 겹 세 겹으로 무거운 침묵이 가득 차오른다. 그는 등산모를 쓰고 밖을 내다본다.

영등포 시장 앞에서 그는 내렸다. 시장 앞에는 시발택시들이 늘어서서 손님을 기다리고 있다. 그는 신문 무인 판매대로 다가가서 신문을 한 장 샀다. 좌석버스와 시발택시 타는 방법이라든가 무인 판매소 이용방법 등은 출소 직전에 형무소에서 예습을 받았다.

십 년 전 그가 체포될 당시는 전쟁이 막 끝난 직후였다.

그 당시의 영등포 일대는 전쟁 때 폭격을 당해서 허물어진 건물들이 시신의 큰창자처럼 널려 있었다. 전쟁고아와 걸인들이 길가에 가래침처럼 널려 있었다.

신문을 접어서 왼손에 들고 그는 찻집을 찾아 들어갔다. 찻집은 그전 그대로의 모습이었다, 차를 주문하고 나서 신문을 펴고 뒤적이는데 마담이 가까이 와서 앞자리에 탈싹 앉는다.

"실례가 될지 모릅니다만, 한 말씀 여쭤봐도 되겠죠."

그는 곧 시시껄렁한 태도를 취하며 몸을 곧바로 했다. 마담은 손가락을 깎지끼면서 아주 죄송하다는 시늉으로 어깨를 달싹거린다.

"출소하시는 길이시죠? 입고 계신 의복과 머리를 보고 알았어요."

그는 차를 주문하고 나서 무의식적으로 등산모를 벗었다는 사실을 그제야 깨닫고 어색한 웃음을 지었다.

"일자리가 마련돼 있으시다면 또 모릅니다만, 저의 집에서 일 좀 해 주실 수 있으신지요. 좋은 직장을 구하시면 언제라도 그만두면 되니까요."

"무슨 까닭으로 나한테 그런 호의를 베푸시오?"

"호의라니요. 제가 사정을 봐 달라는 거예요. 요즘은 일손이 모자라서 사람 구하기가 어려워 아무 일도 못 할 지경이에요."

그제야 생각나는 게 있다. 형무소에서 입방아로 전해 들은 이야기가 생각났다. 전쟁통에 많이들 죽기도 했고, 고아들은 외국으로 입양을 하고 우글거리던 실업자들도 제자리를 찾아 취업을 하고 더구나 이민정책이 대대적으로 성공하여 우리나라가 아시아에서 인구밀도가 가장 적은 나라가 되어 간다는 이야기였다. 그래서 죄수들이 출옥을 하면, 그전에야 웬걸 한 번 낙인이 찍히면 평생 손가락질을 받았지만 지금은 일터에서 사람의 손이 모자라 출옥만 하면 제까닥 어서 옵쇼 하고 모셔 간다는 거짓말 같은 사실이었다.

입양이나 해외 취업이나 이민정책이 대대적으로 성공한 것은 가상한 일이로되, 제 나라에 사람이 모자랄 지경까지 이르도록 성공했으니 그것도 또 니기미이다. 에라 모르겠다. 너도 가고 나도 가고, 이판사판으로 빠져나갔는데, 지난 십 년 동안에 왜 이런 풍조가 성행했는지 그로서는 알 수가 없다. 알아야 할 책임도 없고.

"무슨 일인데요?"

그는 차를 마시면서 싱끗 웃는다.

"일이랄 것도 없답니다."

그저 다방 안을 왔다 갔다 하면서, 형광등 같은 자질구레한 것이 고장 나면 손이나 보고, 저녁때는 마담 집으로 가서 정원에 물이나 주면 된다는 것이다. 보수도 넉넉히 준다는 말을 하고 나서,

"그런 일이 성가시면 그냥 있어 주기만 해도 된답니다. 요즘은 사람 구하기가 힘이 들어서 고용원을 하나 두고 있으면 그

만큼 사업하기가 편리해요. 남이 우선 믿어 주니까요. 사람 구하기가 힘든 세상에 떡하니 고용원을 두면 그만큼 다르게 보죠. 십 년 전에 끗발있는 기관에 다니는 사람이면 남이 다르게 보던 것과 같죠."

하면서 득의양양해 한다.

"말하자면 배후인물이 되란 말씀입니까?"

"호호, 재미있으신 분이군요. 말하자면 그래요."

"좋습니다."

그는 찻잔에 남은 차를 마저 마신다.

"아유, 이걸 어쩌나. 오늘 아침 화투장을 떼니까 운수가 대통이라더니. 저는 최 마담이에요."

호들갑을 떨다가 마담은 두 손을 앞으로 모으고 통성명을 청한다.

"예, 사천이백오 번입니다."

"네에?"

"아, 실례했소. 오재천이오."

그는 실소를 했다. 오랜만에 자기의 이름을 되찾았다는 실감이 그제야 난다. 오재천. 오재천. 가슴이 두근거릴 정도로 제 이름을 숨 가쁘게 불러 본다. 그러자 갑자기 일시에 가족들의 얼굴이 떠오른다. 홀어머니는 9년 전에 죽었다. 형님은 어디서 무얼 하는지 소식이 끊긴지도 딱 9년째가 된다.

"운명하시면서 네 이름만 부르셨다."

9년 전 겨울날, 면회 왔던 형님은 이렇게 말하며 두꺼비 같은 손으로 눈물을 닦았다.

경희의 얼굴이 떠오른다. 주근깨가 다닥다닥한 조그만 얼굴. 부모와의 인륜까지를 끊어 버리면서 그와 결혼을 했다.

결혼 직후에 그가 체포되었다. 그 당시 전후의 혼란을 틈타서 체포의 보이지 않는 손길은 사방에서 눈깔을 부릅뜨고 있었다. 한밤중에 갑자기 대문이 왈카닥거리거나 개가 컹컹 짖을 때마다 사람들은 마구잡이로 체포되었다. 그가 체포된 것도 캄캄한 새벽이었다. 그를 붙잡아 가는 사람이 누군지 어떤 낯짝을 했는지도 보이지 않고, 보이는 것은 막막한 어둠뿐이었다.

"당신들이 누군지는 모르나 실수를 하고 있소. 나는 체포될 만한 인물이 아니오."

"잠깐 소풍 삼아 함께 가시는 것인데, 에또, 좀 협조를 하쇼."

"아무렴, 협조하셔야죠."

"웃기지 마시오. 뭣 때문에 야밤중에 협조를 하란 말이오?"

"진정하셔야지."

그 어둠들은 점잖게 지껄이며 그의 팔을 양쪽에서 순간적으로 비틀었다. 급소를 누르면서 비틀었는지 비명을 지를 수도 없었다. 경희는 골목 앞까지 따라오다가 되돌아가면서 잠이 덜 깬 목소리로 말했다.

"두부찌개 해 놓을 테니 빨랑 돌아와요."

경희는 어둠들이 그의 팔을 비틀고 급소를 누르는 것을 볼

수가 없었다. 왜냐. 어둠은 모든 것을 가려버리기 때문이다. 그 날 아침 경희가 끓여 놓았을 두부찌개는 십 년 동안 어떤 형태로 변했을까. 안달복달이 심한 경희는 두부찌개를 끓여 아침 밥상에 올려놓고 남편을 기다리다가, 식으면 다시 불 위에 올려놓고, 또 올려놓고, 해가 중천에 올 때까지 늑장을 부리는 남편에게 종알종알하면서 안달을 했을 것이다. 석간신문을 보고 경희는 두부찌개의 주인이 무시무시한 XX죄로 구속됐다는 소식을 듣고 기절했다가 깨어나서 울고불고하다가, 한 달 후 열린 공판정에서 남편의 뒷모습만을 볼 수밖에 없었을 게다.

불쌍한 경희의 얼굴이 떠오르자 심장의 고동이 펄떡펄떡 뛴다. 보고 싶다. 십 년 전, 비가 억수로 쏟아지는 날 새벽에 경희가 못 견디도록 보고 싶어서 그녀의 집으로 달려갈 때처럼. 어머, 웬일이죠? 보고 싶어서 왔어. 비를 함빡 맞은 채 헐떡이면서 꼭두새벽 달려온 그의 무모한 방문에서부터 경희는 그녀의 모든 것을 그와 바꿨다.

"김 양, 이 양, 와서 인사드려."

마담은 레지들을 불러 인사를 시킨다. 주방에서 일하던 늙수그레한 사내도 불러 나온다. 세상인심이 변해도 이렇게 터무니없이 변할 수가 있을지. 그들이 인사를 하는 태도도 공손하기 그지없다. 잠시 후에 마담이 손짓을 한다. 마담은 그의 등을 밀고 아래층으로 내려간다.

"옷을 갈아입으셔야죠. 오 선생님도 한창나이엔 여자깨나 울렸겠네요."

그는 마담을 따라 양복점으로 가서 맞는 옷을 골랐다. 구두를 신었다. 외형으로는 완전히 십 년 전으로 복귀했다. 목욕을 하고 다시 찻집으로 돌아와 고장 난 형광등이 있나 하고 살펴보았으나, 없다. 구석 자리에 앉아서 신문을 펴 본다. 신문이란 원래 그저 그런 것. 그는 기사를 읽는둥 마는둥하며 뒤적이다가 한 곳에 눈길이 닿자 눈을 크게 뜬다. 〈……오재천, 특사로 석방〉. 3단 기사의 제목이다. 사진도 실렸다. 십 년 전 공판 받을 때의 사진이다. 이럴 수가. 그는 뒤통수를 몽둥이에 얻어맞는 듯한 기분으로 기사를 읽어 내려간다.

그가 십 년 전 체포될 당시의 죄명과 그의 약력이 소개되어 있었다.

"선생님 기사가 났군요?"

차를 나르는 김 양이 어깨너머에서 상냥하게 말한다.

"분명히 나의 석방기사인데 도대체 무슨 영문인지 모르겠군."

김 양은 엽차를 탁자 위에 살며시 놓으면서 웃는다.

"XX죄로 복역을 하다가 출소한 사람은 그가 체포될 때의 기사만 한 크기로 석방기사를 보도하는 게 요즘 신문의 보도 지침이래요. 십 년 전의 비굴함을 속죄하자는 게 요즘 신문의 슬로건이라나 뭐라나……"

"으흠……. 거 알 수 없구먼."

십 년 전의 모든 일에서 완전히 떠나 버리자고 마음먹은 그의 속셈은 이렇게 되어 완전히 허물어져 버렸다. 출소했다는 기사가 일간지에 보도가 되는 판국인 줄은 미처 몰랐다. 니기미, 변해도 이렇게나 변할 줄은 몰랐다.

전혀 예기치 않던 생활을 하게 되자 그는 제풀에 맥이 풀려서 차라리 형무소에 있던 때를 그리워하게 되었다. 형무소에서는 생이 긴장되어 있다. 꽉 짜인 굴레 속에서 한 푼의 여유도 없이 살아가는 죄수들에 비하면 출소해서 빈둥빈둥 시간을 죽이는 그의 지금 입장이 얼마나 한심하고 딱한가 말이다.

며칠 후에 경희가 찾아왔다. 경희를 보자 그는 가슴이 두근거렸다. 그런데 경희는 이상했다. 몇 년 만에 만나는 남편 앞에서 너무도 태연하고 당당했다. 찻집 마담이 그를 고용원으로 뽑을 때처럼 어딘지 사뭇 사무적이기까지 했다. 형무소로 면회를 와서 울고불고하던 때와는 판이한 태도로 자기가 경영하는 공장으로 함께 가자고 말했다.

"무슨 수로 공장을 차렸소?"

"무슨 수긴 무슨 수예요? 그전에 구호물자 장사하던 것보다 더 손쉬우니까 하는 거예요."

무슨 말인지 알아들을 수가 없다. 십 년 만에 세상이 아무리 변해 봐야 알쪼라고 생각했던 그는, 출소 후에 부딪히는 여러 문제가 도무지 이해할 수 없는 구석이 너무도 많아서 어리둥절한 정도가 아니라 통 정신을 차릴 수가 없어서 정신병자가 될 지경이다.

경희의 말인즉, 전쟁직후부터 슬슬 고개를 들기 시작한 수출 붐이 몇 년 전부터는 살인적인 기세로 부풀어 올라, 다른 나라 사람들은, 어찌 된 영문인지는 몰라도 이 나라의 물건이면 모두 다 몽땅 떨어서 수입해 가려고 한다는 것이다.

호박넝쿨, 반딧불, 민들레꽃, 개나리, 진달래에서부터 쥐똥, 돼지똥, 고양이똥에 이르기까지 모두 수출 품목이 되고 있다니 입이 딱 벌어진다.

"쥐똥이 무슨 세제로 그만이래요. 제가 하는 공장이 바로 쥐똥 가공 공장이죠."

"웃기는데. 쥐똥 가공이라니?"

"가공이래야 별것 없어요. 악취를 약간 제거하고 분말화해서 병에 넣는 거예요."

"웃기는데. 십 년 전에는 쥐 잡는 날을 정해 놓고 야단법석이더니만?"

"누가 아니래요?"

"그곳에 가면 일을 할 수 있나?"

그는 일을 하고 싶었다. 땀 흘려 일해서 묵묵히 살고 싶었다. 뭐네뭐네하는 큼직큼직한 생각은 다 걷어치우고, 조국이네 자유네 하는 것도 일체 생각 말고, 오로지 밥 세끼를 위하여 돼지처럼 꿀꿀거리며 살고 싶었다. 경희가 공장을 경영한다는 말을 듣고 귀가 솔깃해지는 것은 바쁘게 돌아가는 공장이면 일거리도 그만큼 많으려니 하는 기대 때문이다.

"가 보시면 알아요."

경희는 웃으며 피둥피둥 살찐 궁둥이를 일으켰다. 그는 최 마담에게 인사를 하고 경희를 따라 공장이 있는 남도로 내려가기 위해 기차를 탔다. 십 년 전에는 칙칙폭폭 하는 기차였다. 그런데 지금은 스르르 움직이는 디젤기관차가 열차를 길게 매달고 쏜살같이 달린다. 승객들의 옷차림도 많이 변했다. 몸빼를 입은 아낙네는 하나도 안 보인다. 헐렁한 구호물자를 입고 전차를 타려고 줄지어 섰던 모습에 비하면 꽤나 변한 모습들이다.

옆자리에 앉은 경희의 얼굴을 훔쳐보다가 그는 이상한 생각이 든다. 바로 옆에 앉은 여자가 정말 경희일까. 십 년 전 깜깜한 어둠 속에서 체포되어 갈 때, 두부찌개를 끓여놓을 테니 일찍 오라고 말하던 그 경희일까. 그는 차창 밖을 내다보는 아내에게 말했다.

"당신, 참, 어떻게 지냈소?"

경희가 덤덤한 표정으로 얼굴을 돌린다. 눈 가장자리로 주름살이 모여든다. 그렇다. 경희도 열 살을 더 먹었다.

"어떻게 지내긴요."

경희는 얼굴을 찡그리며 돼지처럼 살찐 목을 흔든다.

둘 사이에 어색한 공기가 한 겹 두 겹 쌓인다. 기차가 터널 속으로 들어가며 기적을 울린다. 그는 무의식중에 손으로 코를 막는다. 그는 곧 손을 떼고 피식 웃는다. 석탄 열차를 타던 십 년 전의 습관 때문에 무의식중에 코를 막은 것이다.

그때는 기차가 터널을 지나갈 동안은 열차 안에까지 석탄 연기가 들어와서 코를 손으로 막지 않으면 안 됐다. 그러나 지금은 그럴 염려가 없는 것이다.

부부의 관계를 청산하자고 말한 것은 바로 그였다. 그러나 출옥을 하여 경희를 만나자 십 년 전처럼 사랑스러운 아내를 대하고 싶은 마음이지만 이번에는 오히려 그녀 쪽에서 한 발짝 뒤로 물러서는 것이다. 그는 점점 불안해지기 시작했다. 다시 이름 모를 유형지로 이끌려 가는 듯한 절망에 휩싸인다.

경희가 경영하는 공장은 역에서 그리 멀지 않은 곳에 자리잡고 있었다. 국민학교와 교회당이 있는 조그만 농촌이었다. 들에는 보리 이삭이 푸르고 모내기가 끝난 논은 고운 그림처럼 잔잔하다. 전쟁의 상처는 어디에서나 보이지 않았다. 기차역을 빠져나올 때 쇠갈쿠리 손을 한 남자가 누런 이빨을 드러내며 웃은 것을 제외하고는 전쟁의 상처는 보이지 않았다.

전쟁 때는 그도 중부 전선에서 참전을 했다. 휴전이 되고 사회가 차츰 자리를 잡아갈 때 경희를 만나 결혼을 했다. 파괴와 부정과 죽음의 시간이 지나자 그는 곧바로 생명의 시간 속으로 대담하게 뛰어든 것이다. 셋방을 얻어서 살림을 차리고 뿔뿔이 흩어졌던 동창들을 이리저리 찾아다니며 직장을 구했다. 피비린내 나는 전쟁을 겪은 그는 오히려 더욱 생을 아끼고 적극적으로 살아가려는 의욕적인 자세가 되어 있었다.

이러한 의욕이 하룻밤 사이에 무산돼 버렸다. 무슨 영문인지도 모르는 채 그는 어마어마한 죄를 뒤집어쓰고 체포되었던 것이다. 직장을 구하느라고 찾아다닌 동창생 중에 불순분자가 끼어 있어서 자기가 XX죄에 연루되었는지, 아니면 그 당시 체계가 잡히지 않은 채 날뛰던 수사 기관에서 검거 건수를 올리느라고 몇 놈을 잡아들였다가 때마침 터진 정치파동에 편승시켜 국민을 기죽이는 방편으로 무시무시한 죄를 뒤집어 씌웠는지 그 자신도 잘 모른다. 아무도 잘 모른다. 이따위 일의 원인을 이제 와서 캐어 볼 마음은 조금도 없다. 그는 이미 십 년 전 언도를 받으면서, 점잖고 조리 있는 판사의 우렁찬 목소리를 들으면서, 이미 그가 살아왔던 27년을 몽땅 잊어버리기로 했던 것이다.

공장 건물은 그다지 크지 않았다. 시골 국민학교 건물의 반만 한 크기였는데 교회당 뒤편 언덕바지에 자리 잡고 있었다. 그들이 정문으로 들어서자 수위가 거수경례를 한다. 그는 자기가 감옥에 있는 동안에 이렇게 사업을 차린 경희가 무섭고 서먹서먹했다. 철없이 어리광을 피우고 안달을 하던 경희가 아니라, 십 년 만에 자기의 보호자로 군림해 버린 경희한테 묘한 중압감도 느껴지는 것이다.

"모든 게 다 기계로 처리되니까 공원이 많이 필요하지도 않아요. 감독이 없으니까 이따금 사고가 나요. 당신은 왔다 갔다 하면서 감독이나 잘하세요."

아내는 대수롭지 않다는 시늉으로 공장을 안내하며 말한다.

"이건 뭐야?"

"쥐 사육장이에요. 한쪽에서 쥐를 대량으로 사육해야 돼요. 하루에 천 부대의 쥐똥을 가공하거든요."

쥐 사육장은 굉장한 규모였다. 쥐똥을 가공하자면 하긴 쥐똥을 많이 확보할 수 있어야 한다. 그러자니 가공공장에서 바로 쥐를 대량으로 사육해야만 일이 손쉽게 된다.

공장 옆에 있는 아담한 집이 바로 경희의 거처였다. 공장을 돌아보고 나서 그들은 집으로 들어갔다. 매캐한 연기처럼 쥐 냄새가 집까지 가득했다. 쥐똥냄새도 풍겨 왔지만 그다지 고약한 편은 아니었다.

"너무 늦지 않았을까? 지금부터 다시 시작한다는 게 너무 늦지 않았을까? 우린 벌써 마흔 살이 가까웠어."

침실로 들어가서 경희가 옷을 활짝 벗자 그는 억눌린듯한 목소리로 말했다. 그의 말을 들으며 경희는 눈언저리를 이상하게 실룩거린다. 거의 알몸이 되도록 옷을 모두 벗고 나서 침대에 털썩 눕는다.

"적응할 수 없을 것 같군. 모든 게 너무 많이 변해서 도저히 적응할 수 없을 것 같군. 여보, 지금 내 말 듣고 있소?"

"좀 협조를 해주셔야죠."

경희는 풍만한 몸을 뒤채며 또 눈언저리를 묘하게 실룩거린다.

"협조라니? 그게 무슨 말이야?"

"당신은 십 년 전의 일만 생각하지 말고 눈앞의 현실에 적응을 해요."

"그러나 지금 다시 시작한다는 게 너무 늦지 않았을까?"

"신경질 나게 굴지 말고, 빨리 옷 벗고 침대로 올라와욧!"

소리를 꽥 지르는 경희는 옛날의 경희가 아니다. 쥐를 노리는 암고양이의 표독스러움과 여유만만함이 몸 전체에 도사리고 있는 것처럼 보였다.

그는 등골이 오싹해진다. 십 년 전 자기를 체포해 가면서 점잖게 급소를 누르던 어둠들의 보이지 않는 모습이 떠오른다.

"씨팔, 뭘 꾸물대요?"

"아, 알았소."

그는 가위눌린 놈처럼 엉거주춤한 자세로 옷을 벗고 침대로 올라간다. 십 년 만에 여자와 몸을 섞으면서도 그는 쾌감은 커녕 온몸을 짓누르는 공포 때문에 자꾸만 식은땀이 흐른다.

……자백해, 이 새끼야. 바른대로 불어. 그놈한테서 무슨 지령을 받았지? 거사일은 언제야? 너 같은 놈 하나 쥐도 새도 모르게 싹 죽여 버려도 그만이야. 이 새끼, 엄살 말고 지장 찍어. 공판정에 나가서 딴소리 씨부리면 제까닥 총살해 버릴 테야. 십 년 전 취조실에서 그를 심문하던 수사관은 비대한 몸집을 이리저리 흔들며 일사천리로 미리 작성된 조서에 그의 지장을 받으며 낄낄거렸다.

"당신은 이제 내 손아귀에서 절대로 못 벗어나요. 이젠 아무도 당신을 체포해 가지 못해요, 호호. 당신은 말이죠, 지금 행복하죠? 저한테서 당신은 무기형을 언도받았다나요."

경희는 그를 고문하듯 다루었다. 그는 휘갈겨 쓴 조서에 지장을 찍어 나가듯 아내의 리드미컬한 호흡 소리에 자기의 모든 것을 쏟아 넣었다. 깊이 모를 어둠 속으로 허우적대며 빠져들어 갔다.

(문학사상, 1974)

쥐와 자전거

"이봐요, 빨랑 올라와 봐요!"

지금 막 핸들을 잡았던 손을 떼고 몸의 균형을 잘 유지하면서 페달을 조심조심 밟으려는 참인데 베란다 위에서 아내의 급한 목소리가 떨어진다. 남수는 그 소리를 듣자마자 몸의 균형을 잃어버려 자전거가 비틀배틀거리는 것을 가까스로 핸들을 잡았다.

"뭐야? 웬 성화야? 자칫하면 넘어질 뻔했잖아!"

그는 잔디밭 주위로 자전거를 빙빙 몰면서 베란다 위를 쳐다보고 신경질을 낸다. 공치기를 하던 소년들이 자전거를 피해서 달아나며 킬킬거리고 웃는다.

"빨랑 올라와요."

아내가 베란다 위에서 허리를 구부리고 아래를 내려다보며 재촉을 한다. 옆 호실 창문이 다르륵 열리더니 아가씨의 얼굴이 톡 튀어나온다. 오밀조밀 어깨를 맞대고 서로 붙어 있는 아파트에서는 가장 손쉬운 통화 지구가 베란다이다. 베란다에 앉아 건너편 베란다에 나와 있는 이웃과 인사도 주고받고 옆집에서 무슨 소리가 나면 베란다로 몰려나와 귀를 쫑긋거리며 엿듣는다.

남수는 자전거를 잔디밭 옆 목책에 기대어 세워 놓고 허리를 펴고 나서 베란다를 올려다본다. 남수가 사는 호실은 307호실이다. 3층 맨 끄트머리다. 남수가 쳐다보자 아내는 빨리 올라오라는 시늉으로 손을 흔든다. 남수는 아내를 쳐다보고 주먹질을 해댄다. 아내가 안고 있는 꼬마가 주먹질하는 그를 보고 괜히 좋아서 손을 놀려 대며 웃는다. 쏟아지는 햇빛이 눈부시다.

아파트 출입구로 들어서려는데 쥐새끼 한 마리가 쪼르르 기어서 벽 틈으로 들어간다.

"연습 많이 했습니까요?"

수위 할아버지가 담뱃불을 붙이며 남수를 건너다본다. 남수는 목례를 하고 나서,

"웬걸요, 마누라가 성가시게 구는 바람에 별로 못 했습니다. 지금도 호출을 받고 올라가는 길이에요."

하며 투덜거린다.

남수가 입주해서 살고 있는 아파트는 아주 규모가 작은 서민아파트인데 모두 다섯 개 동으로 구성되어 있다. 각 동이 모두 4층으로 되어서 한 동에 입주한 세대가 겨우 서른도 안 된다. 대규모 맨션 아파트처럼 우람한 기분이라고는 전혀 없고, 서로서로 어깨를 맞대거나 얼굴을 마주 보며 오밀조밀 살아가기

때문에 입주자들끼리도 한 집안처럼 다정하게 지내며 산다.

남수가 사는 2동은 나머지 네 개 동보다도 이런 기분이 더해서 동 대항 배구 시합이 공지에서 벌어지면 응원도 제일 잘하고 서로 어려운 일이 생기면 내 일같이 도와주곤 해서 현대식 주거 양식 속에 살면서도 고유의 미덕인 상부상조를 잘 해 나가는, 이상하다면 이상한 그런 동이다. 수위 할아버지만 해도 어찌나 친절하게 일을 해 나가는지 모두들 어른 대접을 공경스럽게 한다. 어린 꼬마들의 콧물도 닦아 주고 아이 밴 아낙네의 시장바구니도 들어다 주곤 하니 서울 똥구멍 아래 이런 할아버지도 없을 성싶다.

"두 손을 놓고 자전거를 타면 자칫하다간 사고가 날지도 모르니 조심하우. 잘못하다간 시궁창으로 나가떨어질지도 모르우."

"웬걸요. 이제 조금만 더 연습하면 두 손을 놓고도 휑하니 내달릴 수 있을 겁니다."

남수는 할아버지한테 이렇게 말하며 자신 있다는 투로 어깨를 으쓱해 보이고는 층계로 올라간다. '나는 분식 너는 혼식, 너도 튼튼 나도 튼튼'이라는 표어가 반쯤은 떨어져서 흔들거리고 있는 벽을 보면서 남수는 공연히 웃음이 나왔다. 그 표어 옆에는 '매월 15일은 쥐 잡는 날'이라는 붉은 표어가 나붙어서 은연중에 쥐 몰살 작전 디데이를 알리고 있다.

"여보 큰일났다구요."

도어를 열고 들어서자 아내는 발을 동동 구르며 안절부절못한다. 남수는 화난 표정을 지으면서 마루로 성큼 올라선다.

"왜 그래? 현이 놈이 또 손가락을 빨기라도 한다는 거야?"

아내는, 하긴 계집이니까 제 버릇 개 못 주어서기는 해도, 자디잔 일을 가지고도 어떻게나 오두방정을 떠는지 어쩌다 일요일 날 온종일 있으면서 겪어 보면 그 꼴이 아주 볼 만하다. 지지난 일요일이었을 게다. 베란다에 나가서 의자에 앉아 신문을 보다가 신문으로 얼굴을 가리고 잠이 막 들려는 참이었다. 따끈따끈한 봄볕 아래 혼곤하게 전신을 구석구석 파고드는 졸음에 푹 빠져들려는 순간이야말로 이 세상 어느 잡놈들도 모두 좋아하는 그런 상태이다. 돈 안 들이고 만끽할 수 있는 행복한 놀음인 것이다. 행복하디 행복한 잠 속으로 스을쩍 빠져들어 가려는 참이었는데 아내의 불에 덴 듯한 목소리가 들렸던 것이다.

"에그머니나! 이걸 어쩌죠? 여보! 빨랑빨랑!"

현이 놈이 무슨 기막힌 저지레를 쳤나 보다 하고 벌떡 일어나서 안으로 들어온 남수는, 아내의 오두방정에 또 속았구나 하고 분통이 터졌는데 그 분통은 어이없는 웃음이 되어 표현되었다.

"손가락을 빨아요. 우리 현이가 글쎄 손가락을 빨다니!"

현이 놈은 엄마 품에 안겨 좋아라는 시늉으로 손을 내저으며 한 손을 입으로 가져가서 연방 빨아 댄다.

"손가락을 빠는 아이는 애정 부족에서 그런대요. 애정이 부족하다니 어떻게 키우면 좋죠?"

"어린애가 손가락을 빠는 수도 있지 무슨 방정이야?"

"당신은 아이에 대해서 너무 무관심해요. 이맘때가 가장 중요하대요. 아이의 성격 형성이 갓난아이 때 된다는 거 몰라요? 현아, 아이구 불쌍해라. 엄마가 잘못했으니, 자 그만해요."

"현아, 현아, 옳지, 자꾸자꾸 빨아라."

"너의 아빠는 바보야, 그렇지? 우리 현이 착하지……"

이렇게 방정을 떠는 것을 보면, 가정 살림이 금방 아내 손에서 와르르 무너질 법도 한데, 그래도 규모 있게 살림을 꾸려나가고 현이를 튼튼히 키우는 걸 보면, 남수가 집에 있을 때만 골라가면서 방정을 떠는 모양이다. 그렇지 않고서야 하고한 날 집안 살림이 뒤죽박죽이 되어 살림이고 개뿔이고 간에 제대로 돌아갈 구석이라고는 없는 일이다.

"현이가 손가락을 빠는 게 아니에요. 글쎄 그게 없어졌어요. 아주 감쪽같이 없어졌다니까요."

아내는 발을 동동 구르며 마루에서 안방으로 윗방으로 또 부엌으로 들락날락한다.

"뭐가 어떻다는 거야?"

"쥐약이 없어졌다니까요! 부엌 선반 위에 분명히 놓았었는데 그만 없어졌으니 이를 어쩌죠."

"뭐라고?"

아내의 말을 듣고 보니 가슴이 덜썩 내려앉는다. 이번만은 현실감이 있는 오두방정이 아닐 수 없다.

오늘이 그러고 보니 쥐 잡는 날이다. 오후 다섯 시에 서울시 일원에서 일제히 쥐를 잡는 날인데, 시에서 각 가구 별로 쥐약을 무료 분배해 주었다. 다달이 있는 월례 행사이다. 쥐약이 없어졌다니 야단이 아닐 수 없다.

"잘 찾아봐요. 엊저녁에 통장이 쥐약을 나누어 줄 때는 안방으로 가지고 들어오는 것 같던데?"

"제가 왜 그 무서운 쥐약을 안방으로 들여놔요? 늘 마루에 놓았죠."

남수도 옷장 밑을 기웃거려 보고 재봉틀 밑, 책상과 신문 꽂이 등을 기웃기웃하면서 찾아보았으나 통 보이지 않는다. 작은 비닐봉지에 든 가루약이다. 밥을 접시에 담고 가루약을 뿌려 잘 비벼서 마루 밑 쥐가 다니는 길목에다 놓는 게 쥐 잡는 작전이다. 매달 쥐 잡는 날이 돌아올 때마다 마누라는 무슨 곰 사냥이라도 하는 사냥꾼처럼 의기양양해져서 쥐가 잡수실 비빔밥을 만든다. 쥐약은 무취이기 때문에 절대적인 주의가 필요하다. 지난달에도 쥐약을 잘못 다루어서 인명에 해를 끼쳤다는 기사가 신문지상에 보도된 적이 있다.

덩둘한 여편네들이 쥐약을 아무 데나 놓았다가 철모르는 아이들이 봉지를 까서 맛을 보는 경우도 있고, 쥐약을 밥과 섞다가 쥐약이 바람에 날려 음식물에 묻은 것을 그대로 먹는 경우도 있다.

아무렴, 사람이 약아빠졌으면 저 자식은 꼭 쥐새끼 같다라는 말이 있듯이 요즘의 쥐들이 얼마나 약아빠졌는지 비빔밥의 맛이 웬만큼 입맛이 당기지 않으면 아예 군침도 안 삼킨다고 한다. 서민 아파트일수록 쥐가 드난질을 하기 때문에 쥐를 박멸하기 위하여 주민회의가 열리고 온갖 궁리로 작전을 세워야만 쥐 잡는 성과가 있지 그렇지 않고서야 어림도 없다.

"무엇보다도 중요한 것은 쥐에 대해서 애정을 지니는 겁니다. 마구 때려잡으려고 하면 안 된다 이 말씀이죠. 우선 쥐를 살살 달래어서 사람과 친하게 해야 돼요. 그래 놓고서 불시에 쥐약을 놓아야 되지, 안 그러면 어림도 없어요."

통장 마누라가 경험담을 섞어서 이렇게 주민들에게 주의를 준다. 그래서 쥐 잡는 날이 며칠 후로 다가오면 고의적으로 쥐먹이를 놓아 두기 시작한다. 밥찌꺼기나 빵부스러기를 마루 밑에 던져 놓기도 하고 부엌에 늘어놓는다. 쥐들은 처음에는 의심쩍어하다가 그것들을 맛보고 조심조심 먹는다. 아무 탈이 없는 것을 확인하고 나면 얼씨구나 하고 드난질을 한다. 쥐 잡는 날이 돌아오면 자연히 집 안은 쥐들의 운동장이 되어 찍찍짹짹거리는 쥐들이 마루 위에까지 올라와 야단법석이다. 그래도 그놈들을 내몰면 안 된다. 쥐들이 방자해지고 방심해진 틈을 타서 쥐약을 섞은 먹이를 놓아야 하기 때문이다.

"조미료를 적당히 섞으면 더 효과적이에요. 설탕을 섞어도 좋습니다."

"세월 참, 좋아졌구만요. 쥐도 조미료 맛도 보고 설탕 맛도 보는 세상이니, 나 원 참, 기가 막혀!"

"과일도 깎아서 바치고 따끈한 우유도 끓여 다 바치면 어떨까요?"

주민회의에서 어느 부인이 이렇게 제의하면 사람들은 와르르 웃으며 재미있다는 시늉을 하는 것인데, 아무튼 쥐 잡는 날이 가까와오면 아파트 각 동은 은연중에 긴장감이 고조되고 아낙네들은 무슨 큰 음모라도 꾸미는 지하 조직의 단원처럼 괜스레 허세를 부린다.

남수의 아내도 마찬가지이다. 쥐가 나오는 길목에 며칠 동안 먹이를 정성스레 갖다 바치고 나서 마침내 디데이가 되어 쥐약을 섞은 먹이를 놓고 방으로 들어올 때의 그 긴장된 표정은 마치 접근해 오는 적병을 먼저 발견하고 총을 겨누며 방아쇠를 막 당기려는 병사만큼이나 대단하다.

"쉿! 조용해요. 텔레비전 볼륨도 낮춰요."

아내의 가슴은 동당동당 뛴다. 평화와 사랑을 애호하는 모든 아내들이 처음으로 살생의 긴장감 속에 빠져들어서 오금을 못 펴고 방정을 떠는 꼴이란 어떻게 보면 귀엽기도 하고 어떻게 보면 불쌍하기도 하고 아무튼 기가 찰 노릇이다.

그런데 그 쥐약이 없어진 것이다. 아내는 한참 동안을 이 구석 저 구석을 샅샅이 찾아보고 나서 울상이 된다.

"어떡하죠? 현이가 삼킨 건 아닐까요? 아가, 입 벌려봐. 아아."

아내는 현이 놈의 입을 벌린다. 꼬마 놈은 무슨 영문인지 몰라 도리질을 하다가 제 엄마의 행동에 강제성이 있다는 것을 알고 앙 하고 울음보를 터뜨린다.

"바보 같은 짓 말아요. 현이가 그걸 어떻게 삼킨다는 거야?"

"신경질만 내지 말고 당신도 좀 찾아보세요."

"멍텅구리 같으니라구. 쥐약도 잘 간수 못 해?"

남수도 은근히 걱정이 앞선다. 쥐약이 잘못되어 음식물에 섞이든가 음료수에 섞이면 이건 연탄가스 중독으로 죽는 것보다도 더 말도 안 되는 그런 일이 아니냔 말이다.

"통장한테 가서 하나 더 얻어 와요. 일요일 날이 영 옴 붙었는데."

"남의 말 하는 것 같군요. 당신은 어쩌면 그렇게 덤덤하죠?"

"덤덤하지 않으면 날보고 어쩌라는 거야?"

"너의 아빤 참 바보다. 공연히 신경질만 내시고."

아내는 현이를 업고 부엌으로 나가며 종알종알한다. 부엌에서는 잠시 후에 대청소가 벌어진다. 물로 바닥을 쓸어 내는 소리, 왈그락달그락하며 그릇 씻는 소리.

남수는 의자에 털썩 앉아 담배를 피워 물면서, 두 다리를 올렸다 내렸다 하며 자전거 타는 시늉을 한다. 요즘 남수가 자전거 타는 연습을 하는 데는 그만한 까닭이 있다. 나이 삼십이 넘어서 자전거 타는 것을 배운다면 똥개도 웃을 노릇이지만, 남수가 다니는 K회사에서는 지난가을부터 이상한 바람이 불기 시작했다. 자전거를 타고 야외로 놀러 나가는 주말 놀이가 붐을 일으킨 것이다. 처음에야 몇몇 싱거운 사람들이 자전거를 타고 출퇴근을 했는데 그것이 어찌어찌 도화선이 되어 너도 나도 자전거를 장만하게 되어 모든 회사원이 자전거로 출퇴근을 하게 되었다.

'오늘을 사는 지혜'라는 얼빠진 타이틀을 내걸고 어떤 일간지에서 K회사의 기이한 출퇴근 광경을 사진과 함께 크게 보도한 데서부터 일이 묘하게 굴러가기 시작했다. 유류 파동의 여파로 생겨난 검소한 생활 방식을 권장하려는 당국의 방침과 K회사의 자전거 출퇴근은 묘하게 박자가 맞아서 낭비와 허세를 일삼는 사회의 귀감이 곧 이것이다 하는 식으로 K회사의 자전거 부대를 보도하자, 사장도 자전거를 타고 엉거주춤하게 들락날락하고 여사원들도 자전거를 사서 열심히 배우는 등 눈 깜짝할 사이에 일이 묘하게 됐던 것이다.

동작이 굼뜨기로 소문난 남수도 이쯤 되고 보니 하는 수 없어서 자전거 부대의 후미에 가서 서야만 했다. 월부로 자전거를 구입하였다. 중학교 다닐 때 자전거를 배우느라고 이마를 다치고 옷이 찢기던 기억이 있는 남수로서는 자전거는 원래부터가 딱 질색이었지만 사불여의하니 도리가 없었던 것이다. 전봇대를 피하려고 핸들을 돌리면 돌릴수록 자전거는 전봇대를 향하여 불가항력으로 미끄러져 간다. 시궁창을 피해 가려고 핸들을 돌리며 안간힘을 쓰면 쓸수록 자전거는 시궁창에 가서 처박힌다. 자전거 운전이 익숙해지고 나면 그렇게 편할 수가 없지만 처음 배울 때는 그렇게 불편할 수가 없다.

남수는 자전거를 구입해서 올라타고 페달을 밟아 보니까 이십 년 전에 그 고생을 하며 배워 온 솜씨가 여전히 남아 있어서 씽씽 내달릴 수가 있었다. 그다음부터 자전거를 타고 출퇴근을 했는데 그런대로 묘미가 있다.

버스에 시달리는 것보다 내 자전거를 내가 운전해서 내 직장으로 출퇴근한다는 묘한 자부심도 생기고, 자가용을 탄 사람이 차 속에 앉아 느긋한 미소를 띠며 버스 안에 갇힌 시민들을 곁눈질하듯, 자전거를 타고 내달리면서도 그와 비슷한 느긋하고 여유 있는 기분이 되는 것이다. 시간이 급하면 빠른 길로 속력을 내어서 내달리고, 시간이 남으면 천천히 시간을 딱 맞추어서 직장에 나갈 수 있으니 얼마나 편리한지 모른다.

월급봉투에 의지하여 끌려가듯이 살아가는 서민들의 열등감과 소외감이 자전거 한 대로 어느 정도는 해소되고 있다는 사실은, '오늘을 사는 지혜' 운운하며 허풍조로 기사를 썼던 신문기자는 땅띔도 못했을 것이다. 회사에서 자전거 붐이 일어난 이유도 아마 소외감과 열등감의 해소라는 심리적인 원인이 근저에 있었기 때문인 듯하다. 더구나 만족스러운 교통수단이 되는 자전거를 내가 소유하고 있다는 소유욕이 충족되었으니 검소, 건강은 둘째로 치고, 무성격 무인격의 월급쟁이들의 잠재적인 콤플렉스가 해소된 거나 다름없다.

주말이면 교외로 자전거를 타고 내달리고, 몇 기통 되는 승용차들은 엄두도 못 내는 좁은 골목길과 오솔길도 쥐새끼처럼 들락날락하는 묘미는 대단한 것이다. 휘발유가 드는 것도 아니고 세금을 내는 것도 아니고 운전사를 두는 것도 아니고, 차고가 필요한 것도 아니니 더욱 안성맞춤이다.

점심시간이 되면 모두들 회사 앞 공지로 나와서 자전거 타는 연습을 한다. 자전거 타는 데도 운전 기술은 천차만별이다.

경리과 직원 하나는 서커스 단원처럼 자전거를 타고 달리다가 냉큼 두 손을 놓고 발로만 운전을 하고, 총무과 직원 중에는 자전거를 달리다가 핸들을 꽉 잡고 두 다리를 곤두세워서 그 위에서 물구나무도 선다.

그럴 때면 자전거를 배우느라고 킥킥거리며 재재불거리던 여직원들이 탄성을 지르게 되는데, 이쯤 되니 모두들 운전 기술을 향상시키려고 야단들이다. 남수가 집에 돌아와서 아파트 주변을 빙빙 돌며, 핸들에서 손을 떼고 발로만 운전을 하는 묘기를 배우느라고 기를 쓰는 것은 여차여차한 이유에서라고 할 수 있다.

쥐를 잡으려고 쥐약을 놓는 아내들이 조미료와 설탕을 치면서까지 살생을 멋들어지고 아기자기하게 하려는 마음이나, 자전거 운전 기술을 조마조마하고 아슬아슬한 수준으로까지 향상 발전시키려는 꿍심이나 피장파장인 셈이다. 쥐약이 감쪽같이 없어진 바람에 오늘 기분은 잡칠 대로 잡쳤지만, 아내야 발을 구르든 말든 남수는 오후에도 자전거를 타고 핸들에서 손을 떼었다 놓았다 하면서 아파트 주위를 돌아다닌다.

자전거를 씽씽 몰고 가다가, 무의식중인 듯한 마음가짐으로 핸들에서 손을 살며시 떼어도 자전거는 쓰러지지 않고 잘 달린다. 그런데 가장 중요한 것이 마음가짐이다. 손을 떼었으니 자전거가 곧 처박힐지도 모른다는 걱정을 하면 동시에 자전거는 비틀배틀하며 모로 눕는다.

이런 연습을 할 때마다 남수의 마음에 되살아나는 기억은 이십 년 전 자전거를 처음 탈 때의 그 기분에서 비롯된다. 전봇대를 피하려면 전봇대에 부딪쳐 이마가 깨지고, 시궁창을 피하려면 시궁창으로 처박히던 기억이 되살아나는 순간이면, 핸들에서 손을 떼었는데도 잘 나가던 자전거가 그대로 전복된다.

"시궁창이 있다는 생각을 버려야 돼. 넓은 운동장에서 자전거를 탄다고 생각을 해. 시궁창에 빠지면 어쩌나 하는 마음 때문에 자전거가 그쪽으로 가는 거야."

이십 년 전의 일이지만, 형이 이렇게 말하던 기억이 아직도 생생하다.

"자전거도 하나의 인격이 있다는 걸 알아야 해. 자전거를 다스린다거나 몬다는 생각을 버리고 서로 조화를 이룬다고 생각해야지, 자전거가 시궁창으로 굴러간다고 무턱대고 반대쪽으로 핸들만을 꺾어 봐야, 자전거가 심한 반발을 일으킨다 이거야."

자전거에 인격이 있다니, 개코같은 말이라고 그 당시에는 콧방귀도 뀌지 않았으나, 요즘 자전거를 자주 타면서 느낀 소감은 역시 자전거도 하나의 생명체라는 점이다. 쇠붙이 두들기듯 억지로 페달을 밟아 대면 자전거는 이상하게 반발을 일으켜서 버스 꽁무니에 앞바퀴가 부딪치거나 페달이 걸리게 되지만, 착한 양을 쓰다듬으며 몰고 간다는 겸손하고 사랑스런 기분으로 자전거를 몰면 사근사근하게 말을 잘 듣는다.

저녁때가 다 되었는데 아파트 아래에서 오골박짝하는 소리가 요란히 들려왔다. 남수는 현이 놈을 안은 채 베란다로 나가서 아래를 내려다본다. 아낙네들이 모여 서서 재재불거리고 웃고 한숨을 쉬고 놀라고 하는 모양인데 왜 그러는지 통 땅띔도 할 수가 없다.

"여보! 빨랑빨랑요!"

도어가 우당탕 열리는가 싶더니 아내가 뛰어 들어온다. 부엌에서 저녁밥을 짓고 있던 아내가 어느 결에 나갔었는지 숨이 곧 넘어갈 듯한 얼굴로 들어온다.

"그러면 그렇지요. 쥐약이 없어지긴 왜 없어져요? 저 보고 덩둘하다고 야단만 치셨죠?"

얼마나 급하게 층계를 뛰어 올라왔는지 콧등에 땀방울이 송송 돋았다.

"쥐약을 찾았어?"

"찾긴요, 도둑맞은 걸 어떻게 찾아요? 그런 걸 가지고 괜히 근심을 했지 뭐예요?"

"무슨 뚱딴지같은 소리야?"

"도둑놈이 들어왔대요. 우리 집에서만 쥐약이 없어진 게 아니라 다른 집에서도 모두 도둑을 맞았단 말예요……."

남수는 입을 딱 벌린다. 어제저녁에 나누어 준 쥐약이 집집마다 도둑을 맞았다……. 이것이야말로 어불성설이 아닐 수 없다. 세상에서 어느 눈먼 도둑이 쥐약을 훔쳐 갈 것인가 말이다.

아내는 자기가 실수를 해서 쥐약을 분실한 것이 아님이 증명이 되어 기쁘기만 하다는 시늉이지 도무지 이 세상에 쥐약 훔쳐 가는 도둑놈이 있을 수 없다는 평범한 판단을 할 궁리는 못한다.

"쥐약을 훔쳐 가는 도둑놈이라…… 흠, 재미있는 일이군."

남수는 현이 놈을 아내에게 건네주고 나서 밖으로 나온다. 수위실 앞에는 아직도 아낙네들이 모여 서서 쥐약 이야기를 하고 있다. 수위 할아버지도 재미있는 듯이 바라보고 있고, 통장 김 씨도 입맛을 쩍쩍 다시며 서 있다. 통장은 남수를 보자 머리를 긁적이며 난처하다는 시늉을 한다.

"최 선생도 얘길 들었수? 집집마다 쥐약이 없어졌다니 무슨 영문인 줄 모르겠수."

"마누라가 그러는데 쥐약 도둑놈의 소행이라고요?"

통장이 남수의 말을 듣고 어이가 없다는 듯 허허 웃는다. 아낙네들이 다가와서 말참견을 한다.

"요즘엔 별별 도둑놈이 다 많아요. 쥐약도 많이만 훔쳐다가 팔면 한밑천 잡는대요."

"아유, 무서워라. 엊저녁엔 우리 아파트가 그냥 도둑놈들의 놀이터가 됐을 거 아녜요?"

"그런데 이상해요. 다른 물건은 건드리지도 않고 쥐약만 훔쳐서 달아난 게 말예요."

"쥐약 값이 폭등한 거 아녜요?"

"설마."

"그러나 저러나 쥐 잡기는 다 틀렸지. 괜히 며칠 동안 쥐 대접만 극진히 했구랴."

남수는 코를 흥흥거리고 나서 시침을 떼고 점잖게 한마디 한다.

"쥐약 훔쳐 가는 도둑놈을 본 사람이 있습니까?"

"보긴 어떻게 봐요. 집집마다 없어졌으니 도둑놈의 소행이죠."

아낙네들은 팔을 휘저으며 의기양양한 걸음걸이로 각각의 집으로 흩어져 가버린다. 통장은 가래침을 뱉으며 투덜거린다.

"동회에 알아봐도 쥐약이 남은 게 없다고 합디다. 오늘 밤 장안에서 일제히 쥐약을 놓을 텐데, 우리 아파트만 놓지 않으면 쥐들이 이리로만 몰려오겠수다."

수위 할아버지는 하얀 콧수염을 매만지면서 지나가는 말로 한마디 한다.

"누가 장난을 한 게 아닐지."

그 말을 듣고 보니 그게 가장 신빙성이 있는 말이다. 쥐약 도둑놈의 소행이라는 것은 말도 안 되는 소리이고, 어떤 사람이 장난삼아 쥐약을 숨겨 놓았을 가능성이 있다. 쥐 잡는 날이 오면 아낙네들이 정신을 잃고 야단법석을 하니 그 꼴이 아니꼬워서 쥐약을 슬쩍 감춰 놓은 것이다.

하긴 아낙네들이 쥐 잡는 일에 신이 나서 법석을 떨고 설치는 꼴은 보기에 좋은 게 아니다. 쥐 먹일 비빔밥에 설탕과 조미료를 치지를 않나 깨소금을 뿌리질 않나, 도무지 제정신이 아니다. 사실 그렇게 극성을 부려 가며 쥐를 잡아야 할 까닭이 있는지도 의문이다. 쌀통이 견고해서 쌀을 축내는 일도 없고, 찬장을 꼭 닫아 놓으면 반찬도 어림없고, 도무지 집구석에 쥐 때문에 피해 받을 만한 일이라곤 별로 없다.

아파트 벽을 뚫어 구멍을 내는 일이 가끔 있다손 치더라도, 쥐가 먹을 만한 음식물을 밖에 내놓지 않으면 쥐도 굶어가면서까지 아파트에서 살 리가 없으니 자연히 쥐를 내쫓는 결과가 된다. 그런데도 일부러 먹이를 며칠씩 갖다 바쳐 가면서까지 쥐를 잡는다고 아낙네들이 그 야단을 부리는 것은 웬일인가.

아이를 낳아 기르자면 아이들 비위를 맞춰야 되지, 남편을 섬기려면 그 비위도 맞춰야 되지, 시댁 식구 모시자면 그 비위도 맞춰야 되지, 이래저래 활기를 펴고 살아볼 틈이 없는 아내들은 애꿎은 쥐한테만은 있는 재주 없는 재주 다 부려가며 뜻대로 쥐약을 먹이면서 의기양양해 하고 신바람이 나는 모양이다. 그 잘난 자전거를 타고서 별별 엉뚱한 쾌감을 느끼는 남자들처럼 아내들은 쥐 잡기를 하면서 본성 깊숙이 숨어 있는 잔인한 욕구의 쾌감을 충족하는지도 모르는 일이다.

쥐약 소동의 진상은 저녁때가 다 돼서야 밝혀졌다. 쥐약 도둑놈은 바로 쥐, 그 쥐새끼들임이 밝혀지자 아내들은 링 위에 쓰러진 패자처럼 몸을 가누지 못했다.

남수가 자전거를 들여놓으려고 어스름이 내린 공터에서 아파트 쪽으로 자전거를 타고 들어올 때였다. 핸들에서 두 손을 딱 떼고 페달을 밟으면서 이 정도면 됐지 하고 건방진 생각을 하는 순간에 자전거가 아파트 벽에 부딪쳐 버렸다. 남수는 나동그라졌다. 궁둥이가 욱신욱신 아프다. 남수는 일어서려다 말고 입을 딱 벌리고 말았다.

"아, 저건 쥐약 봉지가 아닌가?"

하수도가 시작되는 곳이 좀 패여 드러난 시궁창 속에 쥐약 봉지가 수북하게 쌓여 있다. 남수가 살며시 다가서서 기가 찬 마음으로 그것을 살펴보고 있는데 벽 틈에서 쥐새끼 한 마리가 머리를 내밀다가 쏙 들어간다.

남수는 비켜서서 쥐가 다시 나오기를 지켜보았다. 잠시 후에 틈에서 나온 쥐새끼는 입으로 쥐약 봉지를 물어다가 시궁창에 버리고 다시 틈 속으로 기어 들어간다. 등에서 식은땀이 흘렀다.

남수는 그날 밤, 자신만만하게 생겨 먹은 쥐 한 마리가 남수의 자전거를 타고 별별 오물딱지 재주를 다 부리며 꼬리를 빼고 멀리멀리로 도망가는 꿈을 꾸었다.

(서울평론, 1974)

불씨

그해 겨울은 오지게도 추웠다. 그 아주머니를 처음 알게 된 것은 강추위가 한창 기승을 떨던 날 저녁때였다. 마흔 살이 갓 넘어 보이는 평범하게 생긴 그 아주머니는 바로 옆 호실에 살고 있었다.

그날 내가 옆 호실 문을 두드렸을 때 문이 열리는 대신에 여자의 목소리만 들려 나왔다.

"아무것도 안 사요!"

나는 난처한 얼굴이 되어 꼭 닫힌 문을 멍청하게 바라보았다. '506'이라는 아크릴로 된 호실 번호가 붙은 주위로 '냉장고 TV 수리전문' '창신 한의원' '조루증 특효약' '치질 전문' 등등의 광고 쪽지가 다닥다닥 붙어 있었다. 이러한 잡다한 광고 쪽지가 아파트의 출입문에 나붙은 것은 누구나 다 알고 있는 일이다. 아무리 떼어내도 이튿날이면 마찬가지이다. 서민들이 모여 우글대며 살아가는 아파트에는 특히 고장 난 TV나 치질 환자들이 많을 것 같아 보이는 모양이다. 그래서 아파트 주민들은 떼어내면 낼수록 더 기승을 부리며 붙여놓는 잡다한 광고 쪽지와 온종일 들끓는 잡상인들 때문에 골치를 앓는다.

잡상인이 아니라 바로 옆 호실에 사는 사람임을 알려 줄 방법이 없나하는 생각을 하면서 나는 다시 문을 두드렸다. 잡상인이 아니라는 시늉을 하기 위하여 가볍게 기침을 하다가 그만 걷잡을 새 없이 심한 기침이 나기 시작했다. 그때 내가 지독한 감기에 걸려 있다는 것을 그제서야 깨닫고 손으로 입을 틀어막았다.

"안 산다니까요!"

손수건으로 눈물을 닦으며 나는 다시 노크를 했다. 먼젓번보다 상냥하게 알맞은 간격을 두고, 조심조심, 점잖게 노크를 했다.

아무렇게나 지은 서민 아파트일수록 하루 종일 잡상인들이 들끓는다.

책장수와 화장품장수에서부터 소금장수 · 미역장수 · 참기름장수에 이르기까지 온갖 행상들이 뻔질나게 문을 두드려대기 때문에 웬만큼 밖에서 소란을 피워도 아예 내다보지도 않는 습관이 주민들에게 배어 있었다. 하긴 우리 집도 마찬가지였다. 퇴근해서 돌아오면 아내에게조차도 내가 잡상인이 아니라 바로 이 집의 가장이라는 신호를 따로 정해 놓아야 될 지경이었다. 나는 늘 길게, 짧게, 세 번 벨을 누른다. 그래야만 아내가 알아듣고 종종걸음으로 나와서 문을 따준다. 벨이 울리거나 노크가 있을 때마다 문을 따주다가는 하루 종일 문 열어 주고 닫느라고 아무 일도 못한다는 게 아내의 푸념이었다. 이 아파트로 이사 와서 얼마 동안은, 벨과 노크에 시달리느라고 안절부절못하던 아내였다.

그날은 아내가 친정에 간 지 꼭 한 달째 되던 날이었다. 퇴근해서 돌아와 보니 연탄불이 하얗게 꺼져서 집안은 발을 들여놓을 수 없을 만큼 모든 게 꽁꽁 얼어붙어 있었다. 난방시설이 제대로 갖춰 있지 않은 사립 중학교에서 하루 종일 수업을 하고, 집이라고 찾아오니 그 꼴이었다. 낭패였다. 아침 출근할 때 연탄을 갈아야 되는 것을 잊어버리고 첫 수업시간을 대느라고 부랴부랴 뛰어나간 내 꼴이 생각나자 나는 바보처럼 한동안 웃고 말았다. 추위 때문에 턱이 굳었는지 웃음도 제대로 나오지 않았다. 아궁이에 든 불 꺼진 허연 연탄재가 나를 쳐다보며 비웃는 것 같았다.

나는 외투를 벗어 내동댕이치고 복도로 나왔다. 연탄불을 빌려야만 했다. 복도를 마주하고 양쪽으로 된 각 호실의 문은 굳게 잠겨 있었다. 앞 호실 문을 몇 번 두드렸으나 아무런 대꾸가 없었다. 출입문의 손잡이를 돌려봐도 움직이지 않았다. 자물쇠로 채운 모양이었다.

이 아파트는 날림으로 지은 싸구려이긴 해도 시내 교통이 편리해서 동대문 시장에 점포를 낸 상인들이 많이 산다. 밤늦게 가게에서 돌아와 잠만 자고 일찍 나가므로 낮에는 문을 꽉 잠

가놓는 집이 대부분이다. 내가 옆 호실 문을 두드렸을 때, 그 안에서 사람의 목소리가 들려 나오자, 이젠 살았구나 하는 생각이 든 것도 이런 사정 때문이었다. 그래서 나는 민망스러운 생각을 꾹 참고 기침까지 적당히 해가며 문을 두드릴 수밖에 없었다. 어두컴컴한 추운 복도에 홀로 서서 연탄불을 빌리려고 이집 저집을 기웃거리는 내 주제를 아내가 보았다면 어떤 표정을 했을까 하는 생각이 문득 떠올랐다.

"저, 옆 호실에 사는 사람인데요오……"

나는 문을 쿵쿵 두드리며 큰 소리로 말했다. 한참 만에 문이 빼꼼히 열리더니 그 아주머니의 얼굴이 밖으로 나왔다. 몸에 어울리지 않게 큰 털 스웨터를 입은 그녀의 첫인상은 커다란 완구처럼 우습게 보일 정도였다. 나는 겸손하면서도 진지한 어조로 용건을 또박또박 말했다.

"미안합니다. 506호에 사는 사람입니다. 연탄불이 꺼져서 불 좀 얻으려고 해요. 집사람이 친정에 가고 없어서요."

아주머니는 그제서야 미안하다는 표정을 지으며 헝클어진 머리칼을 한 손으로 쓸어넘겼다. 머리칼을 쓸어넘기는 동작이 어떻게나 굼뜨고 바보스러워 보이는지 하마터면 웃음이 나올 뻔했다. 그러나 그녀의 등 뒤로 언뜻 본 그 집 마루는 잘 정돈되어 있었고 흰 갓을 씌운 스탠드가 밝은 불을 켜고 있어서 더욱 따뜻한 느낌이 드는 것이었다.

"이걸 어쩌나, 아침에 연탄을 갈아서 지금은 밑불이 없는데요. 좀 있다가 새로 불을 붙여서 드리지요."

아주머니는 친절하게도 웃음까지 지으며 말했다. 나는 고맙다는 인사를 하고 내 집으로 돌아왔다. 추운 방으로 들어와서 나는 복권당첨을 기다리는 사람같이 초조한 마음으로 의자에 앉아 옆 호실의 고마운 아주머니가 올 때를 기다렸다. 그녀를 기다리면서 나는 책상 위에 붙은 달력을 쳐다보았다. 곧 2월이 가까워 오고 있었다. 그때 전화벨이 춥게 울렸다. 얼음토막 같은 수화기를 집어 들었다.

"저녁 식사하셨어요?"

아내의 목소리는 왠지 장난기 있게 들렸다. 나는 시무룩한 표정이 되었지만 될 수 있는 대로 여유를 보이며 대꾸했다.

"아무렴, 그따위 걱정하지 말고 당신 몸조심이나 해요."

그때 막 터져 나오려는 기침을 억지로 참느라고 눈물이 나왔다. 감기에 걸린 줄 알면 아내는 또 내리닫이로 한참 잔소리를 퍼부을 것이다. A제약에서 나오는 약보다 C제약 약이 좋다느니, 잠잘 때 이불을 잘 덮으라느니, 수건을 물에 축여서 머리맡에 놓으라느니, 술을 먹지 말라느니, 아내는 쫑알쫑알대며 공연히 애를 태우며 수선을 떨 것이었다.

"문단속 잘해요."

"알았다니까."

저쪽에서 다른 말이 나오려고 하자 내가 먼저 말했다.

"꼬마는 잘 크고 있어?"

"괜찮은가 봐요."

꼬마는 그때 넉 달째로 접어든 태아였다. 아내가 집을 비우고 친정에 가 있는 것도, 나나 아내나 이 세상 아무도 낯짝을 모르는, 뱃속에 든 꼬마 놈 때문이었다.

아내는 결혼 후에 웬일인지 애기 낳이를 잘 못했다. 까닭 없이 유산을 두 번이나 했다. 그래서 우리는 집안 어른들의 입방아에 오르내렸다. 허울은 멀쩡한데 자궁이 약하다느니 혈색이 나쁘다느니 했다. 처가에서는 한약을 지어 보내며 야단을 떨었고, 우리 집안에서는 새삼스럽게 궁합을 다시 보고 점을 치고 수선을 피웠다. 아내가 세 번째로 임신을 했다는 이야기가 집안에 퍼지자 어른들은 더욱 야단법석을 떨면서 하루에도 몇 차례씩 들락날락하고 전화질을 줄불이 나게 해대었다.

아내가 친정으로 간 것은 물론 태아를 잘 보호하여 이번에는 애기를 건져보려는 뜻에서이지만, 다른 한편으로는 그러한 소란 속을 빠져나가려는 뜻도 아주 없지 않았다. 그대로 집에 있다가는 사람들 등쌀에 또 유산이 될 것 같다는 아내의 말은 정말이었다. 자궁이 어떠니 골반이 어떠니 하는 어른들의 이야기를 듣고 있노라면, 나도 많은 구경꾼 앞에서 흘레를 하는 수캐가 된 것 같은 열등감에 빠지곤 했으니 아내야 오죽하랴 싶었다.

아무튼 나는 그 꼬마 놈 때문에 추운 겨울에 외톨이가 돼 버렸다. 아내가 친정으로 간 뒤 얼마 동안은 겨울방학이어서 그런대로 지냈지만 개학이 되면서부터는 추위에 떠는 외톨이 신세로 전락해버린 나였다. 아내가 친정에 가 있는 것을 놓고도 집안 어른들은 옳거니 그르거니 했고, 어떤 분은 서쪽이 손이 있어서 해롭다면서 혀를 끌끌 차며 나에게 삿대질까지 해댔다. 애를 낳게 되면 낳아서 기르는 것이고, 못 낳게 되면 그만두는 거지, 마치 우리가 애기 낳기 위하여 결혼 생활을 하는 줄 알고 볶아치는 그분들의 입방아를 피했다는 것은 훌륭한 생각이었다. 추위에 아무리 시달려도 아내가 친정에 가 있는 것을 후회하지 않는 것도 바로 이 때문이었다. 정말 그때 내가 그러한 겸연쩍은 일에 얼마나 시달렸는지는 아무도 모른다. 하물며 오촌당숙은 나보고 은근하게 목욕탕에 함께 가자고까지 했던 것이다. 남자의 그것이 너무 짧으면 자궁 문턱에다 미움을 쏟아붓게 돼서 유산을 한다는 게 그분의 엉터리 주장이었으니 이건 완전히 나의 자존심에 관한 문제였다.

아내가 친정으로 숨어버리자 입방아를 찧던 어른들은 한동안 허탈한 표정으로 왔다 갔다 하더니 이내 잠잠해졌다. 나는 결혼 후 처음으로 홀가분하게 나 혼자만의 생활을 즐기며 속으로 쾌재를 불렀다. 누구네 마누라도 다 그렇겠지만, 특히 내 마누라는 성질이 고약해서 무슨 음식이든 옷이든, 자기가 주는 대로 고분고분 받아서 싱글벙글하며 먹고 입어야 생글생글 웃지, 좀 맵다든가 짜다든가, 색깔이 야하다든가 진하다든가 하면, 금방 그 예쁜 입이 뾰로통해져서 아랫목으로 가서 이불을 뒤집어쓰고 냉전상태로 돌입한다. 이러한 실랑이에서 해방되었다는 것은 사실 기분 좋은 구석이 있었다. 먹는 것도 내 멋대로 하고, 잠자는 것도 나 좋은 대로 하면서, 마음껏 자유를 구가하다가 개학이 되자 그만 나는 비로소 아내의 소중함을 알게 되었다. 실랑이를 할망정 아내가 곁에 있어야 되지, 그렇지 않으니까 내 생활은 고장 난 자전거처럼 삐거덕거리며 수시로 곤두박질을 하는 것이었다.

아침에 눈을 뜨면 아홉 시가 넘는 날이 수두룩해서 눈곱도 떼지 못하고 학교로 뛰어가면, 평소에는 착실하던 사람이 웬일이냐고 교감선생이 늘 이맛살을 찌푸렸다. 아침잠이 많은 나는 지금까지 나 혼자 아침 일찍 잠을 깨어본 적이 절대로 없다. 나는, 아는 사람은 다 아는 지독한 잠꾸러기이다. 대학시절에 같이 하숙을 했고 지금은 같은 학교에서 교편은 잡고 있는 김세호나 박용수도 내가 지독한 잠보라는 걸 잘 알고 같이 여행을 다니던 이윤희나 이창묵이도 잘 안다.

머리맡에 자명종 시계를 맞춰놓고 자다가 아침에 종이 울리면 나는 잠결에 도로 눌러 놓고 잠을 잘 만큼 실컷 잔 다음에, 은은하게 눈을 비비며 일어난다. 손이 안 닿는 곳에 시계를 놓고 자면 아예 종소리를 무시해 버린다. 나의 이런 버릇을 잘 아는 아내는 친정에 간 다음 날부터 아침 일곱 시에 꼭꼭 전화를 걸어 준다. 그러나 요란하게 울리는 전화벨 소리도 그렇게 효과가 있는 편은 못 된다.

웬만큼 추운 날이면 연탄불이 꺼져도 이불을 뒤집어쓰고 수업준비를 하고 소주나 홀짝홀짝 마시며 지내도 되지만, 그날같이 강추위가 있는 날은 연탄불을 빌려오지 않으면 얼어 죽을 것만 같았다. 연탄불이 꺼져도 한두 구멍은 불이 살아 있어서 그럴 때는 숯을 피워서 불씨를 근근이 살려 왔는데, 그날은 아주 완전히 꺼져버렸던 것이다.

꼬마가 빨리빨리 커서 세상 밖으로 나올 날만 손꼽아 기다리며 겨울을 날 생각을 하니 눈앞이 캄캄했다. 불씨와 사람씨는 남한테서 빌리는 게 아니라는데, 나는 자식 쪽이나 불 쪽이나 모두 자급자족이 위태위태한 입장에 놓여 있는 우스꽝스러운 꼴이 돼 버렸던 것이다.

"빨리 나와요!"

출입문 쪽에서 그 아주머니의 목소리가 들려왔다. 나는 담배를 피우다가 용수철처럼 일어서서 허겁지겁 뛰어나갔다.

아주머니는 활활 타오르는 연탄불을 집게로 들고 출입문 앞에 서 있다가 내가 허둥지둥하는 꼴을 보며 빙긋 웃었다. 어두운 복도를 배경으로 빨간 연탄불을 들고 서 있는 그녀의 모습은 깜짝 놀랄 만큼 아름답게 보였다. 가슴이 뭉클하도록 감동적이기조차 한 광경이었다. 그녀의 얼굴은 연탄 불빛을 받아 자극적인 색깔을 띠고 있었다. 연탄불을 받으려고 손을 내밀자, 그녀의 뜨거운 손의 체온이 손끝에 닿아왔다. 나는 고맙다는 인사도 못 한 채 공연히 허둥지둥했다.

"비켜요, 내가 아궁이에 넣어줄 테니. 자칫하면 연탄불을 놓쳐버리겠네요."

아주머니는 마루 위로 가볍게 올라섰다. 마루를 가로질러서 유리문을 열면 부엌이다. 부엌으로 들어간 그녀는 활활 타오르는 연탄을 아궁이 앞에 놓고 허리를 폈다.

"굉장하군요."

그녀는 부엌을 둘러보며 말했다. 연탄재가 수북하게 쌓여 있고 쓰레기통이 뒹굴어 있고, 라면봉지와 냄비와 깡통과 소주병이 아주머니를 놀래 주기라도 할 모양으로 그야말로 아무렇게나 흩어져 있었다.

"여자가 없으면 이 세상이 어떻게 될지……."

"……."

나는 머리를 북북 긁었다. 손톱에 비듬이 끼어 나왔다. 머리를 감은지도 목욕을 한지도 오래됐다. 손톱 발톱 깎는 것조차 모두 아내의 안달로 이루어지던 내 생활이었다.

그녀는 익숙한 솜씨로 연탄을 갈아 넣고 나서 바께쓰에 물을 담아 그 위에 올려놓았다.

"고맙습니다, 아주머니."

나는 평범한 인사말 밖에는 할 말이 생각나지 않았다. 그녀는 마루로 올라와서 안방을 흘끗 들여다보더니,

"책이 많네요."

하며 가볍게 들어갔다.

안방은 부엌보다도 더 엉망진창으로 모든 것이 흩어져 있었다. 신문과 잡지가 방바닥에 뒹굴고 재떨이가 뒤집어져 있고 와이셔츠와 양말이 아무렇게나 흩어져 있었다. 모든 걸 내팽개쳐 놓은 장본인인 나에게조차 정말 기막히게 보일 정도로 뒤죽박죽이었다. 마치 누가 들어오면 입이 딱 벌어지게 놀려주려고 도깨비가 와서 장난을 해놓은 꼬락서니였다.

"애기가 서는 모양이지요?"

아주머니는 털 스웨터 속에서 목을 움츠리며 나를 쳐다보았다. 그렇게 말하는 표정에서도 완구에서 느끼는 것 같은 장난기가 섞여 있었다. 그러고 보니 아주머니의 나이는 마흔이 좀 넘어 보여도 말할 때의 표정은 훨씬 젊은 구석이 있었다. 코를 약간 찡긋하는 듯하면서 미간이 조금 흔들렸다. 그래, 흔들린다는 표현이 어울릴 것 같았다. 미간을 찡그리는 것도 아니고 갑자기 좁히거나 실룩거리는 것도 아니라 두 눈썹 사이의 흰 살이 잠시 동안 움직이는 것이었다. 유심히 보지 않으면 모를 만큼 조용하게 미간이 흔들리는 것이었다.

"굉장하군요, 대청소를 해야겠네요. 새댁은 언제 와요?"

그녀는 방안을 여기저기 살펴보면서 말했다. 청소 검사에 불합격된 중학생처럼 나는 겸연쩍었다.

"이제 넉 달이랍니다. 언제나 돌아올지 까마득해요."

나는 집안이 이렇게 어지럽혀진 것이 온통 아내의 책임이라는 시늉으로 불평조로 대꾸했다.

그녀가 돌아가고 난 뒤 나는 다시 이불 속으로 기어들어가서 아궁이에 든 연탄불이 효력을 발휘해 올 시간을 기다렸다. 그녀가 돌아가고 나니까 방이나 부엌이 뒤죽박죽된 것이 다시 예삿일로 여겨지는 것이었다. 조금 전에 아주머니 앞에서 당황해하던 내 꼴이 도리어 우스워졌다. 언제 한가할 때 한꺼번에 치우면 되지, 그날그날 하나하나 쓰레기를 버릴 거야 없는 일이었다. 5층의 쓰레기통은 복도 맨 끝에 있다는 것을 나도 알고 있었다. 연탄재고 무엇이고 간에 거기에다 쏟아부으면 맨 아래층으로 떨어지게 돼 있었다.

차츰차츰 이불 속이 따뜻해져 왔다. 그제서야 나는 우동을 한 그릇 시켜다가 저녁을 때우고 창틀에 놓인 소주병을 기울였다. 술은 조금밖에 남아 있지 않았다. 하루 종일 수업을 하고 나면 저녁때는 꼭 술 생각이 난다. 세계사를 가르치는 만만한 박 선생한테 전화를 걸었다. 그는 나의 대학 후배이기도 하고 또 바로 동대문 근처가 집이기 때문에 늘 우리 집에 잘 와서 술을 마시고, 아내에게 형수님 형수님 해가면서 술안주도 조르는 넉살 좋은 사람이었다.

"형수님도 없는데 무슨 재미로 갑니까? 독작하세요."

믿었던 박 선생은 한마디로 잘랐다. 소주나 한 병 꿰차고 와서 멸치나 씹으며 한잔했으면 좋으련만, 홀아비 신세가 된 내 처지를 다 아는지라 상대해 줄 마음이 통 없는가 보았다.

나는 이불 속에 엎드려 읽을거리가 개뿔도 없는 신문을 뒤적거렸다. 잠들기 전에 연탄을 갈아야 된다는 생각을 하면서 머리맡에 놓인 라디오의 다이얼을 이리저리 돌렸다. 그 당시는 웬일인지 신문이나 방송이나 모두 시원치를 못했다. 뻔히 아는 사실을 놓고도 신문이나 방송은 꿀 먹은 벙어리였다. 케케묵은 실력으로 중학교 선생 노릇을 하는 교사들 사이에 아무래도 신문사 논설위원은 우리가 해야지, 하는 객담이 오갔을 정도로, 아무런 주장도 하지 못하고 게시판 구실만 해내고 있는 신문을 우리는 경멸했다.

이불 속이 다정하게 따뜻해졌을 때, 나는 옆 호실 아주머니에 대한 고마움을 다시 생각하고 그 아주머니에 대한 이것저것이 궁금해졌다. 같은 아파트에 사는 주민들을 층계에서 만나도 인사도 하지 않던 나를 반성하면서 그녀의 친절이 더욱 고맙게 여겨지는 것이었다.

이튿날은 토요일이었다. 학교에서 수업을 끝내고 곧바로 집으로 돌아왔다. 내가 입주해 사는 동으로 막 들어서려는데 수위실에서 부르는 소리가 났다. 아파트의 맨 아래층은 연탄가게, 쌀가게, 술집, 구멍가게 등의 점포로 되어 있고 2층부터 살림집인데 수위실은 2층으로 올라가는 층계 밑에 움집처럼 자리 잡고 있었다.

"오 선생, 잠깐 들어오쇼."

내가 바보처럼 아무런 대꾸도 않고 수위실 안을 멍하니 바라보자 수위 아저씨가 유리문을 열고 손짓을 했다. 머리가 희끗

희끗한 그는 말이 수위이지 사실은 이 동의 복덕방 영감 노릇도 하고 동장 노릇도 하는 사람이었다. 나는 엉거주춤한 꼴로 수위실로 들어갔다.

"전화 말씀이야. 아파트 교환 전화를 모조리 없앤다고 통지가 나왔소. 사설 교환 전화는 모두 없애고 앞으로는 전화국에서 집단 전화로 수용한다는 거요."

"집단 전화라니요?"

"나도 모르지. 전화국에서 교환대를 차리고 전화를 꽂아준다나 봅디다."

"거, 잘 됐네요. 그러잖아도 전화가 자주 불통이어서 고생을 했는데."

"오 선생, 마음 편한 소리 마슈, 월요일까지 전화 청약금을 내야지 그렇지 않으면 선을 끊어간답니다."

"청약금이라뇨?"

"십오만 원 중에서 절반을 내야 된대요. 돈 없는 사람은 전화 놓기 다 틀렸지."

이런 시끌덤벙한 아파트에 입주한 것은 교통이 좋다는 이유도 있었지만 전화를 쓸 수 있다는 것이 더 큰 이유가 돼 있었다. 도시 생활을 하는 데 있어서 전화는 매우 필요 불가결한 것이다. 웬만한 일은 방안에 딱 앉아서 따르릉따르릉 전화질을 해서 해결하는 묘미를 처음 알게 된 나는 전화야말로 꼭 필요한 생활필수품이라는 기특한 생각을 하게 되었다. 하긴 전화가 있기 때문에 피해를 입는 경우도 있긴 했다. 술꾼들이 밤늦게 불러내지를 않나, 아닌 밤중이나 꼭두새벽에 전화질을 해대지 않나, 귀찮은 일도 빈번하게 일어났다.

"월요일까지라면 힘들겠는데요."

나는 뒤통수를 긁으며 말했다.

"아무튼 잘 알아서 이따 저녁때까지 대답을 하시오. 희망자가 몇이나 되는지 미리 파악을 해야 된다오."

예금 통장에는 물론 돈이 바닥나 있었다. 아내 뱃속에 든 아기 때문에 아내한테 한약도 몇 첩 먹였고, 집안 어른들 성화에 못 이겨 기저귀 감에서부터 아기 옷 일습을 중뿔나게 미리 장만하느라고 그럭저럭 돈푼깨나 든 것이었다. 중학교 선생 월급은 꼭 생존할 만큼의 액수밖에는 안 된다. 그래서 중학교 선생이 굶어죽었다는 이야기는 모두들 듣지 못했지만, 여유 있게 저금을 하고 산다는 이야기도 못 듣게 되는 것이다.

월요일까지 칠만 오천 원을 해낼 수는 도저히 없다는 것을 잘 알면서도, 은근히 전화를 계속해서 사용해야지 그렇지 못하면 곤란하다는 생각에는 변함이 없었다. 친정에 가 있는 아내와의 연락이 제일 문제였다.

이런저런 생각에 잠겨 층계를 올라와서 내가 사는 호실의 번호를 확인하고 나는 주머니에서 열쇠를 꺼냈다. 꼭 같은 크기의 문이 꼭 같은 간격으로 돼 있기 때문에 호실 번호를 확인하지 않으면 자칫하다가는 다른 집 문을 열게 된다. 아파트로 이

사 와서 처음 얼마 동안은, 특히 술에 취해서 늦게 귀가하는 날은 실수를 하곤 했다. 벨을 누르고, 문 열라는 소리를 호기 있게 외치고 나서 문이 열리면 낯선 얼굴이 나타나는 것이었다.

"술이 과하신가 보죠?"

앞 호실의 젊은 아낙네가 아내에게 이튿날이면 반 놀리는 투로 이렇게 말한다는 것이었다.

열쇠 구멍에 열쇠를 넣고 한 바퀴 돌리면서 나는 문을 열었다.

"아이구, 이걸 어쩌죠?"

뜻밖에도 마루에 옆집 아주머니가 서 있었다. 나는 순간적으로 아차 내가 집을 잘못 찾았구나 하는 생각이 들어서,

"미안합니다."

하고 머리를 꾸벅했다.

"퇴근을 이렇게 빨리해요?"

그녀는 머리에 쓴 수건을 매만지며 웃었다. 그녀의 미간이 흔들리는 모습을 눈여겨보면서 나는 엉거주춤한 자세로 서 있었다. 거기는 분명히 내 집이었다. 마루에 놓인 탁자와 벽에 걸린 정영준 화백의 그림.

내 집이라는 것이 확인되자 나는 더욱 얼떨떨해진 상태가 되었다.

"미안해요, 주인도 없는 집에 들어와서……"

"아, 예, 그런데 어떻게?"

나는 조금 경계하는 마음가짐으로 마루로 올라섰다.

"심심해서 들어왔어요."

그녀는 털 스웨터 속에서 목을 움츠리며 웃었다. 조금 장난기가 배어나는 동작을 하며 미간이 보일 듯 말 듯 흔들렸다. 그러고 보니 그녀의 손에는 먼지떨이가 들려 있었다. 어지럽던 마루와 안방과 부엌이 깨끗이 치워져 있었다. 나는 그제서야 그녀의 행동을 알고 가슴이 찌릿해 왔다.

"심심해서 그랬어요. 엊저녁께 보니까 너무 지저분하길래……."

"아주머니, 정말 뭐라고 드릴 말씀이 없군요. 이렇게 친절히 대해 주시니 입이 안 떨어져요."

나는 어젯밤, 연탄불을 빌릴 때보다도 더 고마운 마음으로 말했다.

"문을 어떻게 따셨어요?"

"이걸로."

그녀는 열쇠를 내보였다.

"이게 5층의 모든 문에 다 맞아요. 집집마다 자물쇠가 꼭 같으니까."

"그래요?"

나는 깜짝 놀랐다. 지금까지 문을 걸어 잠그고 태평하게 집을 비웠던 우리가 우스워졌다. 집집마다 열쇠가 다 꼭 같다면 문단속이고 나발이고 아무 소용도 없었다는 말이 된다.

"차나 한잔하고 가세요."

내가 방 안에 들어가서 멀뚱히 앉아 있는 동안 아주머니는 마루 청소를 마저 끝냈다. 돌아가려는 그녀를 붙잡아 앉히고 곤로에 불을 올려놓았다. 물은 쉽게 끓지 않았다.

이상했다. 그녀의 뜻밖의 행동이 하나도 어색하지가 않았다. 필요 이상의 친절을 베풀면 오해를 받는 게 요즘의 세상인심이다. 그런데도 아주머니의 그러한 지나친 친절이 하나도 어색하지가 않은 것이다. 그녀도 마찬가지인 모양이었다. 물이 끓자 나는 커피를 꺼내어 잔에 넣고 물을 부었다.

"설탕이 떨어졌나 보군요."

아무리 설탕을 찾아도 보이지 않았다. 설탕도 없이 커피를 대접하다니 스스로에게 화가 났다.

그녀와 나는 어울리지 않게 블랙커피를 마실 수밖에 없었다. 블랙커피. 아내가 아직 나의 마누라이기 이전에 이화대학 회화과의 말썽꾸러기 학생이고 내가 사범대학의 가난한 학생이었을 때 우리는 만나면 늘 블랙커피를 마셨다. 설탕 친 커피를 마시는 사람들은 속물이라고 욕하면서, 우리들의 가난한 사랑을 이야기하면서, 늘 쓴 커피를 마셨다.

"커피, 블랙으로."

차 주문을 받는 아가씨에게 우리는 늘 이렇게 당당하게 말했다. 블랙커피는 무엇인지는 모르나 어떤 걸 곰곰이 생각나게 해주는 맛이 있다. 혀끝에 자극돼 오는 커피 맛은 정녕 무엇과도 바꿀 수 없는 짜릿한 절망을 준다.

결혼을 하고 나서는 누가 먼저랄 것도 없이 슬그머니 블랙커피와 이별을 하고 설탕을 듬뿍 쳐서 후루룩 마셔 버리는 게 습관이 됐다. 생각하면 우습다. 일단 마누라로 삼아버렸으니까, 더 이상 곰곰이 생각할 것도 없다는 나의 마음이 은연중에 작용한 것인지, 아니면 예술이 어떻고 미래가 어떻고 하며 한창 심각해 하다가 결혼을 하고 나서부터는 찰싹 깍정이 여편네의 얼굴로 변신해 버린 아내의 속물근성 때문인지. 하긴 나와 심하게 다투고 나면 아내는 옛날 버릇으로 블랙커피를 홀짝거리며 눈을 말똥거리면서 눈물을 뚝뚝 흘리기도 하지만 곧 아내는 다시 설탕을 이용하는 것이었다.

"커피가 쓰지요?"

나는 담배를 피워 물면서 아주머니를 건너다보았다. 그녀는 내 말을 듣고 미간이 조금 흔들리는 것 같더니 이내 눈에 눈물기가 고이는 것 같았다.

그녀가 돌아간 후 전화 청약 때문에 동장이 찾아왔다. 나는 전화 청약금을 낼 재주가 없다는 말을 한 다음, 옆 호실 아주머니에 대한 것을 그에게 물어보았다.

"아주 불행한 분이시지요. 남편은 사변 때 좌익한테 몰려 죽었고 하나밖에 없던 아들도 지난여름에 죽었다오."

"그래요? 그럼 지금 혼자 삽니까?"

"무의무탁한 사람이죠."

나는 말문이 막혀 천장을 쳐다보았다.

"아들이 아주 똑똑했었다오. 그런데 글쎄, 지난여름에 캠핑을 갔다가 산사태에 깔려 죽었다오. 시체도 못 찾았지 뭡니까?"

"대학생이었나요?"

"예, 공과대학 3학년이었지요. 홀어머니가 모든 정성을 바쳐 가르치더니 그만…… 쯧쯧, 사람의 일이란 참으로 묘한 거예요. 그 아주머니가 아주 솜씨가 좋지요. 편물기를 하나 사다가 놓고 스웨터를 짜서 시장에 넘겼는데 수입이 괜찮았나 봅니다."

그는 아주머니의 이야기를 하면서 눈을 껌벅거렸다. 눈시울이 젖어드는 모양이었다.

"아들이 죽고 나자 그분은 처음에는 울고불고하며 곧 죽을 것 같더니 요즘은 아주 명랑해요. 아파트에서 노는 코흘리개들을 친구삼아 놀아주기도 하고 이웃에 무슨 일이 있으면 내 일같이 도와주기도 해서, 아파트 안에서 그 아주머니 얘기가 분분하지요. 말하자면 사람이 그리운 거겠지요."

그가 돌아가고 난 뒤 아내에게서 전화가 왔다.

"으흥."

나는 콧소리를 내며 전화를 받았다.

"막 축구를 해요."

"축구라니?"

아내는 몹시 심심한 모양이었다. 하루 종일 누워서 지내니까 아마 팔다리가 노곤한 게 견디기 어려운 모양이었다.

“아기가 배를 막 걷어찬다니까요.”

“그래? 그래도 괜찮은 거야?”

“이맘때쯤 되면 이렇게 막 놀아야 된대요. 에그머니. 지금도 막 걷어차네요.”

나는 키들키들 웃음이 나왔다. 아무리 태아가 논대도, 막 걷어찬다니, 좀 지나친 표현이었다.

“부지런히 전화나 해요. 이제 전화질도 내일 하루뿐이야.”

전화 교환대가 철거된다는 말을 하자 아내는 그날 밤에도 정말로 줄불이 나게 미주알고주알 전화를 하는 것이었다.

자정이 가까워지자 아내에게서 오는 전화가 끝이 났다. 내가 알기로는 장인어른은 말할 것도 없고, 큰 처남이랑 작은 처남이 모두 아내에게는 엄한 편인데, 어째서 아내의 그러한 씨알데기 없는 전화질을 보고만 있는지 모를 일이었다. 유산을 한번 한 임부는 육체적으로나 정신적으로나 조금이라도 불안정하면 해롭다는 말 때문에 아마 시집가서 새끼를 배어가지고 온 딸에게 모두들 주눅을 못 펴고 설설매는 모양이었다. 아내의 말에 의하면 너무너무 편해서 몸살이 날 지경이라니, 전화질하는 것이 유일한 레크리에이션인가 보았다.

아내에게서 오는 전화가 끝이 나자 나는 옆 호실 아주머니에 대한 생각으로 가슴이 쑤셔왔다. 조금 전에 그녀와 함께 블랙커피를 마시면서, 그녀의 조용히 흔들리는 미간을 보면서, 내가 정신적인 간음을 하며 괴로워하고 황홀해 하던 순간이 되살아나자, 몇 달 동안 문을 열어 보지 못한 나의 아랫부분이 갑자기 후끈후끈해 옴을 느꼈다. 아내가 임신하고부터 나의 문은 지금까지 잠겨 있었다.

이런 생각을 하자 가슴이 말할 수 없이 답답해 왔다.

나는 이불 밖으로 나와 창문을 열고 밖을 내다보았다. 손에 잡힐 듯이 동대문 실내 스케이트장이 내려다보였다. 그 뒤쪽으로 여관, 목욕탕, 병원 등의 핏빛 네온사인이 유령의 눈알처럼 번뜩이고, 창을 흔들며 매서운 겨울바람이 줄행랑을 쳐대고 있었다. 고가도로를 달려가는 자동차 소리에 잇달아 더럽고 거대한 도시가 잠을 청하는 끝없는 소음이 웅웅거리며 들려 왔다. 부스럼투성이의 흉측한 거인이 하루의 숨을 끝내면서 몸을 뒤채는 소리가 온갖 악취와 더불어 퍼져나고 있었다.

옆 호실 아주머니는 이러한 소음과 악취 속에서 살며 하나의 겸손한 생을 유지해 나가는 데 만족하는 것이다. 무엇을 주장하지도 않고 다만 혼자서 있을 뿐, 옆 호실의 문을 따고 들어가서 청소를 해 줄 수 있는 그녀는, 나로서는 감히 범할 수 없는 힘을 지니고 있는 것이다.

나는 담배를 피워 물고 방안을 어슬렁거리며 그녀 생각에 골몰했다. 그때 벨소리가 짧게 들렸다. 잘못 울린 벨소리이거니 하고 나는 아무 대꾸도 하지 않았다.

"문 좀 따요."

아주머니의 간결한 목소리가 들려 왔다. 나는 급하게 마루로 나가서 문을 열었다.

"연탄불이 꺼졌어요."

그녀는 한 손에 연탄집게를 들고 스스럼없이 마루로 올라섰다. 잠옷 바람이었다. 나는 공연히 얼굴이 붉어져서 얼빠진 놈처럼 아주머니의 동작만 멍하니 바라보고 서 있었다.

"여기도 다 꺼져가는군요. 우선 갈아 넣은 다음에 붙여 가야겠네요."

부엌에서 나오며 그녀는 웃었다. 불빛에 비친 그녀의 웃는 얼굴에서도 이상하게 장난기가 배어나고 있었다. 나는 좀 대담해졌다.

"기다려야겠네요."

그녀는 방안으로 가볍게 들어섰다. 사실은 내가 그 말을 먼저 해야 했는데 오히려 그녀 쪽에서 먼저 말하고 방으로 들어갔던 것이다. 나는 한결 마음이 가벼워져서 웃었다.

아주머니는 이불 밑에 손을 넣어보면서 방이 별로 따뜻하지 않다느니, 요즘 연탄은 화력이 약하다느니 하면서 조금도 어색한 기분을 보이지 않았다.

"아랫목으로 편히 앉으시죠."

나는 그녀를 아랫목 가장 노른자위에 앉게 하고 이불로 무릎을 덮어주었다. 이불을 덮어주느라고 내 손이 무릎에 닿자 그녀의 미간이 조금 흔들렸다. 사위가 조용해진 걸로 보아 자정이 넘은 모양이었다.

"전화가 끊긴다지요?"

"그런 모양이에요. 하긴 내 주제에 전화라는 게 얼토당토않지요."

"애기 엄마하고는 어떻게 연락을 하지요? 하루에도 몇 번씩 전화가 오는 모양이던데."

"애기 엄마라니요? 원, 아주머니도, 이제 넉 달밖에 안됐는 걸요."

"하나의 생명임에는 틀림없으니까요."

또 미간이 흔들렸다. 죽은 자기의 아들을 생각하는 모양이었다. 나는 가슴이 아팠다.

아파트 구조가 워낙 날림이어서 호실 사이가 하나도 방음이 안됐다. 그래서 아주머니는 우리 집 전화벨 소리도 평소에 모두 듣고 있었던 모양이었다.

"그분이 해주에서 소학교 선생을 할 때 우리는 결혼했답니다. 사변 때 억울하게 돌아가셨지요. 남은 거라고는 배 속에 애기 밖에 없었어요, 하지만 결국 그 녀석도 아빠를 따라갔고요. 이젠 남은 게 아무것도 없어요."

그녀는 가볍게 이야기를 했다. 너무 쉽게 그런 이야기를 해서 처음에는 어리둥절해 하다가 나는 그녀의 말이 끝났을 때야 가슴이 뛰기 시작했다.

"며칠 전의 일이에요. 글쎄 앞집 문 앞에 연탄재가 수북하길래 치우고 있었더니, 그 집 남자가 나와서 이상한 눈으로 보지 뭐예요. 왜 남의 연탄재를 치우느냐고 막 몰아붙이는 거예요. 나는 무슨 일이든 나쁜 일이 아니면 즐겨서 하는 성미랍니다. 그런데 무슨 세상이 그런 일도 못 하게 해요?"

"정말, 아주머니는 아름답습니다."

나는 그녀의 손을 덥썩 잡았다. 모든 것이 조용하고 다만 나의 맥박 소리만 귀가 가득할 정도로 들려오고 있었다. 내가 손을 잡자 그녀의 미간이 다시 조용하게 흔들렸다. 잠시 후에 그녀의 거룩한 손이 내 손에서 조금씩 조금씩 빠져나가기 시작했다.

"연탄불이 붙었나 봐야죠."

그녀가 부엌으로 나가자 나도 따라서 나갔다. 아궁이를 열자 아궁이에서는 까물까물한 불빛이 보였다.

"야단났네요. 불이 다 꺼져가는데요. 숯 좀 있어요?"

"네, 선반 위에 좀 있을 거예요."

숯은 조금밖에 남아 있지 않았다. 아주머니와 나는 연탄을 들어내고, 두세 구멍밖에 불씨가 남아 있지 않은 밑불 위에 숯을 놓고 열심히 입으로 불기 시작했다. 서로 번갈아 가며 입으로 불었다. 재티가 날아오르고 숯이 피느라고 틱틱 소리가 났다. 얼마 동안이나 숯을 피우느라고 싱갱이를 했는지 허리가 아팠다.

"연탄을 올려놓고 기다려봐야죠."

"자칫하면 꺼지겠는걸요."

그녀와 나는 다시 방으로 들어왔다. 들어와 보니 그녀의 머리 위에 하얗게 재티가 앉아 있어서 눈을 뒤집어쓴 것 같았다. 우리는 그런 우스꽝스러운 서로의 모습을 보며 유쾌하게 웃었다.

그날 밤, 그녀와 나는 함께 잠이 들었다. 누가 먼저 잠이 들었는지 모르게 서로 몸을 대고 한 이불 속에서 잠이 들었다. 나는 꿈속에서나마, 그 여자를 눈곱만큼도 간음하지 않고 안온한 잠을 잤다.

이튿날 아침, 나는 누가 조용히 흔드는 바람에 평화스러운 잠에서 아쉽게 깼다.

"전화 받아요."

눈을 뜨자 아주머니의 깨끗한 미간이 흔들리는 모습이 보였다. 나는 벌떡 일어났다. 아내의 전화였다.

"어머니 말씀이 자기도 여기 와 있으래요. 전화도 안 통하면 서로 궁금하니까 문 걸어 잠그고 오면 좋지 않아요?"

"응! 뭐라고?"

나는 아직도 지난 밤의 안온한 잠에서 덜 깨어난 모양이었다. 얼른 아내와의 대화에 익숙할 수가 없었다.

"저도 말이죠, 자기가 보고도 싶고요오…… 아무튼 이따 저녁때 가방이나 챙겨 가지고 와요. 전화가 끊어지면 매일 출근도 못할 자기이면서 뭘 그래요?"

"그래요, 알았다니깐."

"참, 그리고 문을 꼭 잠그세요. 옆집 아주머니께 잘 부탁드리고요.”

“옆집 아주머니께?”

“지금 전화받으셨잖아요, 자기는 잘 모르지만, 그분한테 부탁하면 걱정 없어요.”

알고 보니 아내는 아주머니를 벌써부터 잘 사귀고 있었던 모양이었다. 아무래도 좋았다. 나는 아무런 부끄러움이 없이 아주머니를 돌아다보았다. 그녀는 조용히 미간을 흔들면서,

“연탄불이 빨갛게 살아났어요.”

하며 웃었다.

“곤하게 잠자는 동안에 불씨가 꺼지지 않았다니 신기해요.”

“아주머니가 훌륭하시기 때문이죠.”

나는 꺼지지 않는 불씨와도 같은 아주머니의 어깨를 껴안았다. 그녀의 흔들리는 흰 미간에 떨리는 입술을 가져갔다. 그날 오후, 나는 그녀에게 집을 부탁하고 처가로 갔다.

“예쁜 아기 낳아 가지고 오세요.”

그 아주머니는 층계 아래까지 따라와서 진지하게 전송을 해주었다. 나는 이상하게 갑자기 부유를 소유한 사람처럼 모든 게 즐겁고 여유만만한 마음으로 버스에 올랐다.

여섯 달이 지났다. 아주머니의 축복대로 아내의 신비스러운 곳에서 예쁜 아기가 태어났다. 나는 산실 밖에서 아기가 분만될 때를 초조히 기다리다가 으앙 하는 아기의 울음이 들리자, 아주머니의 얼굴을 제일 먼저 떠올리고 미소를 지었다. 이튿날

아주머니는 붉은 카네이션을 한 광주리 사 들고 병원으로 찾아왔다. 나는 아주머니의 착한 손을 꼭 잡았다.

퇴원할 때 강보에 싸여 눈을 못 뜨는 나의 아기를 그 아주머니에게 안겨주었다. 우리들이 탄 차가 로터리에서 신호를 기다리며 섰을 때 나는 뒷자리를 돌아다보았다. 아내 옆에 아기를 안고 아주머니가 타고 있었다. 지난겨울을 지나는 동안에 내가 새롭게 얻은 귀중한 세 사람이었다. 차가 커브를 돌 때 분수에서 흩어지는 빛나는 물방울이 차창에 기분 좋게 부딪쳐 왔다.

(문학사상, 1975)

망년회

197X년 12월 31일 금요일, 저녁 일곱 시. 지난밤에 연탄가스 중독으로 열 명, 교통사고로 네 명, 총기 사고로 두 명이 숨졌다. 이런 뉴스가 방송되는 저녁 일곱 시에 그들은 싸롱 로만스에서 만났다.

그날은 아침부터 날이 흐렸다. 저녁때가 되면서부터 눈발이 날리기 시작하여 일곱 시가 지나자 벌써 자욱눈이 내렸다.

"왜 아직 안 오지?"

술 두 컵을 쭉 들이키고 난 형식은 맞은 편의 창수를 건너다보며 중얼거린다.

"글쎄, 안 올 모양 아냐?"

창수는 담배에 불을 붙여 문다. 연말연시를 맞아 싸롱은 사방 벽에 오색 전등을 연결해 놓았다. 2, 3초의 간격을 두고 실내는 푸르른 바다가 되기도 하고, 숨소리가 요란한 침실이 되기도 하고, 일 년 열두 달 삼백육십오 일의 피로가 쌓이는 노리끼리한 오피스가 되기도 한다.

싸롱 로만스는 주간 다실, 야간 싸롱. 서울 문명의 야누스적인 특성을 지닌 곳. 형식이들이 출입하기 시작한 것은 이미 1960년대 말, 그들이 학창에 있을 때부터였다. 졸업을 하고 나서 어찌어찌하여 아무 아무 직장에 자리를 잡고, 보너스는 없지만 연말 삼일간의 연휴를 맞아 연례행사로 된 망년회를 이 싸롱에서 갖는 것도 이러한 단골의식 때문이었다.

그러나 몇 년이 지나면서 싸롱은 꽤 많이 변했다. 형식이들에게는 마음 좋은 누님같이 여겨지던 주인 여자가 작년에 살림집으로 들어앉고 지금은 아주 무지막지해 보이는 미스 최가 카운터에 버티고 앉았는데, 주인 여자의 친척 동생이라던가 뭔가가 된다고 한다. 아무튼 주인의 직무대리인 미스 최는 형식이들에게는 낯설은 인물이다. 낮에는 찻잔, 밤에는 맥주병을 운반하는 아가씨가 다섯 명. 밤이 되면 테이블 사이는 칸막이로 가려져서 눈 감고 아옹 하는 구중궁궐을 만들고 음악과 조명으로 발랄한 싸롱 분위기를 이루게 된다.

"친구 한 분은 왜 안 오죠?"

비교적 오랫동안 로만스에 취직해 있는 김 양이 술병을 내려놓으며 말참견을 한다.

"역시 김 양이 다르군 달라. 종훈이 녀석을 궁금해할 줄 알고."

"김 양, 종훈이하고 연애하는 것 아닌가?"

"아이 싱거워라."

김 양은 창수 옆에 탈싹 앉으며 키득키득 웃는다. 술병 마개를 딱 따고 나서 형식이와 창수의 빈 잔에 거품을 채운다.

"그분은 오늘 안 오셔요?"

"안 오긴. 좀 늦나 보군그래."

"어이, 창수야. 지난 주일에 종훈이한테 전화를 했더니 벌써 여러 날째 무단결근이라더군."

"그 녀석은 늘 직장에 충실하지 않잖아? 하긴 우리 같이 꼬박꼬박 회사에 나갈 이유도 없지. 작년 오늘, 망년회 때도 그 녀석은 열 시가 넘어서 슬금슬금 나타났었지?"

"그때는 뭔가, 일 년 안으로 이민을 간다고 설치더니만……"

"그 새끼 정말 쥐도 새도 모르게 이민을 간 것 아냐?"

"네? 종훈 씨가 이민을요?"

김 양이 말참견. 창수와 형식이는 김 양이 끼어드는 통에 말을 중단하고 술잔을 든다. 예닐곱 명의 손님들이 어깨로 문을 밀치고 싸롱으로 들어온다. 찬바람 기운이 훽 들어온다. 새로 들어온 손님들은 아가씨들에게서 환대를 받으며 카운터 앞, 스토브 옆자리로 간다. 그들의 외투와 머리칼에는 흰 눈이 얹혀 있는데 조명이 바뀌는 바람에 푸른 이끼로 변해 버린다.

"이민은 무슨 이민이야? 그 녀석 회사에서도 다만 무단결근이라고만 하던데, 이민 가기가 그렇게 쉬운가? 고국을 버리기가 그렇게 쉬워? 어림도 없지."

형식이는 큰소리로 떠들고 나서 넥타이를 잡아당겨 느슨하게 풀어 놓는다.

"주인 여자는 한번도 안 나오니?"

"왜요? 가끔 나오셔요."

"그래 신혼재미가 어떻다든?"

"깨가 쏟아지겠죠, 아마?"

김 양은 입을 쌜쭉한다. 주인 여자는 사십이 가까운 마음씨 좋은 과부였는데 갑자기 재혼을 했다. 재혼이라기보다는 살림집으로 들어앉았다고 해야 옳은 말. 싸롱에서 디스크자키를 하던 청년과 눈이 맞아 그를 집으로 불러들여 살림을 차렸으니 말이다.

거의 열 살이나 손아래의 청년과 눈이 맞았다고 말하면 누님같이 생긴 주인 여자를 고의적으로 무시하는 것이 되는데, 그녀의 말로는 늙은 과부가 아닌 밤에 홍두깨라고 주책이 들어서 한번 실수를 했다. 이 통에 그 청년이 얼씨구나 하면서 바싹 달라붙었으니, 남편도 없고 일점혈육도 없는 팔자에 어쩌겠는가…… 하는 경과로 개가를 한 것이다. 청년은 집도 절도 없이 떠돌다가 그럴듯한 집에, 장사 잘되는 싸롱에, 마누라에 그야말로 감나무 밑으로 베레모 벗어들고 지나가다가 횡재를 한 셈이다.

이런 이유로 이 집 아가씨도 주인 여자의 재혼 생활에 대해서 공연히 입을 샐쭉거리고 비웃기가 여반장이지만, 그들이 부부가 된 이후로 로만스의 특유한 분위기가 한결 더 기승을 떨게 되었다.

아가씨들의 입장에서 보면, 싸롱의 경영주에게 고용 당해 있다는 딱딱한 기분보다는 자기들과 신분이 한가지이던 디스크 자키가 일약 주인 남자로 변했으니 그만큼 경영주와 동등해진 기분이랄까, 일종의 대가족의 일원으로서의 마음 편안함을 지니게 되었던 것이다. 이러한 기분이 싸롱 로만스의 분위기를 이룩하게 되어 지금은 도리어 로만스는 딱 이래야만 한다는 단언이 나올 만큼 그 특유의 분위기를 조성하게 됐다.

차 한 잔, 술 한 잔을 더 팔려고 악착같이 대드는 아가씨들도 없고, 이따금 주인 여자와 아가씨들 사이에 말다툼이 일어나지만 경영주가 고용원에게 사무적으로 질책하는 게 아닌, 고용원이 경영주에게 반항하는 게 아닌, 말하자면 가족 사이에서 벌어짐직한 히스테리의 발산으로 티격태격하는 꼴 밖에는 안 된다. 이곳을 찾는 손님들도 이러한 분위기를 좋아하게 되었고 형식이들도 마찬가지.

아무렴, 형식이들은 이미 1960년대 말부터의 단골이니까 이러한 싸롱의 분위기를 좋아할 뿐만 아니고 분위기가 이렇게 되게끔 은근히 조장하고 선동하기까지 했다고 해도 좋은 편이다.

김 양이 자리에서 일어나 카운터 쪽으로 가고 조명이 노란빛으로 바뀌자, 창수는 갑자기 참을 수 없다는 생각이 든다. 형식이도 도저히 참을 수 없다는 생각이다.

"망년회를 하면서 빌어먹을 지금껏 무슨 생각을 하고 있는 거야?"

"우리가 참말 시시하지?"

두 사람은 각각 컵을 짤가닥 부딪치면서 건배를 한다.

"월급은 올랐니?"

"뭐 그 타령이야. 너는?"

"오르기는커녕 제날짜에 주지도 않는다. 추석 지나고 두 달치 밖에 못 받았으니깐."

"그래? 빌어먹을."

"어이, 좀 너무 하지 않니?"

"뭐가?"

그들은 또 건배를 한다. 술잔을 비우고 나서 한쪽이 다른 한쪽을 보며 무슨 모의라도 하듯 속삭인다.

"뭐가?"

"월급 말이야……"

"후후. 월급?"

"후후. 웃긴다."

"이 새끼, 정말 안 올 셈인가?"

"며칠 동안 무단결근이라. 녀석, 좋은 놈이야."

이 말이 떨어지자마자 싸롱의 문이 열리고 주인 여자가 실내로 들어선다.

카운터에 앉아 있는 미스 최가 황급히 일어서고, 아가씨들이 호들갑을 떤다. 조명이 붉은빛으로 바뀐다. 주인 여자는 카운터에 잠깐 머물고 나서 형식이들의 테이블로 다가온다.

"어이구 오랫만이군. 그래 재미들은 있구?"

형식이와 창수는 그녀를 붙잡아 앉히면서 술을 권한다.

"마담 뵙기 어렵네요. 새살림 재미가 좋아요?"

"아니 그런데 왜 그 총각은 안 보이지? 안경 쓴 총각 말이야."

"종훈이요? 아직 안 왔어요. 뭐 좀 있음 나타나겠죠."

"실은 말이야. 총각들이 해마다 망년회를 우리 집에서 하는 것을 내가 다 훤히 알지 않우? 그래서 말이야. 올해 망년회에는 나도 회원으로 참석을 하고 싶어서 왔다우. 어때, 괜찮지?"

"부라보!"

형식이들은 그녀의 뜻밖의 말을 듣고 신명이 나서 소리친다.

주인 여자와 형식이들은 재학 때에도 몇 번 같이 어울린 일이 있다. 개교기념 페스티벌 때는 바로 오늘 망년회에 지각을 하고 있는 종훈이의 파트너 노릇을 해서 친구들을 웃겼고 형식이의 하숙집에도 놀러 와서 주인아줌마에게 천연스럽게 공치사도 했다.

누님같이 생긴 꽃이여…… 하고 미당의 글귀를 외우며 그녀 앞에서 낭만을 즐긴 것은 창수, 지금은 화명출판사 교정사원인데 그의 교정 보는 실력은 한 일(一)자가 뒤집혀졌는가 안 뒤집혔는가를 대번에 척척 알아맞힐 정도이다.

"학교를 졸업한 지가 벌써 4년이 지났지?"

그녀는 손뼉을 쳐서 땅콩 한 접시와 술 두 병을 청하고 나서 창수에게 묻는다.

"4년이요? 그렇지요. 4년……"

형식이들은 문득 4년이라는 지나간 세월이 무서워진다. 실내의 조명이 붉은색으로 변한다. 김 양이 안주와 술을 가지고 온다.

"어이, 창수야."

"응?"

"이번 일 년은 무척 다사다난했지?"

"다사다난이라?"

"가장 재미있었던 일은 말야. 왜 농림부 장관을 지낸 적이 있는 점잖은 사람이 부정축재자로 구속된 일이었어. 참 재미있더군."

"이 친구야, 무슨 악담을 그렇게 하나?"

"악담이라니? 그 친구의 평소 좌우명이 '청렴결백'이었다는 거야. 빌어먹을, 이래도 재미가 없니?"

"흠, 우리들은 지금 재미있는 시대에 살고 있다?"

"흐흐, 재미있는 시대에 죽어가고 있다?"

주인 여자가 후다닥 놀란 듯이 역설적으로 웃기 시작한다. 실내의 조명은 차가운 바다 물결을 사방 벽으로, 손님들의 얼굴로 밀어 올린다. 서러운 뱃고동 같이 음악이 기승을 떨다가 파르르 죽는다.

형식이들은 취기가 이마까지 차올랐다. 그들은 은근히 술값 걱정을 하게 된다. 주머니에 넣고 나온 돈은 각자 천 원 남짓,

술값이 주머니 사정을 보살펴 줘야 되련만. 슬그머니 손목시계를 본다. 아홉 시가 넘었다.

"시계를 왜 자꾸 본담? 오늘 밤은 통금해제예요. 걱정 말고 마셔요."

주인 여자가 창수 쪽을 바라보며 이렇게 말하고 나서 술잔을 높이 치켜든다.

"홍 씨도 잘 있어요? 마담 새신랑도 안녕하시죠?"

"새신랑? 잘 있지. 잘 있어요."

그녀는 잠깐 말을 끊었다가 그 틈에 술을 한 컵 마신다.

"이번 화재에 불에 타 죽었다우."

"네? 아니? 누가요? 홍 씨가요?"

"그렇다마다."

"무슨 화재인데요?"

"아, S호텔 화재지 무슨 화재긴."

"마담, 이거 안됐군요."

"내가 미친년이지. 과부 팔자 개 못 준다고 글쎄 공연한 홍 씨만 원귀를 만들었지."

"홍 씨가 혼자서 호텔에 갔었군요?"

"25일 아침이야요. 호텔에 수금을 하러 갔다가 변을 당했다우. 하룻밤이라도 품고 잔 서방이래서가 아니라, 홍 씨는 참 착실한 사람이었다우."

그녀는 이마를 잠깐 찡그리고 나서 한숨을 휙 내쉰다. 형식이들은 며칠 전 S호텔에 화재가 났을 때를 다시 회상한다. 주인 여자와 창수, 형식이는 한동안 말없이 술만 마신다. 불길이 치솟고 검은 연기가 뒤끓던 아비규환의 장면이 머릿속을 어지럽힌다.

"종훈이는 정말 안 오는 거야?"

창수가 큰 소리로 이렇게 떠들자 형식이가 갑자기 벌떡 일어서면서,

"종훈아! 조옹훈아!"

하고 외친다.

싸롱의 손님들이 이 소리에 후다닥 놀랐다가 다시 잠잠해지고, 주인 여자는 담배를 피워 물고, 조명은 푸르른 빛으로 바뀌고, 김 양은 빈 술병을 내려놓고 새 술병을 올려놓는다.

"정말 종훈이한테 무슨 일이 생긴 게 아닐까?"

창수가 이렇게 말하자 형식이와 주인 여자가 함께 걱정스러운 표정이 된다. 종훈이 녀석 하숙집으로 가자는 의견이 세 사람 사이에서 나왔고, 그들은 곧 술자리를 끝내고 싸롱에서 나왔다. 술값은 그녀가 지불했다. 지불한 게 아니라 내지 못하게 했다.

밖은 함박눈이 펑펑 쏟아지고 세모의 거리에는 한가로운 시민들과 바쁜 시민들이 서로서로 오가고 있다. 빌딩 앞에는 어설픈 크리스마스트리가 장식되어 있지만 로만스를 나온 세 사람의 눈길도 끌지 못한다.

"제기동이지?"

"뭐가?"

"종훈이네 하숙."

그들은 K은행 중부지점 앞에서 눈을 함빡 뒤집어쓰고 달려오는 택시를 꼭 붙잡아 타고 제기동으로 달린다.

"어이, 형식아, 너 종훈이를 언제 만났니?"

"몇 달 동안 못 만났어. 지난 9월엔가 한번 만나고 그 후론 통."

"그래? 나도 마찬가지야……"

"종훈이 청년이 어디 병이 난 것 아니우?"

세 사람은 입을 꾹 다물고 차창 밖을 내다본다.

고가도로에서 내려다보는 서울의 야경은 인육을 썰어놓고 만찬회를 하는 유령의 집같이 괴괴하고 적막하다.

"홍 씨의 장례는 끝났습니까?"

"장례랄 게 뭐 있나요. 11층에서 뛰어내려서 얼굴도 몰라보겠던데. 화장을 했다우……"

"참 끔찍한 일이군요."

"그런데 외국인 노인 한 분이 있잖았수? 그 양반은 11층에서 끝까지 견디다가 구조되지 않았겠수, 글쎄. 우리 양반도 끝까지 견디지 못하고……"

"마담, 그건 그런 게 아니에요. 그 노인을 가리켜 인간 의지의 승리니 뭐니 하지만 천만에요. 당연히 그렇죠, 당연히 뛰어내려야 합니다."

"인간답다 그 말인가요."

"그렇죠. 그 노인은 앉아서 운명을 기다린 것이지만 홍 씨는 운명을 개척한 거예요."

"이상스러운 논리구먼?"

그녀는 슬픔과 담배를 한꺼번에 피워 물면서 한숨을 훅 내쉰다. 형식이들도 담배를 피워문다. 잠시 후에 택시는 신설동을 지나서 대광고등학교 정문 앞을 통과, 안암동 로터리에서 오른편으로 치올라간다.

오른쪽으로 국민학교 담을 끼고 올라가던 택시는 세광 세탁소 앞에서 멈추고 승객 세 명을 내려놓고 돌아서 오던 길로 내려간다. 택시의 엔진 소리가 지나간 길에서 개 짖는 소리가 컹컹 들린다.

"벌써 한 달째 안 들어온답니다요."

하숙집 주인은 캄캄한 문칸방을 가리키며 대꾸한다. 잠이 막 들다가 나온 모양으로 귀찮은 기색이 역력한 얼굴이다.

"들어가 봐도 되죠?"

창수가 하숙집 아주머니에게 이렇게 말하고 나서 대답을 기다리지도 않고 문간방 문을 밀어붙인다. 방문 밀어 붙이는 소리를 듣고 안방에서 늙은 남자가 나오며 큰기침을 한다.

"밤중에 웬 사람들이우?"

하숙집 바깥 주인으로 보이는 늙은 남자는 나이에 어울리지 않게 목소리가 되바라진 게 꼭 시비를 걸어오는 태도다.

"네, 저희는 종훈이 친구고요. 네, 죽마고우이지요. 이분은 종훈이 큰 누님이시죠."

형식이가 술 냄새를 훅훅 풍기며 느릿느릿 대꾸한다. 방으로 들어간 창수는 벽을 더듬어서 전등 스위치를 켠다. 방안이 갑자기 밝아지자 어두운 마당에 서 있던 형식이는 종훈이 하숙방이 갑자기 불길에 휩싸인 것 같은 착각에 빠졌다가 싱겁게 웃는다.

"방안은 깨끗하게 정돈돼 있는데?"

창수가 투덜거리면서, 종훈이의 행방을 찾을 단서가 없나 하고 방안을 두리번거린다. 창문 쪽으로 놓인 책상 위에 토플 문제집과 시사영어 잡지가 가지런히 놓여 있고 그 왼편으로 침구가 정돈돼 있다.

창문 옆에 걸린 카렌다는 추석 대보름날 달맞이하는 소년들의 사진이 박힌 10월달치. 벽에는 등산모와 여름 옷가지가 걸려 있고 그 외에 눈에 뜨이는 것이라고는 책상 위에 수북이 쌓인 먼지뿐이다.

"어디에 간다는 말도 없었나요?"

창수가 하숙방에서 나오자 형식이가 기분 나쁜 늙은 남자를 보고 묻는다.

"원체 말이 없는 청년이었으니까."

늙은 남자는 귀찮은 기색으로 무관심하게 대꾸한다.

"아, 뭘 멍청하게 보고 있어? 전등을 끄고 방문을 걸어 잠그지 않구. 아닌 밤중에 이게 무슨 놈의 팔자야……"

혼잣말처럼 마누라에게 뇌까리며 가래침을 뱉는다.

"찾아온 사람도 없었나요?"

형식이가 재빨리 묻는다. 대구 태생으로 거기서 고등학교까지 나오고 지금도 그곳에 형이 살고 있지만 형과 사이가 나빠서 한번도 내려가는 일이 없었다. 물론 고향에서도 누가 종훈이를 만나러 오는 일도 없다. 다만 학교 다닐 때 소정의 등록금과 하숙비만 송금해 주었을 뿐이다.

"아무도……."

하숙집 아줌마는 종훈이가 없는 방을 자물쇠로 채우며 심드렁하게 대꾸한다. 고향의 형과도 발을 끊은 그에게 누가 찾아올 리도 없을 것이었다. 형식이와 창수는 통 어림이 가지 않는다. 그들은 평소에 사사로운 일도 숨기지 않는 친구들이었다.

이것 저것 캐물어도 하숙집 내외는 시큰둥하게 대꾸하며 귀찮으니 제발 나가 달라는 역정을 낼 뿐이어서 그들은 어두운 골목으로 내쫓기듯 나왔다.

제야의 밤은 이미 자정이 된 듯 싶었다. 거리에는 인적이 끊기고 그들의 무거운 발걸음 소리를 따라 귀 밝은 개와 잠 못 이루는 개가 짖는다.

"종훈이 자식이 싹 숨어버렸군. 감쪽같이 숨어버렸어. 흐흐흐."

창수가 갑자기 흐느껴 운다.

"S호텔 화재 때 타죽은 것 아닌가?"

형식이도 울음 섞인 말로 뇌까린다.

"불에 타서 신원 확인이 안 된 사람도 여럿이었지만 종훈이 그 청년이 설마……"

로만스의 주인 여자가 택시를 세우며 중얼거린다. 그들은 이제 술기운이 다 달아났다.

"어디로 모실까요?"

운전수는 뒷자리를 향해 묻는다.

통금이 해제된 밤거리에는 속력을 내고 달리는 소형 승용차뿐이다. 헤드라이트에 비치는 눈발이 형형색색의 빛깔을 발산한다. 조명만 빛나고 사람이 모여들지 않은 쓸쓸한 축제를 연상케 한다. 그들이 탄 택시는 벌써 신설동 로터리까지 왔다.

"어디로 모실까요?"

"S호텔로."

형식이가 신음하듯 말한다.

S호텔은 며칠 전에 화재가 나서 거기 가 봐야 엔죠이를 할 수 없다는 말이 나오려는 것을 운전수는 꾹 참는다. 초저녁부터 핸들을 잡아서 피곤도 하거니와 승객이 말한 목적지까지 태워다만 주면 되므로 왈가왈부할 필요를 느끼지 않는다.

"종훈이 하숙방이 너무 정돈돼 있더군. 흐트러진 구석이라곤 하나도 없어……"

창수가 담배를 피워 문다. 행방이 묘연해진 그의 하숙방이 그처럼 깨끗하게 정돈되어 있다는 것은 무엇을 뜻하는가. 불길한 생각이 불쑥 떠오른다. 창수와 형식이는 조금 전에 종훈이의 하숙방을 보았을 때 가슴이 섬뜩했었다. 종훈이가 죽었다는 생각이 걷잡을 새 없이 일어났다.

택시는 기분 나쁜 브레이크 소리를 토하며 S호텔 앞에 멈춘다. 그들은 차에서 내려 호텔로 가까이 다가간다. 헬멧을 쓴 인부들이 작업등을 밝혀 놓고 화재 때의 잔해를 운반하고 있다.

"못 들어갑니다."

그들이 말없이 호텔 정문 계단을 오르자 헬멧을 쓴 인부가 큰 소리로 말하며 막아선다.

"아직도 이 건물은 식지 않았어요. 철근이 녹아서 흐늘흐늘하고 지금도 천장과 벽이 무너지고 있습니다. 붕괴위험이 있어서 아무도 접근할 수 없어요."

그들은 되돌아서서 호텔 맞은편으로 건너간다. 시커먼 유령같이 서 있는 폐허의 호텔 건물을 물끄러미 바라본다. 로만스의 주인 여자는 눈을 꼭 감고 있다. 죽은 홍 씨를 생각하는 모양. 장수와 형식은 불에 탄 S호텔을 바라보며, 종훈이가 그 속에 갇혀 타 죽었다는 망상을 떨쳐버리려고 무진 애를 쓴다. 호텔에 갔을 리도 없다…… 터무니없는 생각이다…….

"평소에는 지저분하게 굴던 자식이 하숙방을 깨끗하게 정돈해 놓다니 이상한 일이야."

창수가 눈이 퍼붓는 밤하늘의 어둠을 바라본다.

"글쎄 말이야……. 이상한 일이야. 종훈이는 갑자기 행방이 묘연해지고 빈 하숙방은 깨끗이 정돈돼 있고…… 무슨 미스터리 같군."

종훈이는 문화영화 제작회사에 다녔는데 영화회사라는 게 막말로 하면 이모저모가 영 개판이다. 자유스럽고 인간적이라는 장점이 있는 반면에 사원들의 출퇴근도 제멋대로고 고정 급료가 있는 것도 아니다. 종훈이가 영화회사에 입사한 것은 바로 이러한 무질서한 회사의 성격 때문이라고 해도 과언이 아니다.

졸업 후에도 대구의 형에게 요청만 하면 사무적으로 송금을 해 주었으므로 그는 월급에 매달려 사는 형식이나 창수와는 입장이 달랐다.

이러한 여러 가지 조건 때문에 종훈이는 대학을 졸업한 지가 4년이 됐는데도 속물이 되지 않고, 자유분방한 관념을 그대로 지니고 있는 친구였다. 그렇다고 여자친구를 사귀지도 않았다. 혼자서 어두컴컴한 음악실에 웅크리고 앉았다가 어두운 골목을 돌아 하숙방에 들어오는 말 없는 친구, 형식이와 창수를 이따금 만나 분에 넘치게 술값을 지불하고는 한동안 소식을 끊고 지내는 친구였다.

폐허가 된 S호텔은 거인의 시체처럼 보였다. 작업등의 불빛을 받아 이곳저곳에서 연기가 피어오르고 있다. 아니 그것은 연기가 아니라, 진화작업 때 뿌린 물이 수증기가 되어 증발하는 것일지도 모른다. 수많은 사람들이 참혹하게 불에 타 숨진 비극의 현장치고는 너무나도 무언의 형상을 하고 있다.

형식이들은 담배를 한 대 피워물고 다시 S호텔 쪽으로 어슬렁어슬렁 다가간다. 로만스의 주인 여자도 머플러를 머리에 뒤집어쓰면서 뒤를 따른다. 종훈이가 행방불명된 원인을 호텔의 화재에서 찾으려는 것은 아니다. 홍 씨의 주검을 재확인해 보려는 생각도 아니다. 그들의 머릿속에는 다만 한가지 생각만이 명멸하고 있을 뿐이다. 누구나 불시에 죽을 수 있다는 것. 사람은 누구나 불시에 모든 살아있는 형태로부터 감쪽같이 잠적해 버릴 수 있다는 것. 바로 이러한 엄연한 사실이 새삼 숙연하게 그들의 마음을 사로잡고 있었던 것이다.

"연고자가 나타나지 않은 시체도 많지요?"

창수가 인부에게 묻자 인부는 가래침을 퉤 뱉으며 헬멧을 벗어 바닥에 놓고 그 위에 앉아 담배를 피워 문다.

"20여 구의 시체가 아직 남았소."

"어디 있죠?"

"건너편 중앙병원 시체실에 있소."

담배 연기를 푸욱 내뿜으며 인부는 시큰둥하게 대꾸한다. 그는 담배를 부벼 끄고 일어나며 한숨을 쉰다.

"어디 있으면 뭘 하우? 잿덩이에 불과한 걸. 남자인지 여자인지도 모르고 그저 두개골 수만 따져서 20여 구라는 숫자가 나왔다오."

로만스의 주인 여자와 형식이들은 S호텔의 잿더미에서 풍기는 매캐한 냄새 속에 살이 타는 냄새가 섞여 있다는 생각을 한다. 멀쩡하던 사람이 갑자기 화마의 아가리로 들어가서 한 줌의 잿덩이로 변환되는 생의 의미에 새삼스럽게 몸서리가 쳐진다.

"쓸 데 없는 짓이야. 로만스로 돌아가 술이나 마시자구."

싸롱의 주인 여자가 흐느끼듯 말한다. 형식이와 창수가 종훈이를 찾으러 병원으로 가려고 하자, 그녀는 이렇게 말했다. 하긴 모두 쓸데없는 짓일 것이다. 아무도 모르는 곳에서 죽어가는 사람, 행려병사하는 사람, 교통사고로 죽는 사람, 우발적으로 살해되어 암매장 당해버리는 사람이 많은 것이 생존의 현황이다.

"종훈이 총각이 이 호텔에서 타 죽었을 리는 없잖수? 괜히 불길한 생각은 말고 그만 가자구."

싸롱의 주인 여자는 어느새 흐느껴 울고 있다. 잠깐 멈추었던 눈발이 또 흩날리기 시작한다. 호텔의 폐허에서는 철야 작업이 진행되고 있는 모양이었다. 여기저기 꽝당거리는 망치 소리도 들리고 두런두런하는 목소리도 들린다.

"이것 좀 보시우!"

그들이 돌아서서 큰길로 나섰을 때 뒤에서 부르는 소리가 들린다. 뒤를 돌아보니 헬멧을 쓴 인부들이 손짓을 하는 모습이 희미하게 눈발 사이로 보인다.

"당신들이 찾고 있는 것 아니오?"

그들이 가까이 가자 인부들은 배구공만 한 것을 쳐들며 기분 나쁘게 껄껄 웃고 있다.

"그게 뭡니까?"

형식이가 가까이 다가가며 묻자 나이가 지긋해 보이는 인부가 껄껄 웃으며 그것을 흔들어 보인다.

"해골이라우."

"예?"

그것은 불에 타서 시커멓게 된 해골이었다. 그들은 몸서리를 친다.

"빨리 가자구. 빨리, 한 시도 이 자리에 못 있겠어……"

싸롱의 주인 여자가 울부짖으며 발을 동동 구른다. 눈발이 다시 굵어져서 펑펑 쏟아지기 시작한다.

"으하하, 너무 놀라지 마시우."

인부가 껄껄거리며 어깨의 눈을 털어낸다.

"지금도 시체는 발굴됩니까?"

창수가 묻는다.

"이건 사람의 해골이 아니라 개의 해골이랍니다. 두개골이 길쭉하지 않습니까?"

인부들은 어두운 폐허에서 김이 무럭무럭 나는 여러 집기들을 들어내고 있다.

"당신들이 찾는 게 이것 아닌가 해서 불렀다우."

"우린 친구를 찾고 있어요."

"뭐라구? 개새끼들 같으니! 친구를 찾아 나선 놈들이 그 꼴이야? 꼭 잃어버린 개새끼나 찾으러 스적스적 나온 놈들 같은데?"

"……."

그들은 갑자기 말문이 막혔다.

"개를 찾으러 나온 사람 같다구요?"

창수가 혼잣말처럼 뇌까리자 인부들은 손에 들었던 그것을 어둠 속으로 집어 던지며 다시 작업장으로 돌아가 버린다.

"홍 씨가 변을 당하고 나자 이런 생각이 들었다우. 사는 것과 죽는 것이 아무런 차이가 없다는 거예요. 홍 씨의 죽음이 지금도, 아니 몇 년 후까지도 도저히 믿어지지 않을 거야……. 허지만 그이는 죽고 나는 이렇게 살아 있다우. 아무런 차이도 없어요. 아무런 차이도 없어요."

싸롱으로 돌아오자 주인 여자는 차분히 가라앉은 목소리로 말하며 연거퍼 술을 마셔댄다. 망년회의 밤은 이미 새벽녘이 되어 가고 있다. 인적이 드문 어둠 위에 흰 망각의 눈이 내려 쌓이고 있다.

"종훈이도 어딘가에 있을 거야."

형식이가 말한다.

"우리가 개를 찾아다닌 것은 아니야."

창수가 고개를 가로젓는다.

"종훈이, 그 자식을 찾아다닌 거야. 그 자식이 보고 싶어서 미치겠다…….”

형식이들은 텅 빈 싸롱에서 계속해서 술과 종훈이 생각을 마신다. 197X년은 벌써 취기와 더불어 몸과 정신이 밖으로 모두 모두 빠져나가 버린다. 홍 씨의 죽음도, 종훈이의 부재도 시간의 그물 밖으로 형체 없이 빠져나가고 있다.

(*****, 1975)

내가 만난 여신

방학이 끝나고 다시 캠퍼스로 돌아온 나의 눈에 제일 먼저 띄인 것은 바로 그 조상이었다. 사실 나는 개학이 되던 날 교문을 들어서자마자 곧바로 그곳으로 갔었다. 게시판에 붙은 공고문은 읽을 생각도 않고 나는 농과대학으로 올라가는 언덕길로 곧바로 갔던 것이다. 수강신청과 등록에 대한 공고문을 잘 알아두어야 하는 일이 가장 중요했지만 나는 그 언덕길의 구릉에 먼저 가고 싶었다.

언덕의 양쪽으로 갖가지 가을 나무들이 우거져 있었다. 가을 나무들은 푸른 하늘 위에 손을 뻗쳐, 크레파스를 문질러 대는 장난꾸러기 아이들처럼 숨 쉬는 소리도 내뿜고, 풋풋하고 향기로운 몸 냄새도 풍겨대고 있었다. 언덕을 다 올라가면 거기에 밋밋한 구릉이 있고 그 뒤로 평탄한 길을 쭉 따라가면 농과대학 본관이 보였다. 구릉이래야 대여섯 평이나 될까 말까 한 곳이었지만 거기서 교문 쪽을 되돌아보면 캠퍼스의 전경이 한눈에 들어왔다.

"밤바다 같죠?"

구릉에서 내려다보이는 어둠에 싸인 캠퍼스는 늘 괴괴한 적막에 젖어 있을 뿐이었다. 여기저기 띄엄띄엄 서 있는 외등의 희미한 불빛도 을씨년스러워 보이는 것이었다. 배들이 모두 정박하고, 선창가 선술집의 주모도 잠에 떨어져 버린 한밤중의 항구처럼 캠퍼스는 잠들어 있곤 했다. 멀리멀리 한없이 이어져 나간 어둠은 밤바다처럼 적막하고, 다 낫지도 않고 그만 딱지가 붙어 버린 환부처럼 속으로 근질근질한 아픔을 지니고 있었다.

혜진이와 나는 방학이 시작되기 전 여러 날 동안을 구릉의 숲속에서 만났다. 종강이 되고 학기말 시험이 시작될 때부터는 밤낮을 가리지 않고 그곳에 가서 재빠르게 숨었다. 캠퍼스에 어둠이 내려앉아 이슥고 밤이 되면, 혜진이는 늘 바다의 이미지를 내게 속삭이곤 했다.

"뱃고동 소리 같죠?"

멀리서 들려오는 자동차의 엔진 소리를 그녀는 이렇게 변용시켰다. 나는 그녀보다 상상력이 형편없이 뒤졌으므로 늘 그녀의 말을 듣고 나서, 그녀의 뛰어난 상상력에 감탄하는 이상스러운 역할을 맡을 뿐이었다. 그러나 상상력이 그녀에게 뒤진다고 해서 내가 열등감에 빠져 있었던 것은 아니다. 나는 그녀를 침략하는 전법을 터득하고 있었다. 그녀의 손목은 벌써 오래전에 나한테 체포되었고 그녀의 입술도 벌써 내가 점령을 해버렸다. 그녀가 밤바다를 내려다보며 바다 이미지를 떠올리고 있을 때 나는 그녀를 하나하나 점령해 버린 것이었다. 그 점령이 손쉬웠다고는 말할 수 없었다. 기습을 하여 성공한 적도 있지만 어떤 때는 완강한 저항과 끈질긴 화력에 밀려 고전을 하는 수도 있었다. 그러나 원병을 부른다거나 하는 비겁한 짓은 하지 않았다.

방학이 시작되던 날이었다. 마지막 기말시험을 백지로 끝낸 나는 친구 녀석들과 대충대충 악수를 하고 헤어져서 곧바로 그 구릉으로 올라갔다. 거기에 혜진이가 와 있었다. 무더운 여름의 해님이 금빛 수염을 쓰다듬으며 하늘에 떠 있었다.

"뭘 할 거야?"

내가 묻자 그녀는 다리 위로 기어오르는 왕개미를 잡아 모가지를 뒤틀어 죽였다.

"지남 씨는?"

"나? 글쎄 아직 미정이야."

"나도 엇비슷해."

혜진이는 원예과 3학년, 나이는 나보다 한살이 아래지만 학년은 하나 위였다. 나는 재수를 해서 들어 왔기 때문이다.

"선배의 손목을 슬쩍 훔치다니 버릇이 없네요. 이 대학은 선후배 의식이 가장 강한 학교라는 것 몰라요?"

내가 그녀의 손목을 처음으로 감금했던 날 그녀는 이렇게 말했다. 그렇게 말했지만 그녀의 손이 마치 날도둑놈에게 잡힌 어린 소녀의 손처럼 바르르 떨린 것은 아니었다.

"결정된 것은 하나밖에 없어."

"뭔데?"

"내가 다시는 여기에 오지 않는다는 것."

"뭐야?"

나는 왕개미를 피해서 바닥에 털썩 앉았다.

"이제 여기는 다 이해할 수 있을 것 같아서 그래요. 그리고 또 한 가지 이유는, 지남 씨를 다 이해한 것 같으니까."

나는 그녀의 말을 전혀 알아들을 수가 없었다. 나뭇가지 사이로 아래를 내려보았을 때 방학이 되어 교문을 빠져나가는 학생들의 모습이 이상한 율동감을 가지고 나타났다. 혜진이가 발딱 일어섰다. 농과 대학 쪽에서 몰려나오는 한 패의 여학생들이 혜진이를 보자 함께 언덕 아래로 내려갔다. 혼자 남은 나는 억울한 마음이 되어 한동안 입을 벌리고 앉아있을 수밖에 없었다. 문득 혜진이를 처음 만났을 때의 일이 떠 올라왔다. 바로 그 구릉에서였다.

버스표를 한 장 빌리려고 친구들을 찾아다니는 길이었다. 아는 얼굴이 없었다. 터덜터덜 다시 되돌아오는데 구릉의 숲속에서 갑자기 와스스하며 갈대가 흔들렸다. 나는 재빨리 언덕길에서 고구마만 한 돌멩이를 집어 들고 몸을 움츠렸다. 해가 막 저물고 있어서 프르스럼한 어둠이 깃들고 있었다. 나는 와스스하는 갈대 소리를 듣는 순간 직감적으로 족제비가 그 안에 숨어 있다는 것을 알 수 있었다. 적갈색의 털을 한 족제비는 굴뚝 속에나 울타리 속에 숨었다가 해만 저물면 닭장 속의 닭을 채 가곤 하던 놈이었다. 어린 시절 농가에서 자랄 때 이놈을 꼭 한번 본 적이 있었다. 옥수수밭을 지나는데 옥수숫대가 와스스하고 흔들리는가 싶더니 바로 나의 맨발을 재빠르게 밟고 울타리를 넘어 장독간 쪽으로 달아났던 것이다. 어찌나 족제비들이 기승을 부리는지 마을의 닭이 남아나지를 못했다. 아무 데나 숨었다가 툭 튀어나와서 어린이를 울려놓고 사라지는 조그만 짐승. 내 맨발을 밟고 쏜살같이 달아날 때의 그 선뜩한 기분을 나는 오랫동안 기억하고 있었다.

내가 돌멩이를 들고 구릉의 숲속으로 살금살금 다가갔을 때 갈대숲 사이로 윤기나는 털이 보였다. 족제비 털은 방한용 목도리도 만들고, 꼬리의 털로는 붓을 매어 쓰기도 하는 것이다.

캠퍼스가 워낙 넓기 때문에 뒷산에서는 이따금 짐승 울음소리도 들려오곤 했다. 허지만 족제비가 언덕길의 숲속에까지 와서 떡하니 버티고 있다는 것은 어릴 때의 내 기억 때문에서만이 아니라 괘씸하기 그지없는 것이었다.

그 족제비가 바로 혜진이었다. 그녀는 놀라는 빛도 없이 내 쪽으로 얼굴을 돌렸다.

"왜 그런 자세를 하죠? 이해할 수 없네요."

나는 말이 막혔다.

"저것 봐요. 또 어둠이 밀려들죠?"

"예? 밀려들다니요? 뭐가요?"

"바다."

"바다?"

엉뚱한 대답을 듣자 웬일인지 가슴 한복판으로 송곳날이 지나가는 듯한 황홀한 아픔이 느껴졌다. 나는 손에 들었던 돌멩이를 아래로 힘껏 던졌다. 잠시 후에 첨벙하는 물소리가 들려왔다.

"바다 소리죠?"

날아간 돌멩이가 아마 언덕길 아래 연못에 빠진 모양. 그날 밤 혜진이와 나는 구릉에 오래도록 앉아 밤바다 구경을 했다. 여행을 하다가 밤바닷가에서 우연히 만나 알게 된 사람처럼 우리들의 태도는 엉뚱한 구석이 많았다.

"열 시가 됐어요."

그녀가 캠퍼스를 가리키며 말했다. 그녀와의 묘한 만남이 구릉에서 되풀이되는 동안에 나는 그녀의 말을 차츰 이해해 나갔다.

대학본부 건물의 왼편에 있는 외등은 초저녁에는 깜박 깜박대다가 열 시가 되면 불이 들어오곤 했다. 수은등이 고물이어서 그런지 초저녁이 지나면 전력이 세어져서 그런지 아무튼 그 외등은 딱 열 시가 돼야 제대로 불이 들어오는 것이었다.

"원예과라면 꽃꽂이 하는 것 배우나?"

"왜요? 지남 씨는 경제과래서 버스표도 한 장 챙기지 못해요? 나처럼 멋진 숙녀를 족제비로 착각을 하고?"

그녀의 말솜씨나 상상력을 내가 따라가지 못한다는 사실을 느낄 때면 나는 그녀를 침범하곤 했다. 그러나 그 침범은 그야말로 밤바닷가에서 벌어질 수 있는 그런 묘한 것이어서, 기말시험이 다 끝날 때까지도 나는 매일 밤 그 짓을 되풀이했고 이튿날이면 혜진이는 또다시 원점으로 돌아와 발랄해져 있었다.

여행길에서 만나 서로 다정한 이야기를 하고 서로 껴안은 사람들이 며칠 후 서울 거리에서 다시 만났을 때처럼 그녀와 나는 매일 매일 새롭게 만나고 있었다. 그 평범한 구릉에 다른 사람이 아무도 오지 않는다는 것이 신기했다. 캠퍼스 뒷산에는 속칭 데이트 로드라는 멋진 길이 있고 그 길 양편으로는 키스벤치, 페팅 코오너 등이 있어서 이성을 사귀는 사람들은 모두 그쪽으로만 몰려가고 이러한 보잘 것없는 구릉에는 아무 관심도 쏟지 않는 모양이었다.

방학이 되자 하숙촌의 녀석들은 모두 보따리를 싸서 점령지구를 빠져나가는 난민들처럼 밤 열차를 타고 낙향해버렸다. 나는 좀 더 버텨 보리라 마음먹었다. 어스름이 되면 하숙집을 빠져나와 정보를 수집하는 첩보원처럼 캠퍼스로 들어가서 구릉으로 올라가곤 했다. 그러나 혜진이와는 끝내 접선할 수가 없었다. 그러고 보니 꽤 여러 날을 그녀와 함께 지내면서도 서로의 인적사항은 하나도 발설하지 않았다는 것을 깨닫고 나는 놀랐다. 무선지령에 의해서 접선하는 첩보원처럼 우리는 서로의 이름이나 학과만 알았지 출신 배경이라든가 잠복 장소에 대해서는 입을 열지 않았다. 금빛 찬란한 여름의 해님은 철수지역처럼 텅 빈 캠퍼스의 곳곳에서 잡초와 풀벌레를 제멋대로 키우고 있었다. 며칠 후 나도 그곳을 빠져나가 낙향하고 말았다.

개학이 되어 캠퍼스로 돌아온 나의 시선에 제일 먼저 띈 것이 바로 그 조상이었다는 말은 앞에서 했다. 그날 나는 언덕길을 올라가면서도 가을 나무들의 아름다운 팔다리를 볼 겨를도 없이 마음이 바빴다. 혜진이가 구릉의 숲속에 앉아 나를 기다리고 있으리라는 예감은 인상된 등록금 때문에 얼굴이 더 작아진 시골의 아버님이나 완행기차를 타고 올라올 때의 나의 끝없는 절망감을 자취도 없이 씻어주는 힘이 있었다.

내가 구릉으로 가까이 갔을 때 백색의 몸을 드러내고 비스듬히 앉아 있는 여자가 갈대 너머로 눈에 띄었다. 그 여자가 바로 조상이었다. 혜진이와 내가 숨어서 밤바다를 내려다보던 바로 그 자리를 차지하고 앉아 있는 여신상이었다. 울퉁불퉁하던 바닥이 잘 닦여지고 그 위에 커다란 석대가 놓이고 여신은 누운 것인지 앉은 것인지 모를 모호한 자세로 캠퍼스를 그윽이 내려다보고 있었다. 한 다리는 쭉 뻗고 하나는 꺾어 세우고 한 팔로는 뒤를 짚고 한 팔로는 머리칼을 쓸어올리는 자세였다. 해수욕을 하다가 잠깐 일광욕을 하려고 바닷가 바위 위에 올라앉은 듯한 기분도 드는 것은 그녀가 전라의 모습이기 때문인지도 몰랐다.

나는 가을 빛깔을 띈 갈대를 헤치고 여신에게로 가까이 다가갔다. 그 여신은 등신대의 크기였다. 석대 위에는 조각한 이와 글을 쓴 이의 이름이 새겨져 있고 그 위에 여신의 이름이 적혀 있었다. '자유의 여신.' 그녀의 이름을 읽으며 나는 첫인사를 했다. 하늘을 쳐다보는 듯 약간 고개를 든 여신의 눈은 백태가 끼인 것처럼 볼품이 없어서 누가 까만 눈깔을 훔쳐 간 것 같은 몰골을 하고 있었다. 나는 이따금 머리 위로 흩날리는 도토리나무 잎새를 손으로 떨쳐내면서 그녀의 몸을 여기저기 자세히 보았다.

혜진이보다 목은 더 길고 가느다랬다. 그러나 좁은 어깨와 그 아래 볼록하게 부풀어 오른 두 젖무덤은 혜진이와 꼭 같았다. 내 손으로 잡으면 가득하게 넘치는 그런 크기였다. 나는 다가가서 손으로 여신의 젖을 만졌다. 차가운 돌이 내 손아귀에 들어왔다. 나는 실망해서 손을 떼었다. 손을 떼면 그것은 곧바로 혜진이의 숨 쉬는 젖이 되어 나를 압박해왔다. 움푹하게 패인 배꼽에는 빗물이 고여 있었다.

자유의 여신이라면 머리 위에 관을 쓰고 한 손으로 횃불을 높이 쳐든 그런 위엄있는 모습을 생각하던 나는 구릉에 세워진 여신을 보고는 이상한 생각이 들었다. 전라의 모습으로 비스듬히 앉아 있는 그 모습은 주위의 가을 나무들을 배경으로 묘한 선정적인 기분까지 들 정도였다. 미술관에 전시하는 조각이라면 몰라도 캠퍼스에 세워진 여신상이 이런 모습을 하고 있다는 것은 납득이 가지 않았다.

그러나 이런저런 생각은 내가 나중에 곰곰이 따져보고 나서 느낀 소감이지, 여신을 처음 만나던 순간 나는 혜진이를 만난 듯한 기분이 들어서 공연히 들떠 있었다.

개학 날부터 등록과 수강신청이 시작되었다. 교학과 창구는 붐빌대로 붐볐다. 한여름 동안 더 늙어 버린 볼품 없는 노교수들이 딱정벌레처럼 서관 언덕을 기어오르는 모습을 보면 웬일인지 숨이 꽉 막혔다. 28%가 인상된 등록금 때문에 우리는 속이 뒤집혔지만 노교수들은 태연하고 위엄있게 수강신청서에 목도장을 푹푹 찍어줄 뿐이었다.

과 연구실이 복작복작해서 나는 수강신청서만 받아들고 다시 언덕길로 올라갔다. 올라가면서 구릉 쪽을 올려다보니 자유의 여신은 형형색색의 가을 나무에 가려 모습도 보이지 않고 이따금 숲속에서 튕겨나가듯 산새들이 재잘대며 수직으로 날아오를 뿐이었다.

"이혜진이요? 원예과 이혜진?"

"예, 3학년입니다."

농대 교학과에 가서 혜진이를 찾았을 때 직원은 고개를 갸우뚱거렸다. 한참만에야 입을 열고 직원은 귀찮다는 듯 말했다.

"그런 학생은 없소."

"없다뇨?"

"왜, 저, 있잖습니까? 키는 별로 크지 않고 눈이 동그렇고……"

그러나 직원은 나의 말을 듣지도 않고 벨이 울리는 전화기의 수화기를 집어 들었다. 교학과 창구는 수강 신청하는 학생들로 붐볐다. 모두들 나를 이상하게 쳐다보다가는 쿡쿡 웃었다. 그중에는 얼굴이 익은 녀석들도 더러 있었지만 모두들 나에게 적의를 품고 있는 것 같은 상판때기였다.

"손가락이 가늘고 얼굴이 흰 여학생 말이죠?"

그때 누가 내 어깨를 치며 이렇게 말했다.

"네, 맞아요."

나는 그를 향해 돌아서며 반갑게 대꾸했다. 그와 나는 밖으로 나왔다. 돌층계에 걸터앉자마자 그가 먼저 입을 열었다.

"이혜진이는 본명이 아닙니다. 나하고 같은 원예과라서 잘 아는데 본명은 그게 아니에요."

"본명이 아니라니요? 가명으로 학교엘 다닙니까?"

돌층계에 앉으니 바로 여신이 있는 구릉이 보였다. 여신상의 전망도 전혀 고려하지 않았는지 가까운 거리인데도 여신의 전신은 보이지 않고 얼굴과 꺾어 세운 한쪽 다리만 보였다.

"그럴 수도 있는 것 아닙니까?"

그는 능글맞게 웃었다. 나를 비웃는 것 같은 표정이 되더니 갑자기 벌떡 일어섰다.

"가면을 쓰고 한평생을 살아갈 수도 있는데, 뭐가 어떻소? 형씨, 이제 보니 말이 통하지 않는구만."

그는 가버렸다. 그가 왜 분개를 했는지 나는 도무지 알 수가 없었다. 농과대학을 가리켜서 흔히 우리들은 음흉한 동네라고 불렀다. 겉으로는 어리숙한 농부의 탈을 쓰고 안으로는 이기적이며 계산적인 학생들이 많았다.

나에게 화를 내고 가버린 그 녀석도 이런 부류에 드는가 보았다. 원예과 학생도 마찬가지이다. 겉으로 보기에는 꽃씨나 만지고 꽃밭의 규모나 따지는 촌놈들 같지만, 종자나 품종을 개량하고 서로 접붙이는 일이야말로 가장 음흉한 분야가 아닐 수 없다. 핀세트를 가지고 다니며 꽃술을 집어다가 인공수정시키는 혜진이. 가명으로 나를 상대했다니, 원 그럴 수가 없는 일이었다.

혜진이를 만나면 좀 화풀이를 하기로 작정하고 나는 농과대학을 빠져나왔다. 대학이 달라서 약간의 이질감이 작용했겠지만 지나치는 농대생들이 모두 나의 마음을 꿰뚫어보는 듯해서 풀이 죽었다. 나는 여신한테로 펄쩍 뛰어들어갔다.

여신은 아까와 같은 자세로 청정한 가을 햇빛을 받고 있었다. 가을 나무들은 후둑후둑 잎사귀를 떨구며 여신을 닮아 나체로 서기 시작했다. 해님이 뒷산으로 숨고 어스름이 깔리자 보랏빛 투명한 어둠이 캠퍼스의 구석구석으로 스며들었다.

다음날 나는 캠퍼스에 여러 가지 조상들이 세워져 있음을 발견했다. 재단에 기부금을 낸 아무개 아무개 선생에서부터 순직한 교직원, 수학여행을 갔다가 죽은 학생들의 조그만 조상이 올망졸망하게 전망이 웬만한 곳이면 세워져 있었다. 캠퍼스를 어린이 공원인줄 착각하는 총장을 여기저기서 쑥덕댔지만 풍문에 의하면 어느 독지가가 여러 개의 조상을 한꺼번에 기증했다는 이야기도 떠돌았다.

그러나 나는 아무래도 좋았다. 혜진이를 만나고 싶은 마음을 안테나처럼 높이 세우고 캠퍼스를 돌아다니다가 마지막 강의 시간이 끝나면 여신상이 있는 구릉으로 올라가 어둠에 잠기는 캠퍼스를 내려다보고 앉아 있었다.

"밤바다 같죠?"

여신이 어떤 때는 입을 열고 나에게 속삭였다. 나는 여신의 말을 이해하고 고개를 끄덕였다. 잠시 후 나의 환청을 지우듯 제법 서늘한 가을 나무가 팔을 흔들었다.

혜진이를 만난 것은 다음 날 도서관 열람실에서였다. 소설 나부랭이나 읽으려고 도서관에 들렀다가 맘에 드는 것을 고르지 못하고 그냥 열람실 안으로 들어갔다. 햇빛이 따뜻한 자리나 하나 차지하고 낮잠이나 자고 싶어서였다.

"똑바로 보고 다녀!"

앙칼진 여학생 목소리가 들리는가 했더니 내 발등으로 책과 잉크병이 와르르 떨어졌다. 잉크가 엎질러져서 내 발등과 그 여학생의 스타킹에 뒤범벅이 되었다. 너무 당황한 나머지 미안하다는 말도 나오지 않았다. 열람실의 학생들이 모두 적의를 보이며 얼굴을 찡그렸다,

"신경질 나게, 뭐 이따위가 다 있어? 스타킹이 다 망가졌으

니 어쩐담……"

나는 그제야 미안하다는 말을 하려고 입을 열었다. 그 순간에 그 학생과 얼굴이 마주쳤다.

"아니? 혜진이 아니야? 얼마나 찾았는 줄 알아?"

해진이는 잉크가 묻은 스타킹을 손수건으로 닦으며 눈 하나 깜박하지 않고 말하는 것이었다.

"별꼴 다 봤어! 방학 리포트 베끼느라고 바빠 죽겠는데 웬 헛소리야!"

의협심이 강한 어느 남학생이 벌떡 일어나더니 나의 어깨를 밀어 문 쪽으로 팽개쳤다.

나는 족제비한테 물린 수탉처럼 절뚝거리며 뺑소니쳤다.

(*****, 1975)

지우산

회화과 공동연구실 창문을 열면 맞은편으로 교수회관이 빤히 건너다보였다.

교수연구실이 모여 있는 그 건물은 캠퍼스 뒤켠, 목련나무와 은행나무가 빽빽하게 들어선 정원과 맞붙어 있었다. 작년까지만 해도 그 건물은 주택지와 맞붙어 있었는데, 지난가을에 주택지를 새로 사들여 거기에다 미술관을 지었다. ㄱ으로 된 미술관은 4층 철근 콘크리트 건물인데 광선의 직사를 막느라고 회색빛 불투명 유리창을 하고 있어서 그 겉모양은 침울하고 어둡게 보이게 마련이었다. 뭐랄까, 꼭 벙어리나 장님을 마주 대했을 때처럼 답답하고 억눌린 듯한 기분을 자아내는 그런 모습으로 캠퍼스의 맨 뒤켠에 미술관은 세워져 있었다.

희자는 이 대학에 처음 와서 회화과 교수를 따라 미술관으로 갔을 때 한결같이 닫혀진 회색 유리창들을 보고는 꼭 장님과 마주했을 때 느끼는 답답한 마음이 들었다. 그러나 며칠 새에 미술관의 분위기에 익숙해졌고 오히려 그 분위기를 멋대로 해

석하면서 편리한 대로 이용하기까지 하게 되었다.

희자는 회화과의 B급 조교였다. 미술관 안에 있는 교수들의 공동연구실 출입문 쪽에 조그맣게 놓인 테이블이 그녀의 자리였다. 학생들이 미술 실기 시간에 그린 그림을 받아서 대장에 기록하고, 석고를 그날의 사정에 따라 위치를 정해 주고 교수들의 잔심부름을 하는 게 일과의 전부였다.

회화과의 교수들은 모두 다섯 명이었다. 미술관과 바로 이웃해 있는 교수회관에 개인연구실을 하나씩 가지고 있어서, 두 건물 사이를 왔다 갔다 하며 심부름하는 걸 빼면, 이 학교에 일자리를 얻어온 지 한 학기가 다 돼 가는데도 늘 미술관에만 박혀 있었으므로 캠퍼스의 지리를 잘 알 수 없었다. 퇴근길에 땅만 내려다보고 걸어가면 교문 대신에 웬 커다란 연못이 나타나기도 하고 붉은 벽돌 건물이 나타나기도 하는 것이었다. 희자는 이런 게 좋았다. 환경에 익숙하지 않다는 이 기분은 쾌재를 부르고 싶을 정도로 그녀를 기쁘게 해 주는 구석이 있었던 것이다.

희자는 그 대학 졸업생이 아니었다. 그녀의 모교는 도시의 중심지 건너 멀리 있었다. 타대학 출신이 아무런 연고도 없이 선후배 관계도 없는 학교에 조교로 근무한다는 것은 흔하지 않은 일이다. 대학원을 수료하고 한 학기 동안 희자는 그야말로 빌빌 싸고 있었는데 지도교수가 내준 명함 한 장을 들고 찾아와서 얻은 일자리가 그 학교의 조교였다. 그때 그녀들 사이에서는 빌빌 싼다느니 헛물 켰다느니 하는 천한 말이 애용되고 있었다. 장난꾸러기 중학생이나 쓸 그런 말을 함부로 해 댔다는 것은 부끄러운 일이지만, 겹겹이 밀려오는 현실의 장벽 때문에 마음이 묘하게 독기를 띠게 되고, 여고생 시절에 온몸을 감싸고 있다가 대학과 대학원을 나올 때까지 슬쩍 자취를 숨겼던 풋풋한 야성의 외피가 다시 끼는 것이었다.

대학 3학년 때부터 국전에 입선을 해 온 희자는 대학원을 마칠 때까지 늘 입선에만 머물고 있었다. 생명을 다 기울여 작품을 만들어도 늘 전시장의 공간처리를 위한 소도구 구실 밖에는 더 먹혀들지가 않았다. 그런 어설픈 모습으로 석사학위를 받고 그녀는 내팽개쳐졌다. 대학원 진학을 권했던 교수들도, 심지어는 대학원을 마치면 바로 시간강사로 채용을 하겠다던 지도교수도 엉거주춤하며 꽁무니를 뺐고, 그 틈을 이용하여 집에서는 그녀의 결혼을 서두르기 시작했다.

모교에서 그 잘난 조교 자리도 하나 얻지 못한 채 지난 한 학기를 빌빌 싸고 있는 동안, 어머니는 먹이를 발견한 사나운 암캐처럼 희자를 엄습하여 이리저리 물고 다녔다. 어머니를 비난할 생각이 있는 게 아니라, 그녀는 정말 암캐에게 물려 다니는 뼈다귀처럼 창백한 얼굴로 맞선이라는 놀이에 끌려다녔다.

그녀의 남편 후보생들은 모두 한결같이 똑똑해 보이기만 했다. 상당한 지위에 있는 사람, 미국에서 학위를 받고 돌아온 수재도 있었다. 그러나 슬금슬금 눈치를 보며 그녀의 몸을 아래에서 위로 거꾸로 훑어보는 꼴들은 모두 역겹게만 보였다. 맞선을 보는 찻집이나 고급 그릴은 늘 햇빛이 잘 들어오는 곳이었다. 양가의 수다쟁이 어른들과 수다쟁이 매파가 겹겹이 포위하고 있는 그 자리에서 희자는 흡사 투명유리창으로 된 욕실에서, 발가벗은 채 구경꾼에게 모든 것이 노출된 듯한 기분이 들었다.

어머니의 손에서 해방되어 이 대학의 조교로 왔다는 그것 하나만으로도 그렇게 좋을 수가 없었다. 백기를 든 어머니는 혀를 끌끌 차면서 물러났다.

낯선 학교로 오니 모든 것이 서툴고 데면데면했으나 그녀는 고의적으로 의기양양해지려고 노력했다. 국전에 특선을 하고 대학 강단에 선다는 꿈도 일단 유예시킨 채 프레시맨의 발랄함을 내보이기까지 했다. 꿈이 좌절됐을 때 취하기 쉬운 달팽이 같은 도피 의식은 그녀에게서 찾아볼 수 없었다.

"언니가 부러워요."

졸업을 앞둔 4학년 학생들이 이따금 이런 말을 했다.

"내 약점을 찌르려는 생각이야?"

희자가 이렇게 쏘아 주면 그들은 정색을 했다.

"아니에요. 나는 언니 나이만 되면 폭삭 늙어서 할망구가 될 것 같아요. 그런데 언니는 그게 아니잖아요? 그래서 부럽다는 거예요."

눈에서 눈물이 나도록 희자는 즐겁게 웃었다. 그들에게 커피를 끓여 주면서 엉뚱한 말을 했다.

"답답하고 속상할 때는 연애를 한번 하지 그래?"

학생들은 낄낄 웃으며 손뼉을 쳤다.

"이게 없는 걸요."

학생들은 새끼손가락을 들었다. 한참 동안을 히히덕거리고 나자 희자도 웬일인지 속이 후련해졌다.

복도에서 학생들의 발자국 소리가 시끄럽게 들려왔다. 7~8교시 데생이 끝난 2학년 학생들일 것이다. 그들의 시끄러운 발소리만 들어도 기분이 좋았다. 또각또각, 떼각떼각. 그런 소리만 들어도 기분이 좋아 마음이 콩콩 뛰었다.

"그때 그 사람은 누구죠?"

커피잔을 테이블에 놓으며 학생 하나가 물었다.

"누구?"

그녀는 눈을 둥그렇게 떴다. 다른 학생들도 호기심에 찬 눈을 하고 희자를 바라보았다. 가을 햇살이 솜덩이처럼 문득 창틈으로 들어와 떨어졌다.

"그때 전화를 했던 사람 말예요. 에, 거기에 김희자란 아 있능교? 퍼뜩 대 주이소. 하하하."

"하하하."

망할 자식 같으니. 왜 전화질은 해서 남을 망신시키는지. 학생들이 돌아간 다음에 책상을 정리하면서 희자는 그를 욕했다. 맞선을 한번 보고 퇴짜를 맞았으면 가만있을 것이지 왜 지분지분대느냔 말이다. 그는 희자가 만난 후보생 가운데서 가장 못생기고 또 모든 꼴이 형편없었다. 경상도 사람인데 집안은 엽전도 뼈도 있는 모양이어서, 맞선 보는 데까지 어찌어찌해서 접선이 되었으나 그는 신랑 후보 경쟁의 비율을 높여 주기 위한 장식품 밖에는 아무 의미도 없었다. 몇십 대 일의 경쟁을 뚫고 그녀의 남편이 되는 사람의 영광을 위하여 수험번호나 하나 차지하는 그런 위인으로, 말하자면 건수를 채워 주기 위한 인물, 학벌 좋고 인물 잘난 희자 같은 딸을 둔 어머니의 허영심을 채워 주기 위해 차출돼 나온 위인이었다.

"오늘 만나는 사람은, 그냥, 알았니? 그냥 만나는 거야. 여러 사람과 선을 보는 것도 좋은 경험이지 암."

어머니는 처음부터 툭 까놓고 이렇게 말했다.

"그럼 뭣 하러 만나요?"

"얘는? 너 그게 아니란다. 처녀가 선 한두 번 보고 정혼할 수 있니? 남이 보기에도 그렇지 않단다. 적어도 몇 다스쯤 되는 데서 하날 골라야지."

누군지는 모르나 희자는 그 청년이 매우 불쌍하다는 생각이 들었다. 희자가 그를 만나는 첫 자리에서, 그것도 양가의 친척들이 배석한 그 자리에서, 그에게 능동적으로 말을 했던 것은 이러한 연민에서 왔던 것인지도 모른다. 아무튼 그녀는 어머니가 깜짝 놀랄 정도로, 마치 시집 못 가서 환장한 년처럼 그에게 탈싹 매달리고 말았다. 아니, 희자가 정말로 매달린 게 아니었지만 어머니의 눈에는 그렇게 보였단다.

"자리 옮겨요. 제가 잘 가는 찻집이 있어요."

그녀는 당돌하게도 그를 그 자리에서 빼돌려 나왔던 것이다. 그는 아주 투박하고 징그러운 경상도 사투리를 쓰면서, 그녀가 뜻밖에 호의를 베푸는 것을 몹시 당연하다고 느끼는 태도로 대했다. 희자는 그게 더 재미있었다. 그래서 될수록 그에게 찰싹 엉겨 붙었다.

그는 야만인 같은 녀석이었다. 희자가 고의적으로 그에게 살살 엉기는 것도 모르고, 암캐 같은 어머니에 대한 보복으로 그런 행동을 하는 줄도 모르고, 마치 그러한 것들이 당연하다는 투로 야만스럽게도 그날 저녁 찻집에서 나와서 고궁 담을 끼고 한동안 걷고 있을 때 느닷없이 그녀의 입술을 강점해 버린 것이다. 어찌나 갑작스러웠는지 그녀는 반사작용에 의하여 키스에 응했는데 그가 거칠고 적극적으로 나왔으므로 그에 따라 희자의 입술도 자동적으로 적극적인 반응을 보였다.

그 후에도 그를 몇 번 더 만났다. 집 앞 골목길에서 갑자기 툭 튀어나오거나 퇴근하는 길목에 지켜 서 있거나 하는 그는 주로 세상에 대한 불평을 떠벌이고, 예쁜 여자가 옆으로 지나가면, 희자보고 들으라는 듯이 '고것 참 맛있겠데이'라고 하거나, 이따금 그림에 대한 이야기를 물어보기도 했다. 그는 주머니에 돈이 있는 것도 아니었다. 찻값이나 저녁값은 늘 희자한테서 나갔다. 마치 그러는 게 당연하다는 듯 그는 야만스럽게 놀았다. 그렇다고 희자가 그를 몇 번 만나서 이러한 곤욕을 치른 것은 순전히 그 녀석의 강압에 의해서 나온 일이라고는 할 수 없다. 사실 그녀는 그의 야만스러움 앞에서 교양과 지식과 아름다움과 집안과 돈을 함께 구비한 〈김희자〉라는 숙녀가 그렇게 무시당하고 적당히 짓밟히는 것을 스스로 즐기고 있었다고 해야 하겠다.

그는 잘 짜여지고 정돈되고 품위 있는 것과는 정반대의 사람이었다. 머리끝에서부터 발끝까지 헐렁헐렁한 기분이 드는 사람이었다. 가지런히 쌓아 놓은 게 아니라 되는대로 뒤죽박죽 흩어 놓은 듯한 그의 어처구니없는 꼬락서니, 어머니 말마따나 그냥 경쟁비율이나 높이기 위해서 존재하는 꼬락서니가 희자는 우스웠고 재미있었던 것이다. 찻값이나 저녁값을 내면서도 속 쓰려 하지 않은 것은 웃음과 재미를 돈 주고 즐긴다는 계산이 있기 때문이었다. 그런데 그는 만날수록 더 엉성해지고 야만스러워져 갔지만, 그래서 그녀의 재미를 돋구어 주었으나 웬일인지 입술을 다시는 강점하지 않았다.

희자는 그것을 기다렸다. 그녀가 자청해서 그따위 녀석과 키스를 한다는 것은 어림 반푼어치도 없는 일이지만, 웬일인지 그의 느닷없는 강점, 요량할 수 없는 야만적인 행동이 은근히 기다려지는 것이었다. 어른들이 알면 볼기 맞을 일이지만, 희자는 그와 만났다가 헤어질 때 일부러 그를 끌고 어두컴컴하고 호젓한 골목길로 접어들 때도 있었다. 골목을 다 벗어나서 훤한 길로 나올 때까지 그는 잠잠하게 있었다. 희자는 약이 올랐다.

"이제 그만 만나요."

이렇게 말하고 홱 돌아서면 그는 입맛을 쩍쩍 다시며,

"그카마, 하기사 더 만날 필요도 안 없나."

하며 혼자서 고개를 숙이고 뚜벅뚜벅 걸어가 버렸다. 그러면 그녀는 또 약이 올랐다. 그러한 멍청이, 야만인을 몇 번이라도 만나서 시시닥거린 자기 꼴이 미워서 집에 돌아와서는 눈물을 찔찔 흘리다가, 이튿날이면 대학에 나가 학생들과 어울려 활발하고 친절한 조교 노릇을 하는 것이다.

나이를 거꾸로 먹는 것도 가능한 일일까 모르겠다. 처음에 그 낯선 대학에 가서 조교를 할 때는 그렇게 데면데면하고 숙스러울 수가 없었는데 어느새 그녀는 4학년 학생들처럼 발랄하고 버릇이 없어져 갔다. 그러다가는 차츰 3학년, 2학년으로 내려오더니 이제는 프레시맨처럼 상냥하고 서툴고 헤헤거리게 된 것이다.

커피를 홀짝거리던 학생들이 돌아가고 나자 공동연구실은 갑자기 텅 비어 왔다. 끓다가 남은 주전자 물에서 흰 김이 치치거리며 나고 있었다. 그녀는 주전자 물을 창 너머로 홱 쏟아부었다. 텅 빈 공동연구실이 참을 수 없이 그녀의 가슴을 압박해오기 시작했다. 벽에 걸린 거울 앞으로 다가갔다. 군데군데 수은이 벗겨진 거울 속에 비친 얼굴은 영락없는 늙은 노처녀였다. 대학을 나온 지 세 해가 지났으니까, 아휴, 생각만 해도 끔찍한 노릇이지만, 희자는 그만 늙어 버린 것이다.

"미스 김, 한가해요?"

회화과 최 교수가 방문을 열고 들어왔다. 그녀는 기겁을 하고 거울 앞에서 물러나 목례를 했다.

"두통이 나요."

무의식중에 이렇게 앙큼하게 거짓말을 했다. 최 교수는 회화과에서 가장 젊은 사람으로 국전에서 연달아 특선을 여러 번 한 수재이다. 그 나이에 비하면 출세도 빨라서 선배들을 제치고 먼저 대학 전임이 되었고 해외 전시회에도 곧잘 초대받는 위인인데, 생김새도 잘나고 멋쟁이이다. 빈틈이 없고 구석구석 뜯어보아야 험 잡힐 데가 없다. 그 자신도 바로 이 점을 잘 알고 있는 듯, 약점이 하나도 없는 것을 늘 은근히 과시하는 자세이다.

그림 하는 사람들은 남자고 여자고 간에 삐쩍 마르고 텁수룩하고 작달막한 데다가 거기다가 또 근시 안경을 걸쳤거나 말을 더듬거나 하는 경우가 많은데 최 교수는 전혀 그렇지가 않다. 그래서 희자는 그만 보면 두통이 일어나는가 보았다. 젊은 여자가 두통으로 쩔쩔매고 있는 꼴은, 아마도 멘스 처리를 잘못하여 질질 흘리고 다니는 꼴만큼이나 역겹고 구역질 나는 일일 것이다. 신혼인데도 부인이 불란서에서 피아도 공부를 하고 있다는 최 교수를 당장 내쫓는 데는 늘 두통이 큰 효과를

냈다.

책상을 정리하고 막 나오려는데 전화벨이 울렸다. 그 녀석이었다. 야만인이었다.

"마음 안 내키마, 그만두라마."

야만인은 전화를 끊으며 이렇게 반말지거리를 거침없이 했다. 희자는 기가 찼다. 얼뱅이 같은 녀석, 내가 저를 사랑하고 있는 줄 아나 봐. 그녀는 수화기를 내려놓고 미술관을 나왔다.

"언니, 잘 가요. 오늘 좋은 일 있으신가 봐요."

미술관을 벗어나서 분수대 앞을 지나는데 회화과 학생들이 비켜 가면서 호들갑을 떨었다. 분수대에서 치솟는 물방울이 석양을 받아서 빛나고, 잔디밭 위에 아무렇게나 뒹굴며 책을 읽는 학생들의 볼도 석양에 발그레하니 물이 올랐다.

"자, 또 만나요."

이렇게 말하며 손을 흔들자 학생들은 배시시 웃었다.

"언니 얼굴에 그렇게 씌어 있어요."

"뭐가?"

"좋은 사람 만나러 간다고요."

"정말이에요. 언니 얼굴이 아주 환해요."

학생들과 헤어져서 버스정류장으로 나오면서 희자는 조금 전, 전화를 받았을 때부터 벌써 온몸이 그 야만인한테 오염되어 있었다는 걸 깨달았다. 마음 저 밑바닥에서는, 아무리 시치미를 떼려고 해도 벌써부터 두근두근하며 부풀어 오르는 또 다른 마음이 눈을 뜨고 있는 셈이었다. 그의 야만성을 다시 한번 구경하고 즐기자는 생각이 떠오르자 희자는 그와 만나게 된 장소까지 허겁지겁 택시를 잡아타고 달렸다.

"이건 장난이야. 재미난 구경을 하러 가는 거야."

희자는 몇 번이고 이렇게 되뇌었다. 지하다방의 층계를 걸어 내려가면서, 문득 한 달 뒤로 바싹 다가온 국전이 생각났고 희자는 절망했다. 이번에는 결코 출품조차 안 하리라. 절대로. 속물이 다 된 늙은 여우 같은 심사위원한테 나의 전부를 내맡기지 않으리라, 절대로.

"술 좀 마시고 싶구마."

그 녀석은 희자가 미처 커피를 다 마시기도 전에 자리에서 벌떡 일어서며 엉뚱한 말을 했다. 그녀는 아니꼬운 생각으로 톡 쏘았다.

"그래서요?"

말하고 나서 그녀는 곧 후회했다. 이렇게 톡톡 쏘기 시작하면 자칫하다가는 야만인의 그물에 걸려들지 모른다. 구경꾼의 입장으로야 무대 위의 배우가 무슨 짓을 하든 재미있게 구경만 하면 되지, 아니꼬워한다든가 기분 나빠 한다든가 할 게 없는 것이다.

"니, 술을 사 줘야겠구마."

녀석은 한술 더 떠서 이렇게 말했다.

"뭣 좀 얘기할 끼 있는데, 중요한 얘기데이."

"그래요?"

그녀도 발딱 일어섰다. 좋다. 희자가 은근히 바라던 대로 일이 돼 간다. 이 야만인이 보나 마나 본격적인 구혼을 해 올 것이다. 그러면 보기 좋게 싹둑 잘라서 거절하여 오금을 못 펴게 해 줘야겠다. 오금을 못 펴는 정도가 아니라 아주 코가 납작해져서 죽어 자빠지도록 만들어야겠다. 희자는 이런 독한 마음을 먹고 그에게 술을 사 먹였다. 한 잔 두 잔 먹을수록 녀석은 제법 말이 많아지고 점점 더 야만스러운 짓을 했다. 침을 퉤퉤 뱉지를 않나, 손가락으로 코를 후벼 파지를 않나, 아무튼 그녀의 꿍꿍이속대로 재미있게 꼴불견이 돼 갔다.

"그림 마이 그렸나?"

어럽쇼. 녀석은 역시 엉뚱한 데가 있었다.

"때려치웠어요."

"장래가 촉망되는 여류화가라고 하던데, 말라꼬 때려치웠노?"

"폐업했다니까요."

약이 올랐지만 꾹 참고 정직하게 대답했다. 한 달 앞으로 바싹 다가온 국전. 속물들의 난장판. 절대로 무리에 끼지 않겠다는 생각이 다시 살아났다.

좀처럼 그의 입에서 '중요한 얘기'는 나오지 않았다. 희자는 약간 애교를 떨면서 녀석에게 자꾸 술을 권했다. 권투선수가 코너에 고의적으로 몰려서 적당히 얻어터지면서 기진맥진한 듯 휘청거리다가 일격으로 상대를 다운시키려는 것과 마찬가지의 위장 작전을 쓰고 있었다. 술과 음악 소리에 흐느적흐느적 취한 척을 하느라고 희자는 테이블에 고개를 파묻기도 했고 바싹 오그렸던 두 다리를 헤벌레하게 벌리기도 했다. 그러나 눈치코치 없는 녀석은 술만 벌컥벌컥 마시다가 이따금 한숨을 푹 내쉬기만 했다. 아무렴 중요한 얘기를 꺼내려면 그렇게 심호흡을 해야 하구 말구.

"사실 말이데이, 오늘 할 말이 있능기라."

드디어 입이 열리기 시작했다. 그녀는 바싹 긴장하여 녀석의 말 하나하나, 표정 하나하나를 놓치지 않고 포착해 나갔다. 그는 콧구멍으로 손가락을 집어넣어서 코털을 뽑았다. 실내의 불빛이 약간 어두워서 그런지 그의 얼굴은 몹시 일그러지고 검게 보였다.

"내일 고향에 내려가게 됐는기라. 뭐, 그런 골치 아픈 사정이 안 생겼나, 오늘이 니하고 나하고 마지막 만나는 기라. 내가 참 웃기는 놈이제? 이해해 주고 싶으마 이해하는 기이고, 욕해도 할 수 없는 기라……."

그는 대뜸 이렇게 말하더니 벌떡 일어섰다. 희자는 눈앞이 캄캄해졌다. 비틀거리는 그를 부축해서 나오다가 허겁지겁 술값을 치를 때까지는 부끄럽게도 그녀는 제정신이 아니었다.

"도대체 왜 그러는 거예요? 무슨 일이에요?"

행길로 나와서 그가 전봇대 밑에 쭈그리고 앉아 웩웩거리며 술을 토할 때 희자는 그 앞에 쪼그리고 앉아서 이렇게 바보같이 물었다. 희자의 이러한 행동이 얼마나 치사스럽고 부끄러운 것인지를 자신이 깨달은 것은 녀석과 헤어져서 집으로 돌아오는 밝은 골목길에서였다. 그와 헤어질 때부터 후두둑거리던 비가 제법 쏟아져 내렸지만 그녀는 비닐우산을 살 생각을 않고 오히려 눈에서 흘러내리는 눈물이 비 때문에 표가 안 난다는 앙큼한 생각에서 그냥 비를 맞으며 집으로 돌아왔다.

"물에 빠진 생쥐 같구나. 어디서 술 마셨나 보구나. 가라는 시집은 갈 생각도 않고 꼴 좋다."

대문을 열면서 어머니는 혀를 끌끌 찼다. 눈물을 질질 흘리는 꼴을 어머니에게 들키지 않으려고 재빨리 방으로 숨었다. 마지막 만남이라니, 무슨 일이 생겼길래 그럴까. 희자는 갑자기 엉성엉성하고 헐렁헐렁한 녀석이 미치도록 그리워졌다. 그리고 그의 고향이 어디인지 그가 뭘 하는 작자인지 집안이 어떤지도 모르고 있는 제 꼴이 밉고 괘씸했다. 그와 몇 번 만나면서도 그와 같은 것은 전혀 물어보지도 않았다. 그녀한테는 아무런 관계도 없는 일이었고 애당초 그와 몇 번 만날 때부터 그에 대한 사항을 안다거나 이해한다거나 하는 게 아니라, 그의 엉터리 같은 꼬락서니, 야만적인 꼴을 즐기고 있었으니까.

"시골에 쭉 처박혀 있을 기다. 그라마 잘 가거라."

술을 토하고 나서 웬만큼 정신을 차린 그가 이렇게 말했을 때 제법 내리는 비가 그와 희자 사이를 갈라놓으며 가로등을 받아 구릿빛으로 빛났다. 그는 비에 젖은 머리카락에서 손으로 빗방울을 뜯어냈다. 좀 어둑어둑한 한갓진 골목으로 접어들었을 때 희자는 발작적으로 말했었다.

"키스해 줘요."

녀석은 머리칼에서 빗방울을 열심히 뜯어내다가 흠칫 놀란 듯 어깨를 들썩였다.

"그때 안 했나. 한 번만 했으면 됐능기라. 말라꼬 또 할라카노? 나하고는 인자 만나지도 않을낀데."

그리고는 지나가는 택시를 타고 서울역 쪽으로 후딱 사라졌다. 택시에 오르면서 그가 한 말은 '시골에 쭉 처박혀 있을 기다. 그럼' 이것뿐이었다.

희자는 비에 젖은 옷을 갈아입을 생각도 않고 그대로 의자에 앉았다가 벌떡 일어서서 책상 위에 놓인 그림을 집어 들었다. 국전에 출품하려는 꿍꿍이속으로 만들고 있는 그림이었다. 그녀는 그것을 발기발기 찢어서 쓰레기통으로 넣었다. 눈물이 또 주르르 흘러내렸다.

"문 좀 열어라. 에미다."

어머니가 노크를 했다. 그녀는 문을 열어주지 않았다. 희자는 언제나 방에 들어오면 습관적으로 문을 잠근다. 어머니가 몇 번 노크를 했지만 대답 대신 수면제 한 알을 입에 넣고 침대에 푹 고꾸라졌다. 어머니는 신랑 후보생들의 리스트를 들고 들어와서, 코앞에 들이대고 수다스럽게 인물평을 늘어놓고 강평을 하고 한숨을 쉬다가 감탄을 하다가 혀를 끌끌 차다가 하면서 완전무결한 교양과 지성과 육체와 문벌을 갖춘 딸에 대한 오기와 자만심을 불태울 것이었다. 희자는 곧바로 잠이 들었다. 그날 밤 비가 쏟아지는 자갈밭에서 그 녀석에게 무참히 강간당하는 꿈을 꾸었다.

며칠이 지나는 동안에 그에 대한 희자의 실체가 하나하나 드러나기 시작하여 갑자기 그녀를 절망의 낭떠러지로 밀어 넣기도 하고, 갈가마귀 떼처럼 머리 위를 빙빙 돌며 비웃고 저주하는 것이었다. 희자가 얼마나 위선적이고 나쁜 년인가를 갈가마귀 떼들은 악을 쓰며 소리소리 지르는 것이었다. 희자는 형편없는 잡년이었다. 규격이 잘 맞고 잘 짜여진 그럴듯한 남자 앞에서는 도사릴 대로 도사리며 양갓집 숙녀답게 행동하면서도 녀석의 앞에서는 헐렁헐렁하게 되는대로 짓까불면서도 이것이 그녀가 구비한 지성과 비판 능력의 발휘라고 알던 화냥기가 있는 잡년, 화냥기도 당당하게 있는 게 아니라 구석진 곳에서 남모르게 내비치는 잡년이라는 생각은 빠져나올 수 없는 구렁텅이로 그녀를 밀어 넣었다.

"폭삭 망했다더라."

이튿날 아침 어머니에게 그 녀석에 대한 것을 물어보자 눈을 가늘게 뜨고 비웃는 얼굴로 이렇게 간단히 대꾸해 버렸다. 희자는 어머니에 대한 대결의식이랄까 자존심이랄까가 울컥 치솟아 더 이상 입을 열지 않았다.

국전이 코앞에 다가왔다. 출품을 안 한다 안 한다 하면서도 희자는 하루에도 몇 번씩 그림 생각을 했다. 한참 생각에 잠겨 있다 보면 어느새 그녀의 머릿속에서는 그 야만인 같은 녀석의 낯짝이 떠올라 오는 것이다. 마디가 다 풀어져서 헐렁헐렁하는 녀석은 어두운 얼굴로 히죽히죽 웃는 것이다. 희자는 한 주일이 지나도록 이런 상태에서 허우적대며 빠져나오지 못했다. 그림에 손을 대려고 해도 아무런 이미지가 떠오르지 않는 것이다. 밤이면 녀석에게 강간당하는 꿈을 꾸면서 소리소리 지르는 날이 많아졌다. 어떤 때는 안방에서 잠자던 어머니가 문을 탕탕 두드리며 호들갑을 떨었다. 그런 꿈을 꾸고 나면 희자는 온종일 풀풀 흩어지는 부스럼 딱지처럼 맥이 풀려 공연히 허둥대고 휘뚝휘뚝해했다.

그 야만인을 사랑하고 있는 것일까. 이런 생각이 문득문득 떠오를 때마다 희자는 바득바득 약이 올랐지만 며칠이 못 가서 확신을 가지게 되었다. 야만인을 사랑하는 멍청이 같은 문명인이 돼 버린 희자는 야성의 외피가 덕지덕지 앉아서 퓻퓻한 냄새를 피워 대기 시작했다. 그녀는 발정기가 된 짐승처럼 야만인을 찾아 나섰다.

이것은 이상한 변화였다. 도저히 믿어지지 않는 돌변이었다. 그림 대신 그 녀석을 갖고 싶은 것일까. 콧구멍이나 후벼 파고 술이나 웩웩 토하는 야만인의 어느 구석이 저 정신의 가장 높은 곳에 매달려 손에 잡히지 않는 아스라한 그림과 맞먹을 수 있다는 말인가. 그러나 희자는 아무래도 좋았다. 녀석을 만나면 구석구석 빈틈없이 모조리 들쑤시고 후벼 파서 나의 것으로 만들자. 아니다. 머리끝부터 발톱까지 녀석의 야만스러운 구둣발 아래 꿇어 엎드려 완전무결한 패배자가 되자. 희자는 불쌍하게도 눈물을 뚝뚝 흘리며 몇 번이고 결심을 다졌다.

독한 마음으로 그런 결심을 품고 그녀가 경상북도의 변경 지대 시골 기차역에 내린 것은 가을비가 추적추적 내리는 저녁나절이었다. 마음속에 숨겨둔 결심을 가끔가끔 꺼내 볼 때마다 가슴이 섬뜩해졌다. 마치 흉기를 몸에 숨기고 연회장으로 잠입하는 테러리스트처럼.

녀석의 고향을 알아내기 위하여 어머니에게 수모를 겪으며 허둥지둥대던 일, 녀석에게 다짜고짜 전보를 치고 아침 기차에 오를 때의 희자의 태도는 갑자기 전쟁이 터진 고지로 돌진하는 신병의 꼴처럼 서툴고 우스웠다. 하지만 그녀는 아랑곳하지 않았다.

역을 빠져나오자 곧바로 큰 산이 앞을 가로막았다. 빗줄기는 희자의 가슴을 속속들이 쑤시며 쏟아졌다. 흙냄새가 유난히도 독했다. 희자는 한동안 비를 맞으며 서 있었다. 어디로 어떻게 가야 될지 아무런 생각이 나지 않았다. 머릿속이 텅 비어 왔다. 흡사 진공상태 안에 갇혀 있는 기분이었다. 한참 후에 진공상태의 저쪽 끝, 산을 깎아 만든 황톳길에 다 찢어져 너덜대는 우산이 하나 나타났다. 우산은 빠른 속도로 희자 앞으로 다가왔다. 거의 다 망가져 버린 지우산이었다. 지우산 속에서 말소리가 흙덩이처럼 떨어졌다.

"말라꼬 왔노?"

그녀는 녀석의 품에 와락 안겼다. 녀석의 가슴이 쿵쾅대며 뛰고 있었다. 그 소리를 듣고 있노라니 춥고 썰렁했던 시골역의 풍경이 갑자기 따뜻하게 느껴졌다. 구렁이 눈깔처럼 번뜩이던 기분 나쁜 가을비도 따뜻하고 포근한 비둘기 눈처럼 보였다. 한참 후에 희자는 얼굴을 들었다. 구멍이 숭숭 뚫린 낡은 우산이어서 빗방울이 이마에 툭툭 떨어졌으나 싫지 않았다.

황토가 깔린 길은 올라가기가 매우 힘들었다. 길섶으로는 들국화가 가지런하게 피어서 가을비에 머리를 적시고 있었다. 발을 옮길 때마다 황토가 발바닥에 쇠똥처럼 끈끈하게 붙었다. 습기 찬 흙냄새도, 녀석의 몸에서 나는 땀 냄새도 모두 모두 좋았다. 희자는 말없이 걸으며, 이따금 빗방울이 뚝뚝 떨어지는, 다 망가진 지우산 살의 냄새를 맡았다. 낡아서 구멍이 펑펑 뚫린 지우산을 뚫어져라 쳐다보았다.

"웬 지우산이죠?"

희자가 녀석의 팔에 찰싹 매달리며 비로소 입을 열었다.

"갑자기 나올라 카이 우산이 있어야제. 아무기나 들고 안 나왔나. 창고에 처박혀 있던 기다."

"후후."

희자는 갑자기 웃음이 나왔다. 말이 우산이지 이미 우산의 기능이라곤 하나도 없는 폐물 지우산을 버젓하게 받고 나온 녀석의 꼬락서니가 그렇게도 재미있을 수가 없었다.

오르막길을 올라서자, 앞을 막아섰던 산 뒤에서 제법 규모 있는 시골 마을이 나타났다. 철길이 마을의 중앙을 통과하지 않고 산 너머로 지나기 때문에 기차역에서는 산에 가리워서 보이지 않는 마을이었다.

희자는 녀석의 집에서 그날 밤을 묵었다. 중학생 티가 나는 소녀와 녀석의 아버지인 듯한 분과 농장에서 일하는 인부들이 있었지만 희자에게 별다른 관심을 보이지는 않았다. 녀석이 그날 밤 띄엄띄엄 말해 준 것을 종합해 보면, 아버지가 경영하는 농장이 빚에 넘어갈 뻔하다가 어떻게 손을 써서 모면했다는 것이고, 어차피 장남인 그는 농장 경영에 취미가 없는 터라 봄이 되면 정리를 해서 새 방도를 찾겠다는 것이었다. 농장에는 밤나무와 사과나무가 그득하였고 추수를 앞둔 논은 가을비를 맞으며 풍요롭게 빛났다.

그날 밤 희자는 야만인에게 강간을 당했다. 흙냄새가 물씬물씬 나는 방에서 녀석은 그녀의 몸을 난폭하게 짓밟았다. 희자는 그가 될수록 더 잔인하고 폭력적으로 샅샅이 남김없이 모든 위선적인 순결을 파괴해 주기를 소리소리 지르며 애원했다.

아침이 되자 희자는 곧바로 서울로 출발했다. 아침까지도 가을비는 추적추적 내리고 있었다. 녀석은 다 찢어진 지우산으로 간신히 희자의 머리만 가려 준 채 기차역까지 나와서, 말 한마디도 하지 않은 채, 손을 흔들지도 않은 채, 희자가 역구내를 빠져 철길로 갈 때 발에 달라붙은 흙을 서너 번 탁탁 털 뿐이었다.

두 주일 후, 개막된 국전의 서양화 전시회장에서 희자와 녀석은 만났다. 녀석은 헐렁헐렁하고 모자란 꼴을 하고 그림 앞에 서서 중얼거렸다.

"아따! 제법이데이. 희자가 특선을 다 하고."

희자는 녀석의 팔에 찰싹 매달리며 이 세상 모든 것을 소유한 듯한 착각에 빠졌다.

"저건 그때 그 지우산 아이가? 얄궂데이."

'저 그림은 바로 당신이에요.' 희자는 입속에서 이렇게 중얼거렸다. '서울에 올라오자마자 밤을 꼬박꼬박 새우면서 당신을 그린 거예요.' 혼잣말로 이렇게 중얼대면서 무의식적으로 녀석에게 더욱 찰싹 매달렸다.

"야이야, 덥데이. 팔 좀 놓고 뚝 떨어져 있그라. 다 뿌사진 지우산이 제법 멋지데이, 야."

희자는 녀석의 야만스러운 말을 들으면서도 팔을 뗄 생각은 안 하고, 그날 밤 습기가 차고 흙냄새가 코를 찌르던 그의 방에서 있었던 단 한 번의 그 관계에서 아기가 생겼다면 얼마나 행복할까 하는 생각을 하며 얼굴을 붉혔다.

(현대문학, 1976)

맘마와 지지

"지지."

그는 잠결에 노마의 소리를 듣고 눈을 떴다가 곧 도로 감았다. 전등이 그대로 켜져 있어서 눈이 아파 왔기 때문이다. 그는 모로 누우면서 아내의 커다란 궁둥이를 뒷발로 찼다.

"지지, 지지."

아내는 꿈적도 않고 노마가 대꾸를 했다.

"빨랑 일어나요. 이 녀석이 오줌을 쌌다니까!"

뒷집 벽시계가 두 시를 치는 소리가 들렸다. 집들이 서로 등을 대고 촘촘하게 맞붙은 동네여서, 지붕을 통해서 앞집 뒷집의 소리가 휑하게 들려오는 것이었다. 떠드는 소리, 그릇 깨지는 소리, 텔레비전 소리는 물론이려니와 옆집 뚱뚱보 아저씨가 방귀 뀌는 소리조차도 심심찮게 들을 수 있었다. 적당히 블록을 쌓아 벽을 만들고 젓가락 같은 서까래를 세워 그대로 지붕을 덮고 그 아래로 천장을 싸 바른 집들이어서 도무지 방음이라고는 쥐뿔만치도 안 되는 것이다. 방음은커녕 지붕과 천장

사이로 휑그러니 뚫린 공간은 커다란 공명관 구실을 해서 안방에서 사소한 말다툼을 해도 그 소리가 왕왕 울려서 건넌방에서 주무시던 어머님이 알아듣고 혀를 끌끌 차는 일이 한두 번이 아니었다.

"여보! 빨리 불 끄고 노마도 재워야지."

아내의 큰 숨소리가 불규칙하게 들렸다. 웬만하면 그가 일어나서 노마의 기저귀도 갈아 채우고 전등도 끌 수가 있었지만, 잠이 반쯤밖에 안 깬 상태로는 그럴 엄두가 나지 않았다. 또한 밤중에 사내놈이 일어나서 자식놈 기저귀 갈아 끼우는 꼴은 스스로 상상할 수 없을 만큼 금기에 속하는 일이었다.

그는 뒷발로 아내의 커다란 궁둥이를 냅다 찼다. 그러자 아내의 손이 그의 허벅지에 와 닿았다. 아주 은근하게 마치 누구에게 들키면 큰일 나는 듯이 그의 허벅지를 꼬집었다. 한 번, 두 번, 세 번. 그는 잠이 모두 달아난 채 혼자서 씽긋 웃었다. 온몸으로 전류가 찡 흘러왔다.

"지지, 지지."

지난 저녁때 퇴근하여 귀가했을 때부터 그가 잠자리에 들 때까지 쫑알쫑알대면서 공연히 노마도 쥐어박고 물컵을 가져다 놓으면서도 메어박듯 하면서 한숨을 푹푹 내쉬더니 결국은 그게 불만이었나 보다는 생각이 들자 그는 코웃음이 나왔다. 그가 넌지시 신호를 보내고 은근히 허리 위에 손을 올려놓을 때면 홱 돌아누우면서, 아유, 피곤해 죽겠어요, 하고 앙탈을 부리다가, 한동안 그를 영 기어 나올 수 없을 만큼 비굴하게 만든 다음에야 여신이 은총을 내리듯 응해 주곤 하던 아내였다. 그런데 이번에는 먼저 허벅지를 은근히 꼬집으며 그걸 자청하다니, 아이를 낳고 나야만 여자는 남자 맛을 비로소 알 수 있다던 우스개가 참말은 참말인가 보다.

우선 노마를 재워야겠다는 생각이 들자 그는 고의적으로 투덜거리면서 억지로 일어났다. 눈을 뜨자 갑자기 밝은 불빛 때문에 어리둥절했다.

"전등은 그냥 놔두시지."

미처 정신을 차리지도 못한 그의 귀에 어디선가 굵직한 음성이 들렸다. 그는 깜짝 놀랐다. 방음만 안 되는 것이 아니라 침실에서 하는 행동도 모두 투시가 되어 내보인단 말인가. 옆집 뚱뚱보 아저씨의 목소리인 것 같았다.

"빌어먹을."

그는 얼굴을 찡그리며 내뱉었다.

"형씨, 말이 거칠구먼."

그때서야 그는 굵은 음성이 나는 곳을 찾아내고 입을 딱 벌렸다. 방 위쪽 의자에 등을 푹 파묻고 앉아 있는 사내가 그와 비로소 눈이 마주치자 씩 웃었다. 창틀 밑에 놓은 낮은 의자는 그 순간 벌떡벌떡 숨을 쉬면서 그의 가슴을 압박해 오기 시작했다. 쿠션 용수철도 다 늘어져서 아무 쓸모가 없는 의자였다. 노마가 창틀에 매달려서 마당으로 넘겨 박힌 일이 있은 후에 중고 가구점에서 사다 놓고 노마의 발돋움이나 하던 의자에 앉은 사내는 한참 후에야 그 모습이 똑똑히 드러났다. 노마가 '지지' 한 것도 아내가 은근히 꼬집은 것도 모두 그 사내 때문이었음을 알았다. 그는 전등을 끄려던 엉거주춤한 자세 그대로 입을 떡 벌린 채 서 있었다.

"지지!"

노마가 그 사내를 쳐다보며 말했다.

"조용히 해!"

그는 노마를 발길로 냅다 찼다.

"지지, 지지."

용감한 노마는 앙탈을 부리며 낯선 사내를 손가락으로 가리켰다. 얼마 동안을 그렇게 우스꽝스러운 자세로 서 있으면서, 그는 조금이라도 그 상태가 허물어지면 의자에 앉은 사내가 벌떡 일어서서 자기의 목을 졸라 댈 것 같은 생각이 들었다.

아내가 부시시 일어나 앉으며 노마를 잽싸게 끌어안고 아랫목 벽에 기대앉는 게 보였다. 아내도 마찬가지 심정인 모양으로 딱 필요한 만큼의 동작만 했지 무슨 소리를 내거나 몸을 움직이는 일은 하지 않았다. 건넌방에서 어머님의 한숨 소리가 들려왔다. 회갑을 넘으시면서부터 한숨이 더 많아진 어머님은 요즘에는 잠결에도 꼭 바람 소리 같은 길고 우렁찬 한숨을 쉬신다.

"도둑이십니까요?"

그는 심줄이 많은 쇠고기를 씹을 때처럼 이빨에 힘을 주며 말하고 자리에 털썩 앉았다. 털썩 소리가 어찌나 크게 들렸는지 그는 스스로 깜짝 놀랐다.

"음, 이제 말씨가 공손하시군."

"……."

그는 자칫하다가는 '옛, 감사합니다' 하고 대꾸를 할 뻔했다. 회사에서 쥐좆도 모르는 부장한테 호출당해 가서 개뼈다귀 같은 지랄을 듣고 있다가 '자, 그럼 앞으로 더욱 열심히 하시오'라는 마지막 개소리가 떨어지면 그도 모르게 나오는 반응이었다.

사내는 가스라이터를 민첩하게 켜서 담배를 피워 물었다. 그도 갑자기 담배 생각이 났지만, 문초를 받는 죄인처럼 고개를 간신히 들고 사내를 올려다보았다. 그 사내는 콧구멍이 굉장히 크고 몸집은 땅딸막했다. 의자에 편안한 자세로 푹 파묻혀 앉은 채, 담배 연기를 후욱 내뿜었다. 연기는 밝은 전등불 아래로 아름답게 피어올랐다. 그는 몸을 움직인다거나 소리를 칠 생각은 내지도 못한 채 사내를 주의 깊게 살펴보았다.

이목구비도 멀쩡하고 옷도 단정하게 입은 아주 호남형의 생김새였다.

"담배 피워도 됩니까?"

그는 머리맡에 놓인 담배갑과 재떨이, 성냥 등을 얼른 훔쳐보고 나서 무의식중에 말했다. 아침에 눈을 뜨면서 머리맡으로 손을 내밀면 저절로 집히게 담배가 놓여 있어야지, 그렇지 않으면 공연히 아내에게 신경질을 부리는 그였다.

사내는 그의 말을 듣고 재미있다는 듯이 생긋 웃었다. 입을 묘하게 움직이며 담배 연기를 픽 내뿜었다.

"푸푸, 푸푸."

노마가 먼저 그에게 허락을 내렸다. 그는 무심결에 노마를 흘끔 돌려다 보았다. 아무 사정도 모르는 녀석은 엄마 품에 안겨 좋아란 듯이 재롱을 떨고 있었다.

"암, 한 대 피우셔야지."

사내는 시원스럽게 대꾸하고 나서 담배를 하나 권했다. 그는 엉거주춤 일어나서 황송한 얼굴로 그것을 받았다. 그가 담배에 성냥불을 붙이려고 하자 사내는 재빨리 가스라이터를 켜서 불 쑥 앞으로 내밀었다.

"옛, 감사합니다."

그는 사내 앞으로 다가가서 담배에 불을 붙이며 말했다. 아랫목에서 킥 하는 웃음소리가 들렸다. 원, 아무리 여편네이기로서니 저렇게 경망할 수가 있을까, 지금이 어느 때라고 웃고 지랄이야. 밤중에 도둑이 들어와서 일가족을 위협하고 부녀자를 능욕해서 삽시간에 쑥밭을 만든다는 이야기를 많이 들어온 그는 웃음은커녕 간이 콩알만 해져 있는 것이다. 조금이라도 반항하면 흉기로 푹푹 찌르고 유유하게 사라지는 도둑놈이 아니냔 말이다. 그는 담배 연기를 배꼽까지 깊숙하게 들이마셨다가 천천히 뱉었다. 그의 입에서 나온 연기가 의자에 편안히 앉은 사내의 얼굴로 날아갔다. 그가 연기를 휘저으려고 손을 들어 움직이자, 사내의 훤한 미간이 바로 좁혀졌다.

"서툰 수작 말아!"

"아니올시다."

그는 기겁을 해서 대꾸했다. 다음 모금은 방바닥으로 살며시 뱉어냈다. 아랫목을 돌아다보았다. 노마는 두 손을 폈다 오무렸다 하면서 재롱을 떨고 있었다. 잠이 다 달아난 모양. 그러면서도 엄마와 아빠를 보는 게 아니라 의자에 앉은 사내를 보고 있었다. 뒷집에서 땡하고 시계를 쳤다. 건넌방에서는 어머님의 한숨 소리가 크게 들려왔다.

"두 시 반인가? 이거 왜 이래 시간이 안 가지, 영, 똥창 꼴리는데."

사내는 손목시계를 보면서 욕지거리를 해 댔다. 골목에서 호각 소리가 시끄럽게 들렸다. 빌어먹을 놈들, 야경비는 꼬박꼬박 받아 가면서 이 꼴이 뭐란 말이다. 안방에 떡하니 도둑놈이 들어와 앉아 있는 것도 모르고 골목은 왜 쏘다니냔 말이다.

"형씨, 어떻소? 저 새끼들 병신들이지?"

"예."

그는 엉거주춤한 자세로 앉아서 대꾸했다.

"저런 병신들이 밥을 처먹고 사니 쌀값이 오른단 말씀이야."

"물론이구 말구요."

그는 엉겁결에 이렇게 대꾸하면서, 도저히 헤어나오지 못할 깊은 패배의 늪으로 빠져 들어갔다. 아닌 게 아니라, 그도 야경원이나 경찰관들한테 대한 감정이, 각도는 다르겠지만 사내가 생각하는 거나 별다름이 없는지도 몰랐다.

지난 3월 하순 금요일 저녁이었다. 과장 막내딸 돌잔치에 갔다가 파장이 되어 나와 보니 이미 열한 시가 훨씬 넘어서 자동차들이 화살 소리를 내며 달리고 있었다. 동료 하나가 술이 취해서 길거리에 나자빠지자 그를 부축해서 집까지 바래다주느라고 그만 통금시간을 넘겼다. 그러나 한 5분 걸으면 바로 집이었으므로 부지런히 큰길을 건너고 있을 때였다. 어두컴컴한 전봇대 뒤에서 호각 소리가 짧게 나더니 야경원이 앞으로 불쑥 나왔다. 좀 켕겼다.

"수고하시는구만요. 바로 집이 요 뒤쪽입니다."

그는 겸손하게 말하고 약간 비틀거리는 발걸음을 잘 가누어 가면서 그의 앞을 지나치려 했다.

"파출소까지 갑시다."

야경원의 완강한 손아귀가 그의 팔을 잡았다. 그는 정신이 퍼뜩 들었다.

"이거 왜 이러십니까? 과장님 댁 돌잔치에 갔다가 늦었어요. 저의 집이 바로 저 세탁소 뒤입니다. 홍성무역회사 영업부에 근무합니다."

재빨리 말하면서 주머니에서 명함을 꺼내 주자 야경원은 당당하게 말했다.

"씨팔, 왕년에 명함 안 가져 본 놈 있나! 열두 시 십 분이야. 개수작 말고 파출소까지 가자구!"

그는 도로 길을 건너서 파출소까지 끌려갔다. 집에 가는 거리보다 다섯 배나 멀리 있는 파출소까지 가면서 그는 세 번을 사정했지만 대꾸는 점점 거칠어졌다. 원, 이럴 수가 있느냐 말이다. 선량한 시민을 보호하기 위해서 통금도 있고 야경원도 있는 게 아닌가. 대낮에는 맥을 못 추는 병신 같은 야경원이 네 활개를 치라고 통금시간이 있고 꼬박꼬박 야경비를 내는 게 아니지 않는가. 그는 술이 다 깼다. 그리고 이를 갈았다. 아무리 내가 힘이 없기로서니 파출소까지 가면 경찰관한테 말해서 이놈의 모가지를 당장 뎅겅 해야겠다. 그는 이렇게 마음을 먹고 당당하게 파출소 안으로 쑥 들어섰다.

출입문과 마주 보이는 쪽에 간이 유치장이 보였다. 야경원은 다짜고짜 그곳으로 밀어 넣으려 했다. 언뜻 들여다보니 유치장에는 열댓 명은 될 사람들이 폐품처럼 흩어져 있었다.

"반항하는 거야?"

그가 뻐팅기자 야경원은 눈깔을 부라렸다. 하도 기가 막혀서 그를 빤히 쳐다보았다. 스무 살을 갓 넘었을까 말까 한 녀석인데 아주 고약한 상판대기를 하고 있었다. 그는 화가 나서 야경원을 싹 무시하고 사무실을 둘러보았다. 벽 쪽으로 바로 대한민국 국기 아래 대한민국의 경관이 하나 보였다. 다리를 책상 위에 올려놓고 잠을 자는 모양이었다.

"당신이 당직 경관이오?"

그가 다가가며 다급하게 말하자 경관은 감았던 눈을 스르르 뜨고 아래위를 쭉 훑어보더니 도로 눈을 감았다.

"이럴 수가 있습니까? 몇 발짝 가면 집인데 그래 통금 위반이라고 연행을 해요? 저 친구, 저거, 젊은 사람이 아주 못돼 처먹었다 이 말입니다."

그를 데려왔던 야경원을 가리키며 의젓하게 말했다. 기가 막히고 화가 나서 숨이 가빴지만 될수록 진정을 하느라고 애를 썼다. 당직 경관은 눈을 스르르 뜨더니 기지개를 켰다. 두 다리를 책상 위에서 내리지 않는 꼴은 아니꼬왔지만 야경원의 모가지를 뎅겅 해치우기 위하여 그까짓 것은 참아냈다.

"술 취했구만. 이봐! 집어넣지 않고 뭘 꾸물거려! 아아 졸립다."

경관은 또 기지개를 켜고 나서 눈을 감았다.

"뭐야!"

그는 손으로 책상을 꽝 쳤다. 잡담을 하던 건장한 야경원들이 우루루 달려들어 그를 유치장 안으로 밀어 넣었다. 그는 울화가 머리끝까지 치밀어서 몇 번 더 큰소리로 항의를 했지만 효과가 없었다. 항의할수록 문에 지키고 선 야경원의 말투가 거칠어졌고 그는 늪 속으로 허우적대며 빠져들어 갔다. 새벽녘이 되어 유치장에 갇혔던 사람들이 하나하나 불려 나갔다. 그의 차례가 되어서 불려 나갈 때, 이미 술도 울화도 다 깨서 멀쩡한 정신으로 생각해 보니, 모든 게 쑥스럽고 민망했다. 야경원이나 경관에 대한 분노는 밑바닥으로 가라앉고, 이런 상태로 회사에 나가 근무할 것을 생각하니 짜증스럽고 끝없는 열등감만이 몰아닥쳤다.

"간밤에는 술기운에 큰소리를 질러서 면목 없습니다."

주소 성명을 묻는 대로 대답해 주고 나서 그는 머리를 벅벅 긁었다. 이 자리를 어서 벗어나고 싶었다. 간밤의 당직 경관은 없고 다른 사람이었다.

"술 처먹을 때는 기분 좋았겠지. 어때, 파출소 기물을 파손하고 공무를 방해하고 나니 시원한가?"

점잖게 생긴 경관은 다짜고짜 말이 거칠게 나왔다. 그는 어리둥절해서 다시 머리를 긁었다. 완강한 손에 떠밀려 그는 다시 유치장으로 들어갔고 얼마 후에 뚝섬에 있는 즉결 재판소로 넘어갔다. 거기서 그는 통금 위반과, 손으로 파출소 책상을 쾅 호기 있게 쳐서 공무 방해를 한 죄로 구류 3일을 언도받고 본서로 넘겨졌다가 별별 잡범들과 함께 콩나물시루에서 콩나물이 됐다가 월요일 아침에 석방됐다. 책상을 한번 쾅 쳤으니까, 아무렴 눈곱만큼이라도 책상이 닳았겠지, 그러니 기물파손이지 뭐야. 아니 혹시 책상 위에 놓인 펜이 굴러떨어져서 펜촉이 망가졌는지도 모르지. 나오는 것은 욕과 저주밖에 없었으나, 다 참아낼 수밖에 없었다. 그가 얼마나 약자인지를 뼈저리

게 느꼈고 스스로의 인격이 얼마나 시시껍적한 것인지도 사무치게 깨달았다. 그는 이를 뿌드득뿌드득 갈았다.

"빌어먹을 놈들!"

그는 저도 모르는 사이에 말이 튀어나왔다.

"형씨, 말이 거칠구만."

사내가 창틀에다 담배를 부벼 끄고 의자에서 벌떡 일어섰다. 그는 정신이 퍼뜩 들었다.

"아뇨, 저 야경원들 말입니다."

사내는 들은 척도 않고 다시 손목시계를 보았다. 놈의 팔이 움직이기 시작했다. 아랫목에서는 아내의 숨 쉬는 소리가 가빠졌다. 드디어 놈이 일을 시작할 모양이다. 방 안을 두리번거리다가 갑자기 천장을 가리켰다.

"형씨, 천장을 좀 발라야 되겠수다. 찢어진 틈에서 바퀴벌레가 기어 나오지 않아?"

그도 천장을 쳐다보았다. 천장 한쪽이 지붕에서 비가 새는 바람에 펑 뚫어져 있는 걸 전부터 알고 있었지만, 사내가 그렇게 말하자 얼굴이 확 달아올랐다. 사내는 계속해서 방 안을 두리번거리다가 아랫목으로 성큼 다가가서 방바닥에 털썩 앉았다. 그는 사내의 행동을 지켜보다가 갑자기 긴장했다. 놈이 아내를 덮치려는 게 아닌가. 그는 그 순간 놈에게 덤벼들까 하는 생각도 일어났지만, 야경원에 잡혀 파출소로 갈 때처럼 온몸에 힘이 쭉 빠지고 마는 것이다.

사내는 노마에게 손짓을 했다.

"지지, 지지."

노마는 고개를 좌우로 흔들어 도리도리를 했다. 사내가 팔을 벌리고 노마를 건네 달라는 시늉을 했다.

"안 돼요! 모든 걸 다 줄 테니 아이만은 해치지 말아요!"

아내가 외쳤다. 엄마가 소리 지르는 바람에 노마가 앙하고 울음을 터뜨렸다. 옆집 아저씨의 잠꼬대 소리가 들려왔다.

"아가, 아가, 아저씨가 지지야? 이리 와 봐. 그렇지, 뚝 그치고 잼잼도 해 봐, 옳지, 잼잼, 잼잼."

사내가 이렇게 어르자 노마는 울음을 뚝 그치고 엉금엉금 기어 사내 앞으로 갔다.

노마가 손가락을 폈다 오므렸다 하며 사내 앞에서 재롱을 피워 대기 시작했다.

"맘마, 맘마."

그와 아내는 그 바람에 놈이 도둑이라는 걸 하마터면 잊을 뻔하였다. 엄마, 푸푸, 지지, 맘마. 노마가 하는 말은 이것뿐이다. 담배 피우는 것도 푸푸, 세수하는 것도 푸푸이다. 오줌, 똥, 더러운 것, 나쁜 것, 싫은 것은 모두 지지이고, 먹는 것, 맛있는 것, 좋은 것, 갖고 싶은 것은 맘마이다. 장난감 불자동차를 사다주던 날 그걸 보고 노마가 '맘마' 하면서 탄성을 지른 일도 있고, 할머니가 궁둥이를 때리면 '지지, 지지' 하면서 할머니를 피해 다니는 놈이다.

"그래그래, 아저씨는 지지 아니지?"

사내는 능청을 떨면서 노마 앞으로 손을 내밀었다. 아이를 어르는 걸 보니 그도 노마만 한 아이를 기르고 있는 모양이다. 도둑놈이라고 애 낳지 말라는 법 없으니까. 이렇게 생각되자 공포심에서 조금 풀려나서 사내에게 품었던 적의도 없어져 가는 기분이었다. 방심해서는 안 된다. 이런 생각을 하는데 뒷집 벽시계가 땡땡땡 세 시를 쳤다. 사내는 잠깐 시계 소리를 듣고 나서 다시 방안을 둘러보았다. 숨 막힐 듯한 공포감에서 조금 벗어나자 그는 사내에게 부끄러움을 느꼈다. 천장이 찢어진 채로 버려져 있고 커튼도 걸레쪽처럼 낡았고 윗목으로 아무렇게나 벗어 던져 놓은 셔츠랑 양말이랑 모든 게 너무 지저분하고 초라해서 창피한 생각이 드는 것이었다. 이런 생각이 왜 드는지 알다가도 모를 일이다.

"저놈의 시계 5분 빠르구만."

사내는 투덜댔다. 4시가 되어 통금이 해제되기를 기다리는 게 분명했다.

"형씨, 벽시계를 좀 고쳐야겠수다."

마루에 벽시계가 걸려 있는 줄 생각하는 말투였다.

"뒷집 시계요. 우리도 다음 달에는 월부로라도 하나 들여놓으려는 참입니다."

벽시계 하나 없는 살림을 변명이라도 하는 듯이 무심결에 그는 말했다. 아랫목에 앉아 오들오들 떨고 있는 아내가 그의 멍청한 말을 듣고 피식 웃었다. 그 바람에 사내도 피식거리며 웃었다. 골목에서 야경원의 호각 소리가 길게 울려왔다. 심심풀이로 불어 대는가 보았다.

"저 새끼들 시끄럽게 왜 지랄이야!"

사내가 야경원을 욕하자 그도 덩달아서 왜 아니냐는 표정을 했다. 건넌방에서 어머님의 마른기침 소리가 서너 번 들려왔다. 벌써 잠이 깨셨나 보다. 그의 어머니가 혹시 안방에 전등이 켜진 걸 보고 건너오시면 어쩌나 하고 조바심이 나기 시작했다. 어머니가 쑥 들어와서 공연히 사내를 잘못 튀기기라도 하면 야단이다. 흉기를 휘두르는 날에는 삽시간에 쑥밭이 된다. 이런 생각을 하면서 그는 자기도 모르는 사이에 도둑의 편이 돼 있는 걸 깨닫고 실소했다. 도둑을 무찌를 생각은 쥐코만큼도 못 하고 비위를 맞추어 가며 협조를 하고 있으니 우스꽝스러웠다.

"자, 이제 시작해 볼까."

사내가 드디어 이렇게 말했다. 그는 후다닥 놀라 사내를 쳐다보았다. 노마를 어를 때와는 딴판으로 그 녀석은 어느새 도둑놈의 낯짝이 돼 있었다. 이웃 교회에서 음악 소리가 딩동동 딩동동 하며 들리기 시작했다.

"저 새끼들도 나쁜 놈들이구먼, 세 시 반인데 벌써 하느님 노래를 틀고. 개새끼들!"

사내의 말이 떨어지자 음악 소리가 뚝 멈췄다. 새벽 4시가 넘어야 찬송가도 틀어놓고 종도 땡땡 치곤 했는데, 목사님이 시계를 잘못 보고 마이크에 연결된 전축 스위치를 돌렸다가 실수를 깨닫고 얼른 끈 모양이다. 아닌 게 아니라 어떤 날 새벽은 저놈의 교회에서 울리는 성능 좋은 마이크 소리 때문에 잠을 못 자기도 했었다. 나쁜 놈들 같으니라구. 그도 입속으로 중얼거렸다. 사내가 벌떡 일어섰다.

"여기 있습니다."

그는 사내가 일어서자 기겁을 하고 머리맡에 풀어 놓았던 손목시계를 얼른 앞으로 내밀었다. 너무 협조적이고 자발적이어서 뜻밖이라는 듯 사내가 피식 웃었다.

"이따위는 쓸모가 없어."

사내는 손목시계를 들고 요리조리 뜯어보더니 그의 무릎으로 획 되던졌다. 그는 심한 부끄러움을 느끼고 사내를 쳐다보았다.

"형씨, 그런 건 아무짝에도 못 쓴다 이거야, 날짜도 요일도 안 나오는 고물 시계를 내가 가져갈 줄 알아? 사람 잘못 봤다구. 시간도 없고 하니 의논해서 하자구. 패물이나 현금이 필요하단 말이야. 장롱 서랍인가?"

사내는 화가 난 표정으로 장롱 서랍을 열어 그 속에 든 물건들을 방바닥에 쏟아부었다. 노마가 신이 나서 짝자꿍을 하며 그쪽으로 뒤뚱뒤뚱 걸어간다. 서랍에 매달리다가는 볼기짝을 철썩철썩 얻어맞던 노마는 그것이 통째로 와르르 쏟아지니 얼씨구나 하는 것이다. 그와 아내는 노마를 안아 올 생각은커녕 옴짝달싹 못 하고 앉아서 사내의 거동만 볼 뿐, 가장 용감한 노마만이 당당하게 사내를 상대하는 셈이었다.

서랍 속에서 와르르 쏟아진 것들을 보면서 그는 얼굴이 뜨거울 지경이었다. 다 나불나불한 옷가지며 발꿈치가 펑 뚫린 양말 나부랭이, 아내의 닳아빠진 속치마, 러닝셔츠…….

아내의 삼각팬티를 그 사내가 집어 들 때는 어디 쥐구멍이라도 있으면 숨어 버리고 싶을 정도로, 열등감이 아니라, 완전한 패배감에 짓눌려 버려야 했다. 사내는 한참 동안 서랍을 모두 까뒤집어 놓고 샅샅이 뒤지고 나서 눈을 가늘게 뜨고 그를 꼬나보았다. 사내는 한숨을 푹 쉬고 담배를 피워 물었다.

"아, 뭘 꾸물거려? 금반지를 드려!"

사내의 가늘게 뜬 눈과 마주치자 그는 아내한테로 얼굴을 잽싸게 돌리며 재촉했다. 아내가 끼고 있는 반 돈짜리 금반지 말고는 도둑에게 줄 게 아무것도 없다는 걸 그는 알았다. 결혼할 때 석 돈을 해 준 것인데, 그동안 큰 토막을 팔아서 노마가 병났을 때 약값으로 썼으니까, 나머지는 반 돈짜리로 철사처럼 가느다란 것이다. 아내는 그와 사내를 번갈아 보면서 우물쭈물했다. 그는 무릎 위에 손목시계를 보았다. 네 시가 거의 돼 가고 있었다. 그는 공연히 몸이 달았다. 마치 야경원에 쫓기는 범법자가 된 듯 등에서 식은땀이 주르르 흘러내렸다. 저놈을 잘 대접해서 탈 없이 보내야 한다는 생각은 땀이 되어 흘렀다.

"형씨, 월말이니까 월급 받아 온 돈 있지 않아?"

아내가 손가락에 낀 금반지를 조물락거리며 빼는 동안 그를 쏘아보며 따졌다. 벽에 걸어 놓은 바지 주머니도 다 뒤져 보았지만 나오는 것은 동전 몇 개뿐이었으니 사내도 화가 나게 됐다.

"예, 다니는 회사가 부실해서 아직 월급을 못 받아 왔습니다요. 오늘 낼 오늘 낼 하면서 벌써 한 주일 동안 질질 끄는구만요."

요즘에 와서 웬일인지 회사는 엉망진창으로 돌아가고 있었다. 한때는 동남아에 수출을 해서 재미도 보았고 사원들 대우도 괜찮았었는데 요즘은 월급조차도 제 때에 나오지 않았다.

"나쁜 놈들! 일 시켜 처먹고 월급도 제 때에 안 주다니! 형씨, 안 그래?"

사내는 담배를 부벼 끄면서 버럭 소리를 질렀다. 노마가 짝자꿍 짝자꿍을 해 댔다.

"그렇다마다요."

뒷집에서 네 시를 쳤다. 그는 조바심이 났다. 새벽잠이 없으신 어머님이 곧 밖으로 나와서 마루를 닦는다, 마당에 물을 뿌린다 할 것이었다. 빨리 도둑에게 뭘 줘서 탈 없이 내보내야 할 텐데.

아내가 금반지를 빼서 도둑 앞으로 살며시 내밀었다. 그러나 사내는 잔뜩 불만인 모양이었다. 눈을 가늘게 뜨고 미간을 찌푸리며 방 안을 다시 휘휘 둘러보았다. 사내는 협박을 한다거나 폭력을 쓰는 게 아닌데도 묘하게 강압적인 데가 있어 보였다. 쑥 한번 흘겨만 봐도 사람을 맥 풀리게 해서 옴짝달싹 못하게 만드는 힘을 지니고 있어 보였다. 짜증이 많은 아내로서야 웬만하면 소리라도 꽥 지르고 앙탈을 할 만도 한데 아랫목에 딱 붙어 앉은 채 핼끔핼끔 눈치만 보았다.

교회에서 종을 치기 시작했다. 종소리는 요란하게 들려왔다. 집 전체가 와릉와릉 울리도록 크게 들렸다. 방 안을 휘휘 둘러보던 사내는 입맛을 쩍쩍 다시며 벌떡 일어섰다.

"형씨 말씀이야아, 부지런히 돈 벌어야겠어."

사내는 훈계하듯 한마디 했다. 그는 자칫하다가는 '옛 감사합니다.' 하고 굽신거릴 뻔했다. 그러나 그는 도둑 앞에서도 떳떳하지 못한 살림꼴이 부끄러워서 잔뜩 기가 죽어 있는 바람에 예의 같은 것은 잊어버렸으므로 미처 대꾸할 엄두가 나지 않았다.

"나쁜 놈들 같으니라구!"

사내는 손을 탁탁 털더니 욕을 했다. 일을 공치게 한 놈이 누구인지를 아는 듯이. 그리고는 재빠른 동작으로 문을 열고 휙 나갔다. 그와 아내가 미처 정신을 차리기도 전에 대문이 열렸다 닫히는 소리가 욕지거리처럼 크게 들려왔고 노마는 그쪽을 향해 서서,

"맘마! 맘마!"

하더니 울음보를 터뜨렸다.

"그 아저씨는 나쁜 사람이다. 맘마가 아니고 지지야, 지지."

아내가 노마를 안고 볼을 부비며 말했다. 그는 무거운 짐을 지고 있다가 벗어 놓았을 때처럼 홀가분하면서도 온몸이 뒤틀리는 듯한 무서운 피곤에 빠져들었다. 몸과 마음을 통 한군데로 가눌 수가 없었다.

"맘마! 맘마!"

노마가 문을 가리키며 분명하게 말했다. 그래, 노마야. 용감하고 착한 노마야. 그는 멍청이같이 콧잔등이 시큰해져 왔다.

그것은 노마가 손에 쥐고 있는 철사같이 가느다란 금반지가 눈에 띄어서만은 아니었다……. 깊이 모를 늪 속으로 빠져 들어가다가 콧잔등이 시큰해지는 게 얼마나 멍청이 같은 일이라는 걸 깨닫고 그가 실소를 하자 교회에서는 또 종소리가 우렁차게 들려왔다.

"나쁜 놈들 같으니라구!"

그는 숨을 한번 내쉬고 나서 큰소리로 가장의 위엄을 차려서 말했다. 아내가 눈물이 보송보송한 눈으로 배시시 웃으며 노마를 껴안았다.

(문학사상, 1976)

뼈

"아무래도 할아버님 산소는 이장을 해야겠다. 둘째가 자꾸 시름시름 앓고 살림이 기우는 것도 그렇고, 지난번에 수만이란 놈이 대학입시에 떨어진 것도 다 그래서야. 돌아가신 조상님들이 편한 자리에 묻혀야 될 텐데 할아버님 산소가 마음에 걸린다. 산소가 있는 산허리에 신작로를 뚫었으니 지맥이 뚝 끊긴 거지, 뭐냐. 봄에는 꼭 고향에 내려가서 이장을 하고 와야겠다. 좋은 지관을 만나야 할 텐데."

형은 술잔을 비우고 내 앞으로 잔을 쑥 내밀었다. 맏형이래서, 좀체로 아우들한테 술잔을 건네는 법이 없는데 그날은 꽤 관대했다. 맏이의 권한과 위엄을 늘 한 푼 어김없이 지키는 형이었다. 그래서 고향에 있는 전답이나 임야를 마음대로 처분하고, 집안 대소사에는 만사 제쳐 놓고 달려와서, 뼈가 어떻다, 가문이 어떻다 하는 케케묵은 훈시나 해 대는 형이었다. 하긴 둘째 형과 나를 대학 공부까지 시킨 것도 맏형의 이와 같은 가부장적인 성격 때문이었을 것이다. 자기는 옛날 5년제 중학을

2년 다니다 중퇴했지만 아우들은 대학 졸업을 시켜서, 친척들 사이에서 내노랍시고 뽐낼 수 있다는 계산도 작용했었을 것이다. 맏형은 요즘 같은 핵가족 시대에서는 흔하지 않은 위인으로, 늘 돌아가신 조상의 산소를 걱정하여 어떻게 하면 좀 더 나은 명당자리에 모시나를 생각하는 모양으로 그날도 퇴근 무렵에 불쑥 사무실로 나타나더니 곧장 술집으로 끌고 들어가서 첫마디가 할아버님 산소 이장에 대한 것이었다.

"내 둘째에게도 얘기했으니까 너도 십만 원만 내라. 이래저래 비용이 꽤 들 게다."

형은 염통구이를 입에 물면서 말했다.

"십만 원이나요?"

"그럼. 이번 기회에 묘비도 큼직한 것으로 하나 장만해야지. 우리 형제들도 이제 이만큼 장성하여 자리를 잡았으니 말이다. 지관한테 사례도 해야 될 게고."

나는 입맛이 써서 술잔을 입에 부었다. 그러면서 나는 십만 원, 십만 원, 십만 원을 어떻게 장만하느냐는 생각에 골몰했다. 이의를 제기할 엄두는 애당초에 나지 않았다. 자손들 잘 되라고 조상 산소를 이전한다는데 무슨 명분으로 반대를 할 것인가. 설령 명분이 선다 하더라도 맏형 앞에서는 괜히 말 꺼냈다가 꾸중만 듣는다. 이 녀석아, 우리 형제들이 몸 건강하고 돈 벌어서 내노랍시고 사는 게 누구 덕인 줄 아느냐? 모두 조상님 덕이다. 지하에 묻혀서도 조상의 뼈는 우리를 보살펴 주는 거야.

"너는 요즘도 고기를 입에 대지 않냐?"

형은 기름에 지글지글 타면서 냄새를 피우는 돼지갈비를 내 앞으로 밀면서 나무랐다. 나는 대답 대신 옆에 놓인 마늘쪽을 하나 집어서 날름 입에다 넣었다.

"고기를 안 먹으니까 안색이 그 꼴 아니냐? 너는 어릴 때부터 고기 한 점 안 먹으니 참 신기하다. 그저 기름기를 많이 먹어야 뱃가죽에 살도 오르고 또 그래야지 뱃심도 두둑해지는 법인데, 그래 가지고야 어디 큰일을 하겠냐?"

나는 정말로 서른다섯 살이 된 지금까지도 고기라고는 한 점도 먹은 기억이 없다. 타고난 채식가여서 늘 오이, 마늘, 파, 고사리, 도라지, 상추 같은 거나 먹고 기껏 해산물 정도나 먹는다. 그러니 술을 마실 때는 언제나 강술이어서 남보다 먼저 취해서 해롱해롱하고 한 끼만 거르면 금방 뱃가죽이 허리에 가서 달라붙는다.

"고기를 먹어야 해. 나는 여름이면 아마 개 다섯 마리는 먹을 게야. 보신탕을 매일 먹으니까 말이다. 그러니 마흔이 훨씬 넘었는데도 청년 애들 못지않거든."

형은 이 말을 하면서 씩 웃었다. 그러고 보니 형은 참으로 미울 정도로 건강하였다. 키는 작달막하지만 탄력 있는 체구에다 얼굴도 건강미가 그대로 나타나 그야말로 남성적인 아름다움을 물씬물씬 풍겼다.

"네 나이 때부터 조심해야 된다."

형은 술기운 때문이겠지만, 좀 더 노골적으로 그 이야기를 하고 싶은 눈치였다. 남성의 정력에 대한 이야기 말이다. 토끼처럼 풀이나 먹는 내가 몹시 걱정이 되는 모양이다.

"형님두 참. 저도 끄떡없어요."

나는 이렇게 말하고 술잔을 또 비웠다. 술이 들어가자 아랫배가 싸하니 저렸다.

"여보시오, 아주머니 여기 우랑 한 접시 주소."

형은 안주를 더 청했다. 술을 나보다도 더 마셨는데도 멀쩡해 보였다. 쇠불알이나 소 자지 안주가 안주로는 물론이려니와 정력제로 좋다는 건 나도 알고 있었다. 형은 우랑 한 접시를 맛있게 먹어 댔다. 그러면서 계속하여 가문의 뼈를 튼튼히 보전하고 빛내는 문제에 대해서 일가견을 말해 나갔다. 나는 형의 이야기를 귓전으로 들으며 어릴 때 고향에서 살던 일이 문득 떠올랐다. 그러다가 형이 몽둥이로 개를 때려잡던 광경이 떠오르자 몸이 부르르 떨리는 것이었다.

고향 마을에는 유난히 개가 많았다. 밤이 되어 어느 집 개가 컹컹 짖으면 온 동네의 개가 덩달아 컹컹 짖어 대서 한참 동안이나 시끄럽곤 하던 것도 개가 많았기 때문일 게다. 봄이 되면 재미있는 구경거리가 생기기 마련이었다. 발정이 된 암캐들이 풍기는 암내를 쫓아 수캐들이 이리 뛰고 저리 뛰면서 으르렁대는 것이다. 모든 짐승이 다 그렇겠지만 개도 장소를 가리지 않고 그 짓을 하는 것이었다. 교미 붙은 한 쌍의 개는 서로 이리 끌리고 저리 끌리면서 동네 가운데를 돌아다녔으므로 아이들은 좋아라고 손뼉을 치면서 따라다녔다. 어떤 놈은 우물가에서 그 짓을 하고 있어서 다 큰 처녀나 새색시들이 물동이를 이고 가다가는 기겁을 하고 돌아오기도 했다. 그러나 개가 교미하는 장면을 목격한다는 것은 예사로운 일이어서, 누구나 약간은 눈살을 찌푸리기는 할망정 개를 욕하지도 않고 구태여 눈을 돌리려고도 하지 않았다.

개가 부지런히 그 짓을 해서 새끼를 많이 낳으면 사람들에게도 좋은 일이 되는 셈이었다. 여름 한 철 개고기를 힘 안 들이고 먹을 수 있으니까. 맏형이 나보다 열 살 위이니까 그때 스물두어 살 쯤 됐을 것 같다. 장가를 막 들고 나서였을 것이다. 지금은 이미 고인이 된 맏형수가 그때 열아홉 살로 시집을 와서 바깥출입도 잘 안 하며 새색시 노릇을 할 때였다. 형은 그 후에 상처를 하고 재취를 얻어 살고 있는데, 먼저 형수 소생이 둘, 지금 형수 소생이 셋이다.

그때 맏형이 몽둥이로 개를 잡던 광경은 그 후 오래도록 내 머릿속에서 사라지지 않고 나를 괴롭혔다. 기억이 완전하지는 않겠으나, 봄날이지만 굉장히 따뜻해서 노곤히 낮잠이라도 올 것 같은 그런 오후였다. 학교에서 돌아오던 나는 우리 집 바깥마당에 동네 사람들이 모여 서 있는 것을 보고 신이 나서 달려왔다. 약장사가 왔구나 했다. 그때는 전쟁 직후라서 농촌에 의료시설이 하나도 없었다. 그래서 뜨내기 약장사들이 아코디언을 들고 동네로 찾아와서 정체불명의 약을 팔았고 소년들은 그때가 가장 즐거웠다. 띵가띵가 노래도 부르고 청산유수 같은 말솜씨로 우스개를 섞어 가며 약을 파는 광경은 그렇게 재미있을 수가 없는 일이었다.

나는 책 보따리를 툇마루에 던지고 사람들 사이를 헤치고 들어갔다. 그런데 거기 벌어진 장면은 아주 실망적인 것이었다. 약장사는커녕, 우리 집 수캐와 옆집 암캐가 한창 교미를 하고 있는 싱거운 광경뿐이었다. 내가 마당 한복판에 똥을 눌 때면 궁둥이 뒤에 기다리고 섰다가 똥을 냉큼 받아먹는 우리 집 수캐는 눈곱이 낀 눈깔을 바보처럼 데룩데룩하면서 낑낑거리는 암캐와 서로 이리저리 끌면서 그 짓을 하고 있었다.

"자, 용칠이! 시작하게나."

느티나무집 아저씨가 형에게 크게 소리쳤다.

"그래, 지금이 알맞아. 좀 있으면 기진해지겠는데."

"용칠이! 단숨에 해야 돼 섣불리 건드렸다가는 큰일이 나지."

"개가 미쳐버린대."

형은 팔뚝을 걷더니 손에 든 참나무 몽둥이를 높이 치켜들고 개한테로 다가갔다. 두 마리의 중간, 바로 우리 집 수캐의 그것이 암캐와 연결되면서 외부로 드러난 부분을 향해 형은 몽둥이를 내려쳤다. 순식간의 일이었다. 암캐가 깨갱깨갱하면서 도망을 가는 것과 동시에 수캐는 그 자리에 푹 꼬꾸라졌다. 한마디의 비명도 없이 눈흘김도 없이.

우리 집 수캐는 곧바로 작대기에 네 다리가 묶여 모닥불 위에 올려졌고, 작대기를 양쪽 끝에서 잡은 사람들은 알맞게 털이 타도록 그놈을 빙글빙글 돌리며 왁자지껄하니 웃어 댔다. 잠시 후 우리 집 수캐는 깜둥이처럼 그슬려서 가마솥에 들어갔다가 나와서 시퍼런 식칼로 토막이 쳐져서 사람들의 입속으로 들어갔다. 교미 붙은 수캐를 한 매로 때려잡아 그 고기를 먹는 것이 사람 몸에 제일 좋은 보약이 된다는 것이었다. 나는 그때 그 광경을 보면서 온몸을 적시던 땀과 두 볼을 타고 자꾸자꾸 흐르던 따뜻한 눈물을 오래오래 잊지 못했고, 웬일인지 철이 더 들면서부터는 형과 내가 공범이었다는 터무니없는 생각이 들어서 괴롭기조차 했다.

"다음 초하루가 고조모님 제사다. 계수씨랑 아이들 다 데리고 와라. 원, 요즘 젊은것들은 조상 제사에도 모두 모이지를 않는구나. 그리고 참 이건 집에 가서 먹어라. 고기라고 생각하지 말고 약 먹듯 해."

술집을 나오며 형이 나에게 준 것은 신문지로 싼 도시락만한 뭉치였다. 내가 화장실에 다녀오는 틈에 아마도 염통구이를 또 시켜서 따로 두었나 보았다. 나는 형이 우랑을 탐욕스럽게 먹는 모습을 보면서 어릴 적 형이 몽둥이로 개를 잡던 기억이 떠올라, 잔뜩 형에 대한 적의를 품고 있었던 참이어서 싫다 좋다 말 한마디 없이 그걸 받아들고 집으로 돌아왔다.

벨을 누르자 대문 안에서 멍멍이가 킹킹댔다. 누구야? 아빠야? 철이란 녀석이 이렇게 소리치며 달려 나오지 않는 걸 보니 잠이 들었나 보다. 철이는 이제 네 살인데 대문도 곧잘 열어서 밤에 내가 돌아올 때면 으레 달려 나온다. 아내는 젖먹이에게 붙잡혀 있느라고 내가 방안에 들어서면 그제야 얼굴을 들고 웃는다. 그런데 아내 말에 의하면 우리 철이의 코가 보통이 아니라는 것이다. 분명히 아버지의 냄새를 맡는다는 것이다. 다른 사람이 벨을 누르면 들은 체도 않는데 내가 오기만 하면 귀신같이 알아맞히고, 장난감을 가지고 법석을 떨며 놀다가도 발딱 일어서서 대문으로 달려간다는 것이다. 아무렴, 제 애비 냄새를 맡을 줄 알아야 효자지. 우리 가문이 어떤 가문이라고. 효도와 우애가 우리 가문의 기둥이거든. 아무래도 뼈는 못 속이지. 나는 아내의 말을 들으며 이렇게 말했다.

한참 만에 아내가 나와서 대문을 땄다. 나는 안으로 들어서며 앞발을 쳐들고 달라붙는 멍멍이를 달랬다. 버스 종점에서도 한참을 걸어 들어오는 외진 동네였다. 주택가와 떨어져서 섬처럼 모여 있는 우리 구역의 열댓 채 가량의 집에서는 다들 방범등 대신 그만그만한 개를 사육하고 있었다.

골목 첫 집인가 둘째 집인가에서 도둑을 맞은 지난여름부터, 한두 집이 개를 구해다가 기르자 지금은 꽤 여러 집에서 개 짖는 소리가 들리는 것이었다. 우리 집도 아내가 친정 쪽에서 한 마리를 얻어다가 길렀는데, 철이와 친구처럼 잘 놀았다. 아내의 소견으로야 멍멍이가 도둑놈을 막아준다고 생각하겠지만 내가 볼 때에는 그런 쓰임새는 없고 기껏해야 방범등 노릇이나 할 정도였다. 다른 집 개들도 다 조그마한 것이어서 집이 꽝꽝 울리도록 짖어 대는 놈도 없지만, 골목에 모여 재재불대며 입품을 파는 아낙네들은 그래도 집에 저마다 개가 있다는 사실을 꽤 믿는 모양이어서 낮에도 대문을 열어놓고 가게로 왔다 갔다 하는 것이다.

"이놈이 벌써 자나?"

나는 외투를 벗으며, 잠든 철이를 내려다보았다.

"멍멍이를 어디다가 처분해야겠어요."

아내는 엉뚱하게 말했다. 얼굴이 부숙부숙한 게 무슨 속상한 일이 있는 모양이다. 나는 방바닥에 털썩 앉으며 대꾸도 않고 담배를 피워 물었다. 아랫목에 누운 젖먹이가 제 주먹을 부지런히 빨다가 성냥불 소리에 나를 빤히 올려다보았다.

"글쎄, 개가 아이를 물어 죽였대지 뭐예요? 겁나서 개 못 키우겠어요."

"개가 아이를 죽여?"

"글쎄 말예요."

아내는 신바람이 나서 내 앞으로 탈싹 다가앉았다. 개가 다섯 살짜리 남자애를 물어 죽였다는 뉴스가 텔레비전에 나왔다는 것이다. 아내는 되도록 자세히 실감 나게 끔찍한 뉴스를 나에게 전달했다. 나도 등골이 오싹해졌다.

"글쎄, 삼십 분 동안이나 아이를 물고 다녀도 누구 하나 손도 못 썼대요. 그러니 아이의 부모 마음이 오죽했겠어요? 개가 사람을 죽이다니!"

나는 담배를 부벼 끄면서 입맛을 쩍쩍 다셨다. 잠든 철이의 얼굴을 들여다보면서 우리 철이가 사나운 개한테 물려 피를 철철 흘리며 숨이 넘어가는 모습이 자꾸 떠올라 나는 무의식중에 벌떡 일어섰다.

"참, 당신 이거 받아. 오늘 큰형님하고 한잔했는데 형님이 이걸 싸 주잖아……."

나는 외투 주머니에 넣었던 것을 꺼내어 아내에게 주었다.

"그렇다고 우리 집 멍멍이를 처분할 건 뭐야? 도둑놈 지키라고 얻어다 놀 때는 언젠데."

"그게 아니에요. 오늘 저녁때 철이가 멍멍이한테 어떻게 했는지 알아요? 글쎄 개 아가리에다 팔을 쑥 집어넣어서 개가 캑캑 숨도 못 쉬고요, 또 철이가 개 꼬리를 입으로 물어서 잇자국이 났어요. 그 바람에 멍멍이가 발톱으로 철이 얼굴을 할퀴고요. 아무래도 안 되겠어요."

아내는 손으로는 신문지 꾸러미를 풀면서 잽싸게 입을 놀렸다.

나는 철이의 얼굴을 자세히 들여다보았다. 콧잔등과 볼태기에 할퀸 자국이 나 있었다.

"그것참."

입맛이 썼다.

"그놈 겁도 없지, 어쩌자고 개 꼬리를 깨물고 그래."

멍멍이를 끌어안고 올라타고 같이 마당에서 뒹구는 철이였다. 멍멍이도 철이만 보면 꼬리를 살래살래 흔들며 깡충거렸다.

"이게 뭐예요?"

아내가 신문지를 펴 놓고 고기를 하나 집어서 입에 물면서 말했다. 형은 역시 용의주도했다. 어느새 주인에게 말해서 모두 구운 고기를 챙겨 준 모양이었다.

"염통구이 아니야?"

나는 철이 옆으로 누우면서 시답잖게 대꾸했다. 아내는 하긴 나 같은 채식가에게 시집을 와서 고기 배는 꽤 굶주려 왔을 것이다. 밥상머리에 기름 냄새만 나도 내가 미간을 찌푸리니까 말이다. 그런데 철이란 녀석은 제 어미를 닮았는지 어린놈이 고기를 밝혔다. 하긴 우리 집안도 나만 빼고는 모두들 고깃속이 좋으니까 그 녀석도 집안 혈통을 물려받았을 것이다.

"맛이 좋으네요!"

아내는 야금야금 먹으며 조금 전에 개가 아이를 물어 죽인 충격적인 뉴스를 전할 때의 호들갑은 말짱 사라지고 이번에는 탐욕스럽게 고기 맛을 즐기며 웃었다. 갑자기 뱃속이 꿈틀거렸다. 형과 마신 소주가 뱃속에서 요동을 쳤다. 술이 들어가면 잽싸게 몸 구석구석으로 퍼져야 되는데 뱃속에 들어가서도 퍼지지 않고 그대로 꼼짝 않고 버티고 있는 게 분명했다.

"당신도 맛 좀 보세요."

나는 아내의 말을 듣고 또다시 자리에서 벌떡 일어났다. 그 말을 듣자마자 구역질이 나서 토할 것 같았기 때문에 나는 기어코 화장실로 가서 술을 토했다. 소주는 세 홉 정도밖에 마시지 않았는데 토해 낸 오물은 한 되가량 돼 보였다. 양치질을 하고 방으로 돌아오자 아내는 눈을 동그랗게 뜨고 쳐다보았다.

"어디가 나빠요?"

"아니, 속이 울렁거려서 그래요."

나는 자리에 앉으며 아내가 게걸스레 먹고 있는 고기를 처음으로 보았다. 그리고 나는 등골이 오싹해졌다. 식은땀이 쭉 흘렀다.

"당신 미쳤어?"

나는 아내의 입으로 들어가는 고깃점을 획 나꿔챘다. 그것은 우랑이었다. 쇠불알 뿐만 아니라 우신도 섞여 있었다.

"왜요?"

아내는 영문도 모르고 나를 쳐다보았다. 염통구이이거니 한게 잘못이었다. 형은 용의주도하게도 소의 불알과 자지를 챙겨 넣은 것이었다. 고기라고 생각하지 말고 약 먹듯 하라던 형의 말이 그제서야 되생각났다.

"왜 그래요? 맛이 좋은데……."

"이게 뭔지 알아! 당장 쓰레기통에 버려! 소의 불알을 썰은 거야. 불알뿐만이 아니라……"

나는 얼굴을 돌려 담배를 찾았다. 공연히 얼굴이 화끈댔다.

다 토해 냈는데도 또 속이 꿈틀거렸다.

"호호, 재미있네요. 그게 맛이 아주 묘하네요."

아내는 누가 옆구리를 간질여 대는 것처럼 웃어 댔다. 나는 기가 찼다. 얼굴을 붉히고 돌아앉아도 시원치가 않을 판인데 호호거리며 웃다니. 소의 불알과 자지를 모르고 씹어 삼킨 것만 해도 속이 뒤집힐 정도로 화가 날 텐데, 그 사실을 알고서도 웃다니.

"원 당신도, 사춘기 소년 같은 생각 말아요."

내가 얼굴을 붉히며 나무라자 아내는 함지박만 한 궁둥이를 돌려 젖먹이를 안으며 한마디 했다.

"그건 남자한테 좋대요, 우리 친정 아버님도 우랑을 좋아하시던데요. 어머님이 일부러 푸줏간에 부탁을 해서 구해다가 드리기도 했어요. 당신이 고기를 입에 안 댄다고 너무 그걸 내세우지 말아요. 그렇지, 순이야? 응? 옳지, 우리 순이는 이 다음에 고기 잘 먹는 신랑한테 시집갈 거지?"

젖먹이를 추슬리면서 아내는 한술 더 떴다. 나는 입을 다물었다. 마당에서 멍멍이가 컹컹댔다. 철이란 놈도 칭얼대면서 돌아누웠다. 시커먼 개가 어린이를 물어 죽이는 광경이 눈앞에 떠올랐다. 자꾸 속이 메스꺼워졌다. 염통구이와 우랑을 질겅질겅 씹어 삼키던 만형의 얼굴도 떠올랐다. 탐욕스럽게 불알과 자지를 먹어 대는 아내의 얼굴이 떠올랐다. 그러다가 마지막으로는 만형이 몽둥이로 수캐를 잡던 끔찍한 광경이 떠올라 나를 한정 없는 밑바닥으로 밀어 넣는 것이었다. 열등감이었다. 나는 반사적으로 아내의 손목을 잡아당겼다.

하지만 나는 실패했다. 아내는 열렬하게 나의 것을 원했으나 도무지 성립이 되지 않는 것이었다. 난로 위에 놓인 빈 주전자처럼 아내는 뜨겁게 달아올랐으나 나는 물을 담아 줄 수가 없었다. 아내는 확확 단 몸뚱이를 몇 번 뒤챘다.

"당신도 고기를 먹어야 돼요."

엉뚱하게 이런 소리를 하며, 칭얼대는 젖먹이를 품에 안았다.

"뭐야?"

나는 도전적으로 외쳤지만 그러한 어줍잖은 상황에서 싸움을 벌일 마음은 나지 않았다. 나는 잠을 청했다. 멍멍이가 컹컹거리는 소리가 들려왔다. 그 소리를 들으면서 나는 기분 나쁜 잠 속으로 빠져들어 갔다.

그날 밤은 예기했던 꿈을 꾸었다. 꿈이라면 터무니없는 것이지만, 그날의 꿈은 과거의 일들이 그대로 재생되는 광경이었다. 현실과 한 가지 다른 것은 꿈속에서 내가 귀가 먹고 벙어리가 돼 있었다는 것뿐이었다. 개에 대한 꿈이었다.

내가 아주 어렸을 때인 걸 보면, 전쟁 직전이었나 보다. 우리 집에는 털이 복실복실한 강아지 한 마리를 길렀다. 아주 어려서 방에도 드나들고 했다. 똥은 먹지 못하고 밥찌꺼기를 먹었다. 내가 그놈을 끌어안고 있으면, 찰싹찰싹 감기는 혀로 내 볼을 핥았다. 그래서 나는 개벼룩이 옮아 온몸이 가려웠고 어머니는 나를 야단했다. 네 살 위인 누나도 나처럼 강아지를 좋아했다. 그러다가 어느 여름날, 강아지가 갑자기 죽었다. 무슨 돌림병 때문일까. 누나와 나는 죽은 강아지를 들고 강가로 나갔다. 강가에 구덩이를 파고 강아지를 묻으며 한없이 울었다. 눈물이 그렇게 끊임없이 많이 나올 수가 없는 일 같았다. 햇빛에 반짝이는 강물 소리, 물새들의 지저귐, 누나와 나의 울음소리, 이 모든 게 무성영화의 장면처럼 소리 없이 말없이 계속될 뿐이었다. 좀 더 크게 울고 싶었지만 소리가 목구멍에서 나오지 않았다.

아침이 되어 출근하려고 마당으로 나오자 멍멍이가 꼬리를 치며 반겼다. 입춘이 가까와서인지, 날씨는 싸늘해도 그 구석구석에는 벌써 봄의 입김이 스며 있었다. 겨우내 눈 속에 파묻혔던 잔디밭도 어느새 눈이 녹아 촉촉한 습기에 젖어 있고, 새끼줄로 몸을 칭칭 감은 목련나무에도 푸릇푸릇한 기운이 감도는 것 같았다.

"토요일이니 일찍 들어오시죠? 철이가 자꾸 골목에 나가 놀고 해서 영 마음이 안 놓여요. 일찍 오셔서 철이 좀 봐 주세요. 늑대만 한 개가 공터에서 어슬렁댈 때가 많아요."

"원, 그 불길한 얘기 그만해. 어쩌다가 그런 일이 생긴 거지, 아무 개나 사람을 물어 죽이나? 사람보다 착한 개도 많다구."

나는 멍멍이를 보면서 자신 있게 말했다. 아내는 멍멍이를 발길로 냅다 내지르며 한다는 소리가,

"한번만 더 철이를 할퀴기만 해 봐라."
하며 종알대는 것이다.

감탄고토라더니, 언제는 도둑놈 무섭다고 멍멍이를 데려다 키우며 상전 모시듯 하더니 이제 발길질에다 협박 공갈을 하는 것이다. 내가 대문 밖으로 나오자 따라 나오려는 철이를 문 안으로 닭 쫓듯 몰면서 아내는 또 호들갑을 떨었다.

"아유, 큰일 나요. 무서운 개가 사람을 막 잡아먹는대요. 자, 빨리 들어가자. 오늘은 꼼짝도 말고 집 안에서만 놀아라."

대문 닫히는 소리와 철이가 앙하고 우는 소리가 같이 들렸다. 나는 지난밤처럼 또 입맛이 쓴 채 회사로 출근했다.

사무실에서의 얘깃거리도 온통 아이를 물어 죽인 개에 대한 것이었다. 모두들 신바람이 나서 그 얘기를 하고 또 하고 나중에는 지쳐 버렸다.

오후가 되었을 때 만형한테서 전화가 왔다. 조부님 산소 이장에 대한 이야기였는데, 아주 운 좋게도 유명한 지관을 데까닥 만났다는 것이었다.

"그런데 말이다. 택일을 하니까, 올 입춘날이 가장 길일이라는구나. 그렇지, 며칠 안 남았지. 나는 지관을 모시고 일찍 내려가서 새 산소 자리를 물색할 테니 너는 둘째와 그 전날 내려와라. 그래 그렇고말고. 십만 원씩 준비해야지. 아무래도 다섯 장은 들 거야."

나는 수화기를 놓으면서 캘린더를 쳐다보았다. 꼭 일주일 남았다. 둘째 형 집으로 전화를 걸어 보았다. 형은 아직도 몸이 불편해 자리에 누워 있다는 것이고 가게에서 형수가 전화를 받았다.

"맏형님께서 전화하셨지요?"

"누가 아니랍니까? 글쎄, 산 사람도 제대로 못 사는데 죽은 조상 산소 파헤치는데 웬 놈의 돈이 그리 든다는 거요? 새 학기 아이들 등록금이다 뭐다 하여 앞이 꽉 막혔는데 서방님 돈 있으면 좀 빌립시다요."

"말도 맙쇼. 나도 죽겠어요."

사실은 나도 형수에게 돈을 좀 융통할까 해서 전화를 한 것인데 먼저 그쪽에서 선수를 쳤다. 나는 능청을 떨었다.

"조상님을 잘 모셔야 만사형통하는 법이에요."

"서방님도 누구 닮았수? 하긴 그 핏줄이시니까 어련하실라구."

오후 두 시가 되어 퇴근을 하면서도 곰곰 생각하니 기분이 개운하지가 않았다. 맏형은 식욕이 좋아 아무것이나 잘 먹어 기운이 넘치니까, 조상님 조상님 하며 이리 뛰고 저리 뛰지만, 간신히 한 달 한 달 봉급 받아서 그날 그날 때워가는 나 같은 놈이야, 멀고 먼 고향에 수십 년 전에 잠들어 계신 할아버지 생각을 눈곱만큼도 해 볼 시간이 없는 것이다. 둘째 형도 나와 엇비슷한 입장이겠지만, 맏형이 하라는 일이니 두말 않고 순종할 것이다. 도대체 가문의 뼈를 내세워 이래라저래라 하는 맏형

앞에서는 움쭉달싹할 수가 없는 것이다.

버스에서 내려 내가 사는 동네의 골목으로 접어들자 이상한 냄새가 코를 자극했다. 동네로 접어들기 조금 못 미쳐서 있는 공터에서 여느 때 같으면 꼬마들이 공차기를 하고 연을 날리고 할 텐데, 휴지 조각만 바람에 날리고 마구 버린 연탄재와 여기저기 흩어져 있는 잿더미만이 보기 흉하게 시선에 들어왔다.

딩동딩동 벨을 누르자 철이가 대뜸 알아듣고 달려 나오더니 문을 열었다. 집안에 들어왔는데도 이상한 냄새는 여전히 코를 자극했다. 아내와 십만 원 건을 의논해야겠다는 생각에 바빠서 나는 얼른 마루로 올라갔다.

"아빠, 나 곰취 먹었다."

"응? 그래. 철이 착하다."

나는 철이의 말을 흉내 내며 머리를 쓰다듬어 주었다. 녀석은 하루가 다르게 말이 늘었다.

"당신 술 한잔하실래요?"

아내가 부엌에서 들어오며 다짜고짜로 한마디 했다. 술이라니, 오늘은 또 무슨 바람이 불었길래. 내가 눈을 크게 뜨자 아내는 앞치마에 통통한 손을 탐스럽게 닦으며, 생글생글 웃기조차 하는 것이었다.

"오늘은 특별 서비스예요. 일찍 들어오셨으니까."

"별일도 다 있군. 그럼 한 잔 주시오. 그러지 않아도 속이 상해서 답답하구만. 맏형님이 또 가문의 뼈를 내세워 일을 벌였어요."

내 말을 미처 듣지도 않고 아내는 신바람이 난 듯 부엌으로 나갔다. 젖먹이는 아랫목에 혼자 앉아서, 손을 폈다 오므렸다 하면서 잼잼을 하고 있었다. 조금 후에 정말로 술상이 들어왔다. 술상이 들어오자마자 또 이상한 냄새가 코를 자극했다.

"당신 아뭇 소리 말고 이걸 좀 드세요. 글쎄, 멍멍이를 잡는다니까 철이가 막 울지 않아요. 그래서 멍멍이가 곰쥐가 됐다고 하니까 가만있어요. 아주 맛이 고소해요."

나는 갑자기 현기증이 일었다. 사실은 아내의 말을 채 듣지도 않고 머리가 핑 돌았던 것이다. 이상한 냄새 때문이었을 것이다.

"우리 집 멍멍이를 잡았다구?"

"더 둬 봐야 위험하기만 하지 않아요?"

"당신, 미쳤어? 환장을 해도 유분수가 있지."

자초지종을 들어볼 생각도 없었다. 나는 정신이 아찔했다. 아내의 따귀를 모질게 때리는 것과 동시에 발길로 술상을 걷어찼다. 젖먹이와 철이가 한꺼번에 울었다. 아내도 뭐라고 재빠르게 좋알대면서 젖먹이를 안고 건넛방으로 후딱 나가 버렸다.

우리 집뿐만이 아니었다. 우리 동네에서 모두들 개를 잡았다는 것이다. 개가 어린애를 물어 죽였다는 뉴스가 퍼지고 퍼져서 골목에 모인 아낙네들은 대책을 강구했다.

제철이 아니라서 팔려니 똥값이고 그렇다고 개를 집안에 그대로 내버려 두자니 언제 무슨 짓을 할지 모른다. 더구나 아낙네들이야 눈 감아도 내 새끼, 눈 떠도 내 새끼, 오직 내 새끼와 제 서방밖에는 모르는 소견이다.

"집에서 기르는 돼지나 닭은 예사로 잡아먹는데 뭐가 어떻수? 푹 고아 삶아서 보신이나 합시다요. 애 아범들도 좋아할 테고 쓰레기 치우는 사람 오거든 품삯이나 줘서 잡아 달랩시다요."

입심 좋은 어느 아낙네가 이렇게 말을 했을 것이었다. 이렇게 해서 평화와 건강을 사랑하는 착한 아낙네들은 살육을 저지르게 되었다.

내가 담배를 피워 물고, 울렁거리는 마음을 진정하느라고 골목으로 나왔을 때 건너편 집 남자가 이를 쑤시며 말해 준 내용이었다. 그는 기분이 몹시 좋은 듯 한마디 덧붙였다.

"거 참, 때아닌 보신탕은 잘 먹었는데, 한꺼번에 온 동네 개를 몰살했으니 혹 죄라도 받는 것 아니오?"

나는 외로웠다. 온 동네를 뒤덮은 이상한 냄새는 바로 개를 불에 태우고 삶고 한 냄새, 맏형이 몽둥이로 수캐를 쳐서 죽이던 날 나의 어린 살 속으로 쉬임 없이 파고들던 바로 그 냄새였다. 내가 집에 들어서자마자, 철이가 곰쥐를 먹었다던 말을 한 것도 이제 보니 바로 개고기를 맛봤다는 말이었다. 나는 어깨에서부터 온몸이 흐늘흐늘 무너졌다. 무척추동물처럼 폭삭 무너져 버릴 것 같았다. 나는 외로웠다.

철이란 놈도 고깃속이 있고 또 멍멍이 꼬리를 문 것을 보면 역시 제 큰아버지 쪽, 제 엄마 쪽이 아닌가. 멍멍이를 잡아먹고 싶어서 본능적으로 꼬리를 물었다? 나는 어스름이 깔리는 골목을 서성대며 한숨을 내뿜었다.

만형이나 아내나 철이 뿐만 아니라, 모든 사람들이 다 그런 것 아닌가. 젖먹이도 지금 외씨처럼 나온 그 희고 고운 앞니가 이다음에 크면 쇠고기 돼지고기 개고기를 질겅질겅 씹게 되겠지.

"아빠, 맘마 안 먹어? 고기도 많이 있다."

어느 틈에 철이가 골목까지 나와서 손에 매달렸다.

그날부터 우리 동네에는 개 짖는 소리가 들리지 않았다. 아침부터 저녁까지 정적에 휩싸였다. 아이들도 집 안에만 처박아 두고 밖으로 내보내지 않았다. 동네는 마치 심판을 기다리는 저주받은 마을처럼 깊고 으시시한 적막에 싸여 있었다.

일주일 후에 나는 십만 원을 챙겨 들고 고향으로 가는 기차를 탔다. 주말이어서 그런지 차가 붐볐다. 서로 먼저 타려고 아귀다툼을 하고 발이 밟혔다고 멱살을 잡고 싸우는 사람들도 많았다. 나는 간신히 자리를 잡고 앉아 눈을 감았다. 장사치들이 고래고래 고함을 지르며 붐비는 차칸을 쏘다니고, 그럴 때마다 승객들은 서로 밀리고 밀며 욕지거리를 해 댔다.

내일의 일이 눈앞에서 아물댔다. 다 썩어 흔적도 없는 관이 열릴 것이다. 그 안에 흙에 섞인 흰 뼈가 가지런히 놓여 있을 것이다. 그러면 조상을 위하고 가문의 뼈를 보전하려는 우리 형제들은 큰절을 하고 하얀 한지로 만든 봉투에 뼈를 하나하나 정성스레 추려서 담게 될 것이다. 흔적이 없게 소멸한 뼈는 뼈 대신으로 그 자리의 흙을 조금 떠서 담는다. 그 일이 다 끝나면 할아버지의 뼈가 담긴 함을 받들고 지관이 찬양하는 천하 명당에 다시 묻고 되도록 봉분을 크게 올려 가세를 과시할 것이다. 흔적만 간신히 남아 있는 뼈를 거두면서 또 그것을 새로 정한 산소 자리에 묻으면서 어떤 마음이 들어야만 우리 가문의 뼈에 부끄럽지 않을는지.

"이봐! 담뱃재를 어디다 털고 지랄이야?"

나는 맞은편에 앉은 우락부락한 사내에게 정중히 사과했다. 차창으로 새어드는 바람에 담뱃재가 조금 날려서 그의 무릎 위에 떨어진 모양이었다. 그는 한참이나 나를 째려봤다. 사나운 눈깔이 나의 온몸을 오르락내리락 훑어보더니, 입맛만 쩍쩍 다시고 잡아먹지는 않았다.

(한국문학, 1977)

작은 바닷새

하늘에는 눈발이 잔뜩 섰다. 북풍을 몰고 오던 하늘이 오후가 되면서부터 갑자기 수직으로 내려앉기 시작했다. 부둣가는 바다 밑에 가라앉은 선박처럼 컴컴해지면서 억눌린 기분이 되었다. 항구 전체가 빠른 속도로 침몰해버려 어떻게 손 쓸 사이도 없이 헐렁헐렁하고 순해 빠진 사람들이 모두들 그 속에 갇혀버린 것이다.

파도 소리가 점점 가까이 요란하게 들렸다. 목쉰 뱃고동 소리도 창밖에 와서 울었다.

"저놈이 섬으로 떠날 배요?"

잠바를 입은 청년이 필요보다 더 크게 말했다, 선술집 주모가 앞치마에 손을 닦고 나더니 허옇게 김이 서린 비닐로 된 창문을 닦고 밖을 내다보았다. 그리고나서 고개를 주억댔다.

"떠날 시간이야 훨씬 넘었는데, 이상하구만요. 붕붕 고동만 질러대고 있으니."

주모의 말을 듣고 청년은 침을 탁 뱉았다.

"이봐, 청년. 조심하우. 술잔에 침 떨어지는데."

옆 자리에 앉아서 소주를 마시던 40대 어부들이 성가신 듯 한 마디 했다.

"씨팔. 황금같은 주말인데, 멍들었는데."

청년은 시뻘건 홍어회를 한 젓가락 입에 물면서, 김이 서려서 흐릿해진 비닐 창을 통해 부둣가를 내다보았다. 부둣가 언덕에 자리잡은 그만그만한 선술집은 잔뜩 찌푸린 겨울 하늘과 거무티티하게 출렁이는 바다 사이에 오그라붙어 있었다. 이렇게 날이 흐리면 고기잡이 배들도 출어를 못하고 발이 묶인다. 이른 아침부터 부둣가로 나왔던 어부들은 납작한 선술집으로 기어들어 가서 소주를 마신다. 누구에게랄 것도 없이 욕을 하고 만만한 주모의 궁둥이나 손찌검을 해대는 것이다.

"청년은 바위섬으로 건너가는 길이요?"

텁수염을 되는대로 기른 어부가 비린내를 풍기며 말했다.

"예. 그런데 저놈이 끄떡도 않고 있으니 야단 아닙니까요? 빨리 갔다가 저녁때는 나와야 할 텐데."

청년은 소주 반 병을 주문하면서 화난 듯 말했다.

"김 씨는 그만 하려우?"

주모가 청년 앞으로 술병을 갖다 놓으며, 어부들을 핼끔 본다. 마치 누가누가 술을 부지런히 마시나 경쟁이라도 시키듯, 조금 전에 청년에게 말을 건 어부를 보고 유혹적으로 말하는 것이다.

"여수댁이 역시 내 마누라지. 암, 술 한 병 더 올려야 하구 말구."

"그나저나 날씨는 왜 이 모양이야?"

"왜 날씨가 어때요? 가끔 이런 날이 있으니까 술장수들도 돈을 벌고 사는 거죠."

여수댁이 술병 마개를 따며 말하자 김 씨가 솥뚜껑만한 손으로 여자의 궁둥이를 쓰다듬었다.

"그나저나, 청년은 무슨 일로 바위섬엘 들어가우?"

청년은 홍어회를 한 젓가락 집어서 질겅질겅 씹다가 툭 내뱉았다.

"빌어먹을."

"그 청년, 입심 좋구만. 맷집도 좋은가보이."

어부들은 거무티티한 손바닥을 쓱쓱 부비며 청년을 쳐다보았다.

"아저씨들은 바위섬에서 간척공사가 벌어지는 것도 모르시오?"

"모르긴 왜 몰라?"

"공사장 현장에 가서 뭣 좀 조사할 게 있어서 중앙에서 내려왔습니다요."

중앙에서 내려왔다는 말에 어부들은 어깨가 옴추러드는지 훨씬 부드러운 낯짝이 됐다.

"요즘도 공사가 활발히 진행되고 있겠죠?"

"……."

청년은 대꾸를 기다리지도 않고 비닐창으로 밖을 훔쳐 본다. 창문이 파르르 떨면서 흔들린다. 뱃고동 소리가 붕붕 울리고 바닷새들이 끼룩대며 선창가를 맴돌아 날아다닌다.

"요즘도 공사를 하는가?"

"아, 그럼. 바다를 메우는 공사인데 한두 달에 될 리가 없지."

"별 진척이 없는 모양이야……"

어부들은 자기들끼리 한마디씩 하며 중앙에서 내려왔다는 청년의 뒷모습을 흘끔거린다.

"올봄만 해도 바위섬이 무슨 보물섬이나 되는 것 같았지. 팔도 잡놈 잡년들이 너도나도 보따리를 들고 꾸역꾸역 모여들었으니까."

"누가 아니래나. 쓸모없는 바위섬이 금방 옥토가 된다는 꿈을 안고 몰려 들였지. 그런데 그게 그만 잘 안 된 모양이야. 동작 빠른 놈들은 눈치껏 육지로 달아나고 올데갈데없는 녀석들만 리어카로 돌을 나르고 있는 거야."

"불쌍한 놈들 울리기만 했지 뭔가. 옥토가 되긴 쥐좆이 돼? 아무리 돌을 부어도 바다가 쥐코만큼도 메워지지 않으니 다 틀렸지. 파도만 한번 치면 돌들이 온데간데없어진다니까."

밖을 내다보던 청년이 갑자기 돌아서면서 주모에게 욕을 하듯 윽박지르며 말했다.

"저녁때가 다 돼 가는데도 저놈은 꿈적도 않으니 어쩐 영문이오?"

"글쎄 말이우. 기관고장이라도 난 게 아닌지……"

어부들이 밖을 가리키며 대신 대꾸했다.

"날씨가 궂어서 못 가는 거라우. 이런 날 움직였다가는 물귀신 되기 십상이지."

"바위섬이 바로 코앞인데도요?"

"흐흐. 청년은 바다를 잘 모르시는구만. 우리도 고기잡이 배를 타러 나왔다가 꼼짝없이 갇혀서 술타령이라우. 아무리 코앞이라도 어림도 없수. 저 물소리 좀 들어보오."

파도소리가 선술집 바닥을 흔들며 우릉우릉 들려왔다. 우뢰소리 같기도 했다.

"야단났구만. 내일까지 상부에 보고를 해야 되는데. 아저씨들, 누가 나를 섬에까지 데려다 줄 수 없어요? 배삯은 두둑히 낼테니까요."

잠바를 입은 청년은 정말로 급한 모양이었다. 날카로운 턱에다가 딱딱 끊겨나가는 듯하던 모습은 사라지고, 다급해서 어쩔 줄 모르는 모양이 되었다. 가만히 뜯어보니 스물예닐곱 살 됐을까 말까한 풋나기였다. 어부들은 그제서야 타처에서 온 청년에 대해서 우정을 조금 느끼게 되었다.

"무슨 일인데, 그렇게 안달이우?"

턱수염이 거뭇거뭇한 김 씨가 느릿느릿하게 말을 했다.

"뭘 좀 조사할 게 있어요. 공사장 간부놈들이 임금을 횡령했다는 정보가 들어왔거든요. 죽일 놈들."

"죽일 놈들!"

김 씨가 이빨에 박힌 찌꺼기를 손톱으로 후벼냈다.

"어쩐지 간척공사가 일년 내내 제자리 걸음이더라니."

어부들이 고기잡이 출항을 하자면 바위섬을 왼편으로 끼고 돌아나가야 되는데 간척 공사장이 한창 왁자지껄할 때는 해안에 세운 가건물에서 띵까띵까 노랫소리도 나고, 확성기 소리도 나더니 지난가을부터는 모든 게 쥐 죽은 듯 했다. 공사장에서 십장께나 하는 치들이 비번 날이면 계집을 꿰차고 읍내로 나와서 서부의 총잡이처럼 거드름도 피우고 주먹도 휘두르더니 이젠 그런 일도 없다.

어부들이야 조상 대대로 바다에 나가 고기 잡아서 끼니를 잇고 소주를 마시고 가뭄에 콩나듯 오입도 하는 게 일이므로 까짓 간척 공사장이 어떻게 돌아가는지는 관심도 없었다. 어항이 번창해지자 읍으로 승격이 되고 자연히 타처에서도 이놈 저년 이년 저놈들이 굴러 들어와서 어부들의 토박이 근성도 많이 없어졌지만 원래 항구는 외부와 절연된 외딴 어항이라 주민들은 자립심도 강했고 그만큼 배타심도 많았다. 손끝에 잡힐 듯이 보이는 바위섬은 원래 무인도였는데 몇 년 전부터 어느 미친 놈이 김 양식장을 한답시고 들어갔다가 쫄딱 망해서 나오고 그 뒤에도 몇 번이나 이놈 저놈이 들어갔다가 거덜이 나서 나온 쓸모없는 섬이었다.

그러나 섬 주위로 특히 동남해 안으로는 수심이 얕아서 누구나 욕심을 낼 만한 섬이었다. 해수욕장을 건설하려고 불하를 받았던 읍내의 부자도 있었지만 워낙 개발 비용이 많이 들고, 겉보기와는 달리 물살이 세어서 툭하면 파도가 섬 허리까지 밀어닥치기 때문에 두 손을 들어버린 일도 있는 바위 투성이의 섬이었다.

그런데 지난봄부터 느닷없이, 관청에서 하는 것인지 누가 줄을 대고 하는 것인지는 몰라도, 대대적인 간척사업이 시작되어 이 지방 출신 국회의원과 읍장, 군수, 경찰서장이 테이프를 끊고 요란하게 띵까띵까 공사가 시작되었고, 선창가에서는 망나니로 몰려 고깃배도 못 얻어 타던 놈들도 바위섬으로 몰려가고, 타처에서도 잡놈들이 밀려와서 바야흐로 신흥 바위섬 개척시대가 시작된 것이었다.

여름이 지나면서부터 인부들이 하나 둘 침을 뱉으며 빠져 나가더니, 하루 세 번 왕복하던 여객선도 하루 두번으로 줄었다. 가을로 접어들면서부터는 하루 한 번으로 변했다. 생업에 바쁜 어민들은 까짓 바위섬의 간척공사가 어떻게 돌아가는지 알 바 없었다.

"이제 보니 그런 야로가 있었구만. 그래서 모두들 바위섬을 떠나버렸나 보구만. 흐흠."

선술집의 어부들은 모두들 혀를 차며 잠바를 입은 청년의 입을 쳐다보았다.

"민간업자가 벌인 사업인데 관청에서 보증을 서고 거액의 은행 융자를 받았지요. 그런데 그놈들이 간척공사는 엉망으로 하면서 인부들의 노임을 착복하질 않나, 허위로 경리 장부를 만들어 횡령하질 않나, 지금 중앙에서는 이 문제로 발칵 뒤집혔어요. 체불임금을 일소하는 건 고위 당국의 엄명인데 이놈들이 국민총화를 해쳐도 분수가 있지, 그래, 국토 넓히기 사업이라는 명분 때문에 면세혜택이다 융자 보증이다 하는 프리미엄을 줬는데도 이 모양이니 속에서 불이 안 나겠소?"

청년은 조리있게 큰 소리로 말하고 나서 소주를 한 컵 마셨다. 어부들도 청년의 말을 따라 고개를 끄덕이며 남은 술을 비운다.

제법 당당하게 빈 술병을 주모 앞으로 탁 놓으며 소리치는 사람이 있었다.

"여기 얼마요? 얼마? 이천구백 원? 내 앞으로 달아 둬! 저 청년 술값도 거기 얹어서 달아 둬!"

이렇게 땅땅거린 사람은 김 씨였고 그는 호기있게 주모의 젖가슴을 한번 모질게 주물렀다. 여수댁은 자지러지게 놀라면서도 청년을 헬끔거리며 아양을 떠는 걸 잊지 않았다. 빈 속에 소주를 한 병씩 들이킨 순해 빠진 어부들은, 중앙에서 내려온 청년을 앞세우고, 암행어사 졸개들처럼, 부정과 불의를 타도하기 위해서 당당한 몸짓으로, 다 부서져가는 선술집의 판자 문을 발로 차면서 나왔다.

"이봐요! 김 씨! 다 합해서 사천오백 원이요오!"

주모가 그들의 등 뒤에 대고 외쳤지만 으르렁거리는 파도 소리가 삼켜버렸다.

하늘은 그 모양 그 꼴로 잔뜩 찌푸려서 눈발이 곤두섰다. 큰 무게에 짓눌린 듯 아래로 축 처져서 때 묻은 천막처럼 머리를 짓눌렀다. 방파제 난간에서 똥개가 뒷다리를 들고 오줌을 싸다가 그들이 왁작지껄하며 다가가자 놀라서 비실비실 피해 달아났다.

"그래도 말씀이야. 바위섬 공사가 시작되고부터 우리가 덕 본 것도 있지."

"뭐? 잡년들 꼬리치는 꼴 구경한 것 말인가?"

어부들은 비틀거리며 쉴 새 없이 지껄여댔다.

"밀수가 없어졌잖아."

"암. 그건 사실이네."

왜정 때부터 밀수로 이름난 항구였는데 건국 후에도 여전하다가 몇 번 된서리를 맞더니 좀 잠잠해진 건 몇 해 전의 일이었다. 그러다가 바로 작년에는 또 억대의 밀수 사건이 적발되어 선량한 어부들이 조사를 받고, 어떤 이는 새파란 수사원한테 따귀도 얻어맞는 봉변을 당했다.

밀수조직에 든 놈은 대개가 타처에서 굴러온 불량배들이었고 이놈들은 검거가 되기만 하면 아무나 물고 들어가서 빼툉기었다. 해군의 비밀요새처럼 좌우가 산으로 막힌 항구는 겉으로 보기에는 보잘 것이 없으나 대마도가 서울보다 가까운 거리에 있으니 자연히 큰 항구의 밀수 조직들이 발진기지로 암암리에 이용하는 일이 많았다.

해상에서 조업을 하다가도 이런 놈들의 유혹을 받는 수도 있었다. 접선장소나 시간이 빗나간 밀수선이 어선한테 다가와, 반 위협 조로, 반 홍정 조로 밀수품을 운반해 주기를 요구하는 것이었다. 그러나 조상 대대로 고기잡이나 하면서 망망대해를 헤쳐가는 어부들은 좀처럼 그런 요구에 응하지 않았다.

"우리는 고기잡이 밖에 모르오. 용왕님께 제사 지내고. 처자식 굶기지 않으면 됐지, 부귀 영화가 뭐 말라빠진 거요?"

어부들은 어망을 거두며 이렇게 대꾸하는 것이었다. 그러다가 밀수폭력배한테 폭행을 당한 사람도 있고, 심지어는 총격을 당해 부상을 입은 사람도 생겼다.

그러던 것이 바위섬 간척공사가 시작되면서 관청에서 나온 관리도 자주 바위섬으로 왕래를 하고, 공사장에 모인 뜨내기 인부들이 읍내까지 들락날락하게 되자, 밀수선들은 얼씬도 안 했다. 읍내에 구석구석 독버섯처럼 숨어서 독을 뿜던 밀수꾼들도, 기밀유지가 곤란하다는 이유에서인지 자취를 감추었다. 쥐도 새도 모르는 어느 조용한 작은 항구로 거점을 옮긴 모양이었다. 대대로 살아오는 주민들은, 바위섬 공사가 시작되어 별 잡놈들이 북적북적 대는 꼴이 한편으로 보기도 싫었지만, 밀수꾼들이 자취를 감춘 것이 뭣보다도 개운했다. 덜빠진 여편네들은 일제 상품이면 제 서방 뭣보다도 더 좋아해서, 쌀을 퍼다가 미용크림을 사오고, 다 말라붙은 젖가슴에 어울리지도 않는 브래지어를 사오는 일도 있어서, 며칠씩 바다에서 물과 바람과 싸우다가 귀항하는 서방한테 들통이 나면, 밤새도록 얼씨구절씨구 서방이 쓰다듬어도 욕망이 안 풀릴 함지박같은 궁둥이를 몽둥이로 떡치듯 얻어맞고 내쫓기는 일도 심심찮게 생기던 터였다.

"염 선장이 아주 안 보이누만."

선창가까지 내려온 그들은 뱃고동만 붕붕 울리는 배에 척 뛰어올라 선장을 찾았다. 청년도 그들의 뒤를 따라, 중앙에서 펜대만 굴리던 사람답지 않게 잽싸게 뱃전을 타고 올랐다.

"염 선장! 어디 있소?"

어부들은 뱃전을 돌면서 기관실 쪽을 두드렸다. 한참 만에 기관실에서 눈곱이 낀 북어 같은 청년이 하나 뱃전으로 올라왔다.

"왜들 그러시오? 누구 허락받고 함부로 올라와서 술주정이오?"

그는 카랑카랑하게 말하며 그들을 둘러보았다.

"음. 자네, 태석이구만. 자네가 기관실 책임자야?"

어부 중의 한 사람이 그를 대뜸 알아보고 말했다.

"아저씨구만요. 그런데 날도 이리 궂은데 웬일이오?"

"좌우당간 선장은 콧배기도 안 보이니 바다에 빠져 뒈져버렸나?"

"어디 술집에 있을 거요. 오늘은 배가 안 떠나요오."

"바위섬이 코앞인데도 못 가? 이 사람들, 뱃놈 사표 내야 되겠구만."

김 씨가 턱수염을 쓰다듬으며 핀잔을 주었다. 선술집에서 잠바를 입은 청년이 바로 이렇게 말했을 때는, 바다를 모르는 소리라고 편잔을 주던 그 김 씨였다. 김 씨도 그게 생각이 났는지, 말을 덧붙였다.

"이분이 말이야. 아주 중대한 일로 급히 바위섬에 건너가야 된다 이거야. 빨리 선장을 찾아봐야 되겠구먼."

"파도가 심해서 가기가 힘듭니다. 아저씨들이 더 잘 알지 않습니까? 바위섬까지 거리야 가깝지만 암초가 얼마나 많은지 아세요?"

기관사는 머리를 긁었다. 그는 잠바를 쳐다보면서 도무지 무슨 영문인지 모르겠다는 시늉을 했다. 작은 바닷새들이 뱃전을 스치며 날아다녔다.

"선장한테 가봐야 소용이 없어요. 바위섬에도 이제 한 두번만 왕복하면 그만입니다. 인부들도 몇 명 안 남고, 겨울 동안은 공사도 중단한다니까요. 이거 보세요. 눈까지 쏟아지겠는데요?"

기관사가 말을 마치자 기어코 눈이 쏟아지기 시작했다.

눈은 아주 세밀한 농도로, 짧은 시간 내에 되도록 많은 양을 토해 내겠다는 듯 믿을 수 없을 만큼 한꺼번에 쏟아져 내리는 것이었다.

"암튼, 선장을 이 자리에 불러 오쇼! 공적인 일로 시급하게 내가 오란다고 하시오!"

드디어 잠바차림의 청년이 위엄있게 말했다. 그제서야 기관사는 꾸물거리며, 파도에 기웃둥거리는 뱃전을 넘어 선창으로 내려갔다.

"청년, 나 좀 보시오. 이번에 섬에 건너가면, 임금을 떼어먹은 놈들을 아주 주리를 트시오. 원, 그런 날벼락을 맞아도 시원찮을 놈들이 있나. 남의 품값을 가로채고, 나라에서 내린 돈을 헛되이 써?"

"그렇소. 바위섬 공사가 제대로 잘 돼야만 우리 읍도 깨끗해진다오. 공사가 시작되고 북적북적대니까, 밀수꾼들이 발을 못 붙입디다."

"그래야 우리같은 뱃놈들도 타처에서 굴러들어오는 잡년들 엉덩이 구경이라도 하지."

"예끼, 이 사람. 사람이 많으면 어물 시세가 뛰니까 돈 벌이가 잘 되는 게 중요하지, 그따위 눈요기나 하면 뭘 하나?"

"임자는 그래서 여수댁 젖가슴을 주물렀구만. 흐흐."

어부들은 몹시 즐거웠다. 날씨가 고약해서 고기잡이도 못나가고 이래저래 울적했는데, 청년을 앞세우고 바위섬으로 우르르 쳐들어가서, 인부들 품삯 꿀꺽한 놈 나와라, 허위장부를 냉큼 썩 내 놓아라 하면서 큰 소리를 치게 됐으니 즐거웠다. 이

놈, 우리 읍이 어떤 곳인줄 아느냐. 불우이웃을 돕는 미풍양속에다가, 남의 마누라와 재물은 절대로 훔치지 않는 양심을 가진 사람들만 사는 곳이다. 타처에서 무슨 뼈다귀를 물고 굴러다닌 놈들인지도 모르나, 바로 코앞에 있는 바위 섬에서, 그래, 짐승만도 못한 짓을 해! 주리를 틀 놈들.

"시간이 급한데 야단났구만요."

청년은 잠바의 지퍼를 찍 올리고 팔짱을 끼고나서, 바위섬을 건너다 보았다. 커다란 화물선처럼 바위섬은 약간 흔들리는듯 보였다. 눈이 어찌나 펑펑 쏟아지는지 어렴풋하게 간신히 보일 정도였다.

"상부에 시급히 보고를 해야 될텐데 야단이오. 체불노임이 얼마나 되는지를 파악해서 보고해야 돈이 내려오지요."

어부들도 그를 따라 바위섬을 건너다 보면서 혀를 끌끌 찼다. 청년의 말을 듣고보니 사실 그렇다. 이 추운 겨울에 피땀 흘리고 일해서 품삯도 못 받은 인부들의 속이 오죽 쓰라리고 아프겠는가 말이다. 빨리 높은 상부에서 이런 사정을 파악해서 선처를 해야 하는, 시간을 다투는 문제가 분명했다.

"이봐. 임자는 기관을 만질 줄 알지 않나? 선장도 기관사도 함흥차사이니 임자가 손을 써서 바위섬으로 건너 가세나."

어부들 가운데는 기관을 만질 줄 아는 사람이 하나 있었다. 모두들 그를 보고 배를 움직이라고 재촉했다. 눈이 너무 퍼부어서 시간을 잘 어림할 수는 없지만 곧 어두워질 모양인지 바다도 검은 빛 아가리를 쩍 벌렸고, 하늘도 밑창 뚫어진 천막처럼 뚝 내려앉아서 어두워지기 시작했다. 기분 나쁜 기름냄새와 비릿한 생선냄새가 역겹게 풍겨왔다. 부둣가 선술집에서 젓가락 두드리는 소리가 간간히 들려 오고 간드러진 계집의 노래소리도 들려왔다, 뱃전에 모여 섰던 그들은 기관실로 우르르 몰려 갔다.

작은 바닷새가 마스트에 앉아서 그들을 내려다 보고 있었다, 잠시 후에 배는 고동을 붕붕 울리며 부둣가를 벗어나기 시작했다. 벌써 어둠이 곳곳에서 차오르기 시작하여, 배는 부두에 정박한 어선들과 툭툭 부딪치곤 했다. 배가 부두를 벗어나서 넓게 트인 바다로 나오자, 부두의 외등 불빛이 멀어져서 앞은 더욱더 캄캄했다.

어부들은 술냄새를 훅훅 풍기며 바위섬쯤이야 눈 감고도 찾아갈 수 있다는 생각을 하고 있었다. 철이 들면서부터 바다에서 살아온 그들은 바위섬 뿐이 아니라, 그 너머의 바다까지도 샅샅이 길이 밝아서 어디에는 암초가 있고 어느 쪽은 물살이 빠르고 어떤 어장까지 가는데는 한나절, 어떤 어장까지 가는데는 반나절하고도 한참 동안이 걸린다는 것도 손바닥 뒤집듯 알고 있었다.

훤히 알고 있기는 했으나 캄캄한 밤에 으르렁대는 바다를 헤치고 항해하는 길은 물론 위험한 일이었다. 특히 섬에 가까워질수록 암초가 많다.

"위험하지 않을까 모르겠구만."

기관을 작동시키는 어부가 동료들을 보면서 고개를 저었다. 그러나 이번에는 모두들 정의와 사명감을 앞세워서 겁먹은 그를 윽박지르지는 않았다. 배가 통통통 엔진 소리를 내며 이리 기우뚱 저리 기우뚱했다.

"살살 조심해서 몰아요. 괜히 물귀신 되지 말고. 그나저나 배 도둑놈이 돼 버렸구만. 흐흐."

어부들은 시간이 흐를수록 그들이 지금 하고 있는 짓이 어줍잖다는 생각이 조금씩 드는 것을 어쩔 수가 없었다. 시간이 흐를수록, 술이 깰수록 그런 생각이, 처음에는 눈곱만큼 들다가 점점 커져서 바위섬이 어둠 속에서 희끄무레하게 모습을 드러낼 때는 가슴을 꽉 조여오는 것이었다. 청년은 배의 속도가 느려지자 조급한 듯이 시계를 자꾸 보았다. 일곱 시가 다 돼 가고 있었다.

"바위섬이 중앙 상부에까지도 꽤 널리 알려진 모양이구만."

김 씨가 헛기침을 하며 청년에게 말했다. 청년은 잠바 안주머니에서 조그만 손전등을 꺼내들고 허공에다 동그라미를 그리듯 한바퀴 크게 휘저었다.

"그럼요. 바위섬을 모르는 놈은 병신새끼지요."

청년은 선술집에서처럼 침을 탁 뱉으며 욕을 하듯 말했다.

"병신새끼라니?"

김 씨가 턱수염을 쓰다듬고 나서 의아한 듯 묻자 청년은 또 바다로 침을 탁 뱉더니 어깨를 으쓱했다. 마스트에서 바닷새가 끼룩끼룩 울었다.

"이제 앞으로는 바위섬을 모두들 잘 알게 될 게요. 지금이야 높은 사람들 말고야 누가 압니까?"

그는 잠시 사이를 두고나서 어부들을 쭉 훑어 보았다, 그리고나서 가라앉은 목소리로 말을 이었다.

"암튼, 아저씨들 참 고맙습니다요. 이 은혜는 결코 잊지 않겠습니다요. 아저씨들이 아니었더라면 나는 모가지가 열 개라도 제 명에 죽지 못했을 것입니다."

"아니, 중앙 상부 무슨 기관에서 나왔길래 그렇게 규율이 엄하우?"

어부 하나가 깜짝 놀라서, 마치 청년의 목이 뎅겅 떨어지는 것을 얼른 받아서 다시 냉큼 제자리에 얹어놓기라도 하려는 듯 말했다.

"그럼요. 요즘 모든 게 아주 무시무시해요. 뭐, 삐까닥하면 제까닥이랍니다요."

"암, 그렇겠구만."

바위섬 선착장에 배가 닿은 것은 조금 뒤였다. 바람이 세게 불어서 눈송이들이 얼굴에 차갑게 달라붙었다. 어부들은 고개를 돌려 항구쪽으로 바라보았다. 가물가물한 불빛 한 두개가 희미하게 보였다. 염 선장은 발을 동동 구르고 있을 것이었다. 그러나 어부들은 그다지 걱정하지 않았다. 시간을 다투는 문제 때문에 한 짓이니까 이해를 해 줄 것이다. 의리에 살고 죽는 토박이 뱃놈이 아니냔 말이다.

청년이 먼저 뱃전으로 나와서 손전등을 들고 이번에는 두 바퀴를 크게 돌렸다. 마스트에 앉은 바닷새가 또 울었다.

"그게 무슨 신호요?"

"암요. 이런 신호를 미리 정해 놓고 일을 해야지, 안 그랬다가는 큰 일 나지요."

어부들은 무슨 말인지 얼른 알아들을 수가 없었다. 바위섬은 모든 게 어둠에 잠들어 있었다.

"이거 왜 이리 조용해? 인부들이 모두 굶어 죽은 것 아니야?"

김 씨가 이렇게 말하며 뱃전을 뛰어내리려고 하자, 청년이 완강하게 팔을 잡아채었다. 그 바람에 김 씨는 갑판에 나동그라졌다.

"무슨 짓이오?"

어부들이 이렇게 말하는 것과 때를 같이 해서, 뭍에서 짐승같은 사내들이 우르르 달려와서 배로 올라왔다. 그 사내들은 삽시간에 어부들을 한쪽 구석으로 개 몰듯 해서 몰아세웠다. 바닷소리만 요란하고 얼굴을 때리는 차가운 눈송이만 부산했다.

"못 올 줄 알았는데, 역시 넌 딱부리답다."

"헤헤, 형님. 제가 그래도 왕년에는 목포 앞바다에서 설치던 놈이라요."

"저 놈은 누구여? 선장인가?"

"아뇨. 선장놈이 미쳤다고 이 밤중에 여길 와요? 아주 착한 뱃놈들이라요."

"흐흐. 너는 역시 딱부리야. 겨울이라서, 간척공사도 중단된 바위섬에 어떤 새끼가 오겠어?"

"형님. 물건은 다 도착했겠지요?"

"물론. 이번에는 아주 봉을 잡았다. 겨울 한철 바위섬을 근거지로 해서 쥐도 새도 모르게 와지끈 벌고, 토끼는 거다."

그들 두 명이 말을 주고 받는 사이에 다른 사내들은 20여 개 남짓해 보이는 궤짝을 배에 실었다.

"청년이 바로 밀수꾼인가? 에익, 더러운 놈. 젊은 놈이 무슨 할 짓이 없어서!"

갑판 한 구석에 처박힌 어부들이 이를 뿌드득 갈면서 욕을 했다. 욕을 하면서 그들은 하늘을 원망하려고 쳐다 보았다. 그러나 캄캄하고 끝없는 어둠에 가려서 하늘이 보이지 않았다. 망망대해에서 기관고장이 일어나서 표류를 할 때 쳐다보며, 원망하고 기구하던 하늘이 어둠에 가려서 보이지 않았다. 그제서야 그들은 서로의 얼굴을 쳐다보았다. 사람의 얼굴, 평생을 같이 살아오며 마누라만 바꾸지 않고, 모든 것을 다 네것 내것 없이 살아온 얼굴이 아니었다. 개떡 같은 얼굴, 살아서 숨 쉬는 지혜로운 얼굴이 아니라, 데드 마스크를 대하는 듯한 기분이 들어서 서로 눈길을 돌렸다.

궤짝을 다 싣자 배는 다시 선착장을 벗어나기 시작했다. 놈들 가운데 기관사가 따로 있는지, 배는 재빠른 동작으로 뒷걸음을 치다가 선수를 돌리고 항구쪽으로 머리를 돌렸다. 눈은 여전히 쏟아져 내렸고 바람도 기승을 떨며 갑판 구석에 쭈그리고 앉은 어부들의 헐렁헐렁한 가슴과 사타구니를 헤집어댔다.

빈 속에 마신 소주 때문일까, 산전수전 다 겪었다고 자부하던 어부들이 청년의 말에 감쪽 같이 속은 것은 아무래도 이상한 일이었다. 그들은 질척거리는 갑판에 털썩 주저앉아 배가 흔들릴 때마다 서로의 어깨가 부딪쳤다. 한숨을 토해서 서로의 얼굴에다 후후 부었다.

하긴 아침부터 잔뜩 찌푸린 하늘부터가 고약했다. 북풍을 몰아오던 하늘이 눈발이 서서 아래로 아래로 내려 앉아 비린내 나는 부둣가를 삽시간에 뒤덮을 때부터 그들은 뭣에 짓눌렸다는 기분이 들었고 그래서 마누라 엉덩이 대신 선술집을 찾았는지도 몰랐다. 무엇한테 짓눌렸다는 말인가. 평생을 바다에서 정직하게 일해도 자식 놈 하나 버젓하게 기를 수 있는 것도 아니고 마누라 호강시킬 수 있는 것도 아니었다. 그저 조상대대로 물려받은 낡은 어선만을 가지고 깊이도 끝도 없는 망망대해로 나가는 그들이었다. 그렇다고 그들이 돈을 원수로 안다든가 남이 잘 사는 것을 보고 이를 빠드득 가는 것도 아니었다. 그들은 오히려 뱃놈으로서의 긍지같은 것도 지니고 있었다. 가슴이 답답할 때, 마누라와 돈 문제로 한바탕 싸움을 하고 나서도 이튿날 훤하게 탁 트인 바다로 고깃배를 몰고 나가면 모든 째째하고 짓눌린 기분이 모두 풀려 나갔다. 태풍에 휘말려 표류를 하다가 구사일생으로 목숨을 부지해서 돌아온 뒤에도, 날씨만 걷히면 곧바로 부서진 어구를 손질하여 바다로 나가는 것도 그 때문인지도 몰랐다.

"시간을 다투는 옳은 일을 도와주려다가 결국은 우리조차도 엉망이 돼 버렸네그려."

김 씨가 낮은 목소리로 말했다. 바다밑에 가라앉은 선박에 웅크리고 앉은 것처럼 잠바 차림의 청년에게 더 이상 욕을 해댈 힘도 나지 않았다.

다만 그들 자신들만이 스스로 부끄러울 뿐이었다.

"누가 아니래나. 배 도둑놈에다가 밀수꾼 앞잡이를 했으니, 콩밥도 단단히 먹게 될 걸세."

"평생 처음으로, 당당하게 정의를 부르짖고 나쁜 놈을 족쳐 보겠다던 우리가 잘못이네. 저 청년이 말한 임금횡령이니 뭐니 하는 말에 그만 우리가 철부지처럼 날뛰었네."

"부끄럽네그랴."

어부들은 서로의 데드 마스크를 쳐다보다가 얼굴을 돌리고 한숨을 푹 내 쉬었다. 배는 곧바로 항구 쪽으로 가는 것이 아니었다. 왼편 수산물 시장 쪽으로 방향을 잡고 천천히 다가가고 있었다. 눈에 휩싸인 항구는 불빛 한 점 보이지 않았다. 배도 기관을 끄고 가는지 물살 가르는 소리만 들릴 뿐이었다.

잠시 후에 기관실에서 청년이 올라왔다. 뒤따라 사내들이 가

죽장갑을 끼고 올라오더니 어부들 앞에 버티어 섰다. 눈송이가 차갑게 얼굴에 달라붙었다.

"빨리 손 써!"

두목인 듯한 사내가 한마디 하자 그들은 어부들을 가볍게 들어올려 바다로 내던졌다. 으르렁거리는 파도가 아가리를 벌리고, 바닷새처럼 몇 번 힘없이 허우적대는 어부들을 한꺼번에 삼켰다.

눈은 계속해서 강렬한 속도로 퍼부었다. 하늘과 바다만을 믿고 살아온 어부들을 삼킨 겨울 밤 바다는 탐욕스럽고도 의연했다. 배가 어두운 해안 쪽으로 도둑고양이처럼 살금살금 기어가자, 놈들은 어깨에 내려덮인 흰 눈을 털면서, 목포와 광주 두패로 나누어서 물건을 운반할 계획을 면밀하게 짜는 것이었다.

"그 어부놈들 착한 사람인 것만은 분명해."

딱부리라고 불리운 청년이 입맛을 쩝쩝 다시면서 한마디 했다.

"니기미, 왕년에 착한 놈 아닌 사람 어디 있어?"

두목이 싱겁다는 듯 대꾸했다.

"형님. 웬만한 놈들 같으면 살려 달라고 애걸복걸할 텐데, 바다로 내던져도 입 한번 열지 않는 것 보슈. 암튼 착하면서도 지독한 놈들이오."

"딱부리 말이 맞소. 뱃놈치고는 아주 의연합디다."

"니기미, 그게 우리하고 무슨 상관이야? 너희들도 잔소리 말고 한 밑천 두둑히 벌어서 타처로 토낀 다음에 태연하고, 의연하게, 아쭈, 정의도 부르짖으며, 살면 될 것 아냐?"

두목이 침을 탁 뱉으며 말했다. 당당하게 말하고 나서 그는 눈이 쏟아지는 하늘을 쳐다보면서 또 욕을 해 댔다.

바닷새가 끼룩끼룩 울면서 놈들의 머리 위를 한 바퀴 돌다가 푸득거리며 마스트에 다시 앉았다. 놈들이 쿵쿵거리며 궤짝을 운반하느라고 배가 기우뚱기우뚱 흔들려도, 바닷새는 꼼짝도 않고 놈들을 내려다 보고 있었다.

(월간중앙, 1977)

흙덩이와 금불상

계곡의 물소리에 잠이 깨었다. 잠시 동안 나는 일어날 생각을 안 하고 가만히 물소리에 귀를 기울였다. 한지로 바른 창문이 부유스름하게 보였다. 물소리가 너무 가까이에서 차갑게 들려, 방문에 부딪치는 가을벌레들의 팅팅 소리를 물방울 소리로 착각할 뻔했다. 물소리 중간중간에 섞여서 새벽잠을 깬 산새의 울음소리가 들려오고 법당 쪽에서는 목탁 소리도 들려왔다. 가을 산사의 새벽에 들리는 이 모든 소리들에 나는 취하여 가슴이 조금씩 설레기까지 하는 것이었다.

"후회해요?"

혜미가 돌아누우며 조용히 말해 왔다. 나는 그 말에 대꾸는 않고 손을 뻗어 밖을 가리켰다.

"물소리가 참 아름답군."

혜미가 내 말을 듣고 생그레 웃었다. 한 팔로 내 어깨를 조용하게 감쌌다. 그녀의 몸에서도 가을 산의 향기가 풍겼다.

혜미와 나는 정말 엉터리였다. 학교를 졸업한 지도 2년씩이나 지나 어엿한 신사 숙녀인데도 갑자기 가을 산사행을 결행하고 만 것이었다. 처음 계획은 남도에서 가장 유서 깊은 가등사로 가서 가을 산 경치를 관광하려는 것이었다. 그러던 것이 엉뚱하게도 가등사의 말사인 조그만 청단사로 와서 벌써 이틀째 묵고 있는 것이다. 아무도 찾아오지 않는 이름 없는 절이었다. 엊그제 저녁때 우리가 처음 찾아왔을 때 스님들이 눈을 둥그렇게 뜬 것도 다 그럴 만한 까닭이 있었다. 일 년 열두 달 아무도 찾아오지 않는 보잘것없는 절에 도시 냄새를 훅훅 풍기며 우리가 찾아갔으니.

"글쎄, 너무 협소하고 누추하여……"

우리가 묵고 가기를 청했을 때 곱게 늙은 스님이 손을 비비며 민망해했다. 절은 쇠락할 대로 쇠락하여 단청도 다 벗겨지고 마당에는 잡초가 무성했다.

사리탑이나 석탑 같은 것도 하나도 없었고 더구나 불당에 모셔 놓은 불상도 퉁퉁하게 살찐 우람한 부처님이 아니라 빼빼 마른 영양실조의 부처님이어서 공연히 가슴이 아팠다. 형벌을 받은 저주스러운 절 같았지만, 어둠이 내리덮이고 있었으므로 다시 발을 돌려 나올 수도 없었다.

"간디 같이 생겼죠?"

혜미가 배시시 웃으며 내 옆구리를 쿡 찔렀다. 정말 그 부처님은 마하트마 간디처럼 바싹 마른 모습이었다. 불상을 주조할 때 구리를 넉넉히 쓰지 않았기 때문일까. 초라한 법당에 앉아 있는 볼품없는 부처님은 나의 마음을 이상스레 들쑤시어 공연히 청단사로 왔다는 후회가 일기 시작했다. 관광버스가 가등사로 접어드는 지선에서 고장만 나지 않았더라면 우리는 국립공원인 가등사로 가서 꽤 그럴싸한 관광 여관에 묵으면서 일정에 따라 안온하게 3박 4일의 여행을 즐길 수 있었을 것이다. 버스가 고장이 나서 관광객들이 모두 내려 잠시 휴식을 취하고 있을 때 혜미와 나는 풀섶에 난 오솔길 입구에 있는 작은 팻말을 보게 되었다. 그 팻말이 바로 청단사로 들어서는 길목 표시였다.

혜미와 내가 오솔길을 따라 숲속을 한참 들어섰을 때 휴대용 확성기 소리가 우리 뒤에서 들려왔다. 관광버스 안내원이 우리를 찾는 소리였지만 아랑곳하지 않고 계속 걸어갔다. 일행에서 빵소니를 치는 것은 재미있었다. 일정대로 딱딱 맞는 여행보다는 이렇게 변칙적으로 탈선을 하는 것도 제법 재미있는 일이었다. 식사는 몇 시, 관광은 몇 시, 자유 시간은 얼마 동안…… 어쩌구저쩌구 하면서 호루라기를 훅훅 불며, 꼭 유치원생도 부리듯 하는 관광 회사 안내원이, 일행 중 두 명이 순식간에 행방불명이 되어 안절부절못할 것을 생각하니 더 재미있었다.

그러나 이런 장난기 섞인 재미 때문에 우리가 엉뚱하게 청단사 오솔길로 잠적한 것만은 아닐 것이었다. 혜미에게나 나에게나 막다른 꿍꿍이속이 있기 때문이었다. 서울을 떠날 때부터도 그랬다. 젊은 남녀가 관광 회사의 3박 4일 여행에 끼어 집을 떠난다는 것부터 이상한 일이었는데 우리는 아무 거리낌 없이 그런 엉뚱한 일을 저질렀다.

학교를 졸업한 다음부터 혜미와 나 사이에 결혼 이야기가 오가기는 했어도 구체적으로 정해진 일은 하나도 없었고 오히려 요즘에 와서는 서로 사이가 뜨악해진 상태였다. 집안에서 반대를 한다거나 새로운 애인이 생겼다거나 상대방에게 실망을 해서가 아니라 별다른 까닭도 없이 뜨악해진 것이다. 사회의 여러 가지 일에 맥이 풀리다 보니 자신들의 일에까지 맥이 풀려 소극적이 돼버린 모양이었다. 한쪽에서 만나자고 연락을 하면 만나기는 만나지만 별로 할 이야기도 없고 신나는 것도 없었다. 이렇게 가다가는 혜미와 내가 서로 아주 헤어져 버리게 될 것 같았지만 그것도 할 수 없는 일이라는 막연한 생각 밖에는 없었다. 혜미와 헤어지는 것이 속 시원할 것은 없지만 그렇다고 원통하거나 억울할 것도 없었다.

"재미없다."

내가 이렇게 말하면 혜미도 아무 말 없이 고개를 끄덕였다.

"정말 너무너무 재미가 없어요. 다른 사람들도 우리처럼 이렇게 재미가 없을까?"

이런 식으로 혜미와 나는 황홀한 가을을 맞았다. 자기 아버지 회사에 나가서 용돈을 버는 혜미는 그래도 나보다는 재미가 있을 것이라고 생각했었는데 그렇지도 않은 모양이었다. 나는 정말 재미가 없었다. 학교 졸업 후에 군입대를 원했지만 그것조차 뜻대로 되지 않았다. 신체검사 결과가 고혈압이라는 것이었는데 정말로 고혈압인지 군의관으로 있는 외사촌이 일부러 그렇게 만들었는지는 모르나 아무튼 나는 입대마저 거부당했다. 너는 3년을 벌었지 뭐냐. 집안 어른들이 이렇게 말했을 때도 나는 암담하기조차 했다. 군대를 안 가고 있는 3년 동안에 내가 무슨 일을 해야 된단 말인가. 나에게는 이를 악물고 해야 할 일이 도무지 없었다.

무역회사 입사 시험을 치르고 합격이 됐지만 물론 성적이 뛰어난 것이 아니어서 평범한 부서의 말단에 자리 잡게 되었다. 나는 평소에도 나 자신을 잘 이해하고 있는 편이었다. 나는 잘나지 않았다. 학교에 다닐 때도 성적은 언제나 중간 정도였고 우수한 친구들이 사회의 모순에 분개하고, 출세를 위하여 치밀한 계획을 세울 때도 나는 늘 그런 일에는 아무런 관심도 없었다. 회사에 다니면서도 마찬가지였다. 중동지사에 나가려고 아랍어를 배운다 영어를 배운다 하며 이리 뛰고 저리 뛸 때도 나는 늘 방관자의 위치에 머물렀고 그게 좋았으며 바로 이것이 나의 천성이었다. 혜미와의 사이도 마찬가지였다. 서로 헤어지지 못 하겠으면 약혼이라도 해 놓는다거나 해야 옳겠지만 도무지 그런 박력 있고 깡기있는 일들이 귀찮고 싱거워지는 것이었다. 무슨 큰일을 도모하고 결행한다는 게, 평범한 나에게는 힘겹고 어줍잖은 일이었다.

내가 혜미와 관광 여행을 떠나기로 한 것이 몇 년 동안 내가 한 일 가운데서 가장 박력 있고 깡기있는 일인 셈이었다. 그날 찻집에서 혜미와 나는 지루하고 싱겁게 서로를 쳐다보며 앉아 있었다. 다정한 애인끼리 아옹다옹 눈싸움이라도 하는 줄 알았는지 다방 아가씨가 조간신문을 가져다주었다. 나는 그 신문을 읽다가 불쑥 혜미에게 말했던 것이다.

"가등사 가 봤어?"

"왜?"

"가 봤느냐고?"

"남도에 있는 절 아네요?"

혜미의 말투는 늘 이랬다. 나는 신문을 들고 전화박스로 가면서 호기 있게 말했다.

"3박 4일에 회비가 2만 원이야. 지금 당장 떠나자구. 내가 관광회사에 전화할 테니까!"

우리는 한 시간 후에 가등사행 관광버스를 타고 울긋불긋 이상야릇한 차림을 한 남녀들과 어울려 가을 관광길에 나서고 있었다. 버스 안은 서양 영화에서나 봄직한 여유 있고 행복한 분위기로 철철 넘쳐나고 있었다. 모두들 연휴를 이용하여 남도로 여행을 떠날 수 있는 여유와 행복을 은근히 자랑하고 있는 눈치였다.

"웬일이에요?"

차창 밖은 온통 가을 나무숲이 불타고 있었다. 독한 단풍 향기가 버스 안에까지 가득가득 밀려들어 와서 꽃가루처럼 여행객의 얼굴을 붉게 물들이고 있었다.

"연휴를 이용해 그냥 여행하는 거지, 웬일은 무슨 웬일이야."

나는 혜미의 조그만 옆얼굴을 가까이 보면서 시답잖게 말했다.

"무슨 꿍꿍이속이 있죠?"

"꿍꿍이라니? 똑똑한 사람한테나 그런 꿍꿍이가 있는 법이지, 나처럼 시시한 놈에게 무슨 소리야?"

나는 별다른 음모도 꾸민 게 없었다. 다만 이번의 돌발적인 여행이 혜미와 나의 마지막 만남이 되리라는 예감이 있을 뿐이었다. 혜미도 그런 생각을 하고 있음이 분명했다. 이번 여행을 통하여 우리가 서로 헤어질 수 없다는 것을 확인하게 된다면 얼마나 행복하랴. 둘을 영원히 묶어 놓을 만한 사건이 벌어진다면 얼마나 마음 편하고 흐뭇한 일이랴. 그러나 우리는 서로 잘 알고 있었다. 타인이 보기에는 약혼자처럼 또는 신혼부부처럼 손을 맞잡고 즐겁게 웃으며 밤마다 한방에서 자는 사이지만, 서울로 돌아갈 때까지 아무 일도 벌어지지 않는다는 것을 우리는 관광버스가 출발할 때부터 잘 알고 있었을 것이었다. 여행지에서, 넘으면 안 되는 금을 슬쩍 넘는다는 것은 나같이 시시하고 평범한 놈에게는 힘이 벅찰 정도로 멋있는 일이다. 나는 그런 일을 도저히 할 수 없다. 우리가 청단사 오솔길로 접어든 것도 서로를 막다른 골목으로 몰아간다는 생각에서였을 것이었다. 헤어질 수밖에 없는 막다른 골목으로 서로를 밀어붙이리라는 생각은 시시한 나에게 있어서 꽤나 훌륭한 발상이었지만 이것이 곧 그 반대의 결과도 될지 몰랐다. 헤어지면 안 된다는 명제를 확인하는 방법도 될 테니까.

"목탁 소리가 왜 저리 힘이 없죠?"

계곡의 차가운 물소리 사이로 건너오는 목탁 소리를 들으며 혜미가 속삭였다. 손으로는 내 어깨를 살며시 감싼 채 그녀는 투정부리듯 말하고 있었다. 나는 돌아누우며 혜미의 흰 손을 잡았다. 밖이 채 밝지 않아서 그녀의 얼굴빛이 보랏빛으로 보였다. 방에서는 흙냄새가 풍겼지만 그것조차 향기로웠다. 두 사람이 누우면 어깨가 서로 닿게 되는 조그만 방이었다.

"이 절은 꼭 우리를 닮았다. 부처님도 힘이 하나도 없고 목탁 소리도 그렇고 말야."

내가 이렇게 말하고 머리맡에 있는 담배를 찾아 피워 물었다. 계곡의 물소리가 어찌나 차갑게 들리는지 이가 시릴 정도였다. 혜미도 담배를 찾아 피워 물었다. 학교 다닐 때, 으슥한 학교 뒷산에 숨어서 풋사랑을 속삭이는 동안에 내가 가르쳐 준 담배였는데 졸업 후에는 담배 피우는 것을 본 적이 없었다. 나는 혜미가 담배 연기를 들이키는 모습을 보고, 그녀가 내가 안 보는 곳에서 흡연을 계속해 왔다는 것을 알 수 있었다. 아주 능숙하게 혜미는 담배 연기를 푸우 내뿜었다.

"무슨 계획 없어요?"

나는 대답은 않고 담배를 끄고 자리에서 일어났다.

"우리 앞날에 대한 어떤 계획 같은 것 없느냐니깐!"

"글쎄……"

나는 말을 얼버무렸지만 혜미가 하고 싶은 말을 알 수 있었다. 그렇다. 혜미는 이번 여행에 대하여 어떤 기대를 가지고 있었을 것이었다. 외딴 절에 와서 한방에서 자는 동안에 벌어질 일을 기대하고, 거기에 모든 것을 맡겨 버리겠다는 각오도 돼 있을 것이었다.

"그런 계획을 지금 어떻게 세워? 또 세워 본들 무슨 소용이야?"

"엉터리."

나는 혜미에게 열등감과 패배감을 느꼈으나, 밖에서 들려오는 계곡의 물소리에만 의식적으로 청각을 집중하고 있었다.

"나는 더 자겠어요."

내가 새벽에 문을 열고 밖으로 나올 때 혜미가 말했다. 밖으로 나오자 한꺼번에 상쾌한 공기가 코로 밀려 들어와서 숨이 막힐 것 같았다. 법당 왼쪽에 있는 돌로 쌓아올린 뒷간에서 스님이 나오며 바지춤을 올리고 있었다. 뜨락 앞에 무성히 자란 동백나무 숲에서 이슬이 후두둑 떨어져 내렸다. 나는 돌계단을 내려가서 숲을 헤치고 계곡으로 내려갔다. 안개가 채 걷히지 않은 계곡은 가까이 갈수록 물소리가 더 요란하고 단풍 향기가 독해졌다. 찬물에 세수를 하고 있는데 뒤에서 갑자기 말소리가 들렸다.

"계곡이 참 곱지요?"

조금 전에 뒷간에서 나오던 스님이었다. 얼굴은 까무잡잡하고 깡말랐는데 목소리는 의외로 윤기가 흘렀다. 나는 손에 묻은 물방울을 털며 바윗돌에 걸터앉았다.

"예, 경치가 아주 그만입니다. 너무 황홀해서 숨이 막힐 것 같군요. 인적이 없어서 그런지 사방이 정숙하고 신성해 보여요."

내가 좀 과장을 한 것일까. 스님의 눈이 둥그렇게 되었다. 잠시 후에 스님이 웃으면서 계곡의 물에 손을 담갔다.

"밖의 풍경은 안의 풍경의 비침이라 했지요. 그건 선생의 속마음이 정결하고 황홀함으로 해서 생기는 것이지요. 아무리 좋은 경치라도 그것을 보는 사람의 마음이 흐려 있으면 흐리게 보이는 법이죠."

스님은 손을 씻으며 계곡의 상류 쪽을 바라보았다. 나는 스님의 말을 듣는 순간 깜짝 놀라 그의 얼굴을 찬찬하게 살펴보고 있었다. 영양실조인 듯한 볼품없는 얼굴이 이상하게도 나를 압도해 오는 것이었다. 주위가 점점 밝아지자 계곡의 가을은 온몸을 드러내고 내 앞에 다가서기 시작했다. 산새들이 수직으로 날아오르다가는 툭 떨어져 내리듯이 숲속으로 숨었다.

"절이 아주 조그맣고 조용하군요."

"예. 이 청단사는 지난해까지만 해도 몇 년 동안 폐쇄돼 있었지요. 워낙 첩첩산중이고 신도들도 없고 해서…… 그러다가

지난봄에 가등사 본사에서 소승이 나왔습니다. 요즘은 사찰도 신도가 붐벼야 흥하고 그렇지 못하면 쇠하는 것인가 봅니다."

우리가 청단사에 와서 이틀 묵는 동안에 본 사람은 모두 셋이었다. 지금 내 앞에 있는 늙은 스님이 주지승인 듯하고 나머지 둘은 허드렛일이나 하는 스님인 모양이었다. 밥을 짓고 땔나무를 하고 마당을 청소하는 그런 일을 맡은 스님들도 나이는 꽤 들어 보였지만, 모두들 바싹 마르고 힘없어 보였다. 관광지가 돼 버린 큰 절에 가서 만나는 우람한 체격의 의젓한 스님들과는 아주 대조적이었다.

"그래서 법당에 모신 부처님도 아주 볼품이 없군요."

나는 문득 간디처럼 생긴 불상의 모습이 떠올랐다. 내 말을 듣자 스님은 벌떡 일어서며 나를 똑바로 쳐다보았다.

"금불상 말입니까? 부처님을 외양으로 볼품을 따지면 안 됩니다. 법당에 모신 부처님은 귀중한 금불상이랍니다."

"금불상이라니요? 그렇게 꾀죄죄한 것이 금불상이라구요?"

"나무관세음보살."

스님과 헤어져서 나는 절 주위를 한 바퀴 돌았다. 이슬이 종아리까지 흠뻑 적셨다. 산에서 해가 떠오르기 시작했다. 조금 전의 스님과의 대화가 자꾸 부끄러워졌다. 다시 잠들고 있을 혜미에게도 부끄러웠다. 나는 혜미와의 장래에 관해서도, 아무런 계획도 없는 볼품없는 놈이었다. 종아리에 묻은 이슬을 털며 내가 다시 방으로 들어섰을 때 혜미는 잠옷의 단추도 모두

풀어헤친 채 거의 나체로 누워 잠자고 있었다. 나에게는 아무런 계획도 없었다.

혜미와 내가 다시는 헤어질 수 없도록 그녀의 모든 것을 소유할 수 있다면. 그러나 나는 그럴 수가 없었다. 사실 혜미의 몸을 훔치려고 마음만 먹었다면 벌써 몇 년 전에도 가능했을지 모른다. 대학 시절 동해안으로 캠핑 갔을 때, 크리스마스 전날 밤에 밤샘하며 춤출 때……, 이럴 때도 그 모든 것이 가능했지만 나는 그러지 못했다. 안 한 것이 아니라 나는 할 수가 없었던 것이다. 친구 녀석들이 여대생을 포도알 따먹듯 해치운 이야기를 자랑삼아 늘어놓는 것을 들으면서 나는 늘 그들은 나와는 다른 영웅들이라고 생각하고 있었다.

혜미의 나체는 아름다웠다. 신선한 가을 아침의 향기 속에서 나를 압박해 왔지만 나는 이러지도 저러지도 못한 채 엉거주춤한 꼴로 잠시 동안 서 있을 수밖에 없었다. 혜미가 나를 의식적으로 유혹하고 있음이 분명했지만 그 유혹에 빨려들 만큼 나는 용감할 수가 없었다. 지금까지 몇 년 동안 혜미와 만나는 동안에 이성에 대한 욕정이 생길 때마다 나는 술집 여자를 사서, 혜미와의 사이를 건조하게 만들고 있었다. 혜미를 끔찍하게 사랑하기 때문일까. 사랑하기 때문에 차마 범하지 못하는 것일까. 그것이 아니었다. 대답은 간단했다. 나에게는 정신과 육체를 결부시킬 만한 용기가 없는 것이었다. 오로지 육체적인 욕망만이라면 술집 여자를 상대하듯 해치울 수도 있으련만, 혜미와의 사이엔 정신이라는 거미줄이 쳐져 있는 것이다. 내가 만일 혜미와의 육체적 교섭을 갖는다면 그것은 거미줄에 돌멩이를 올려놓는 것과 같이 무모한 일일 것이었다. 그렇다고 그녀와 나 사이에 몇 년을 두고 존재하는 정신의 거미줄만 쳐다보는 것도 나는 더 이상 참을 수가 없었다. 좁고 쇠락한 방이었지만 아침 햇살이 밀려들자 진한 생동감을 지니고 아름답게 보였다.

갑자기 혜미가 울기 시작했다. 아름다운 흰 살이 일렁이고 있었다. 나는 잠시 망설였다. 그리고 내가 막다른 골목에 와 있다는 것을 느꼈다. 나는 앉았다. 혜미의 향기 나는 어깨를 쓸어안았다. 밖에서 계곡의 물소리가 차갑게 들려왔다.

"간디처럼 생긴 부처님 말이야. 글쎄 그게 금불상이래."

나는 엉뚱한 말을 했다. 일렁이던 혜미의 어깨가 조용해지더니 잠시 뒤에 얼굴을 돌렸다. 그녀의 얼굴은 아름답고 평화로웠다. 생그레 웃으며 옷을 챙겨 입었다.

"그렇게 소중한 불상을 이런 절에 모시다니 이상하네요."

혜미의 말은 열등감과 패배감의 막다른 골목에서 나를 구원해 주었다. 나는 다시 가벼운 마음이 되어 혜미의 손을 붙잡고 뜰 아래로 내려섰다.

"금불상을 보러 갈까요?"

혜미는 즐거운 듯이 말했다. 우리는 법당 앞으로 갔다. 단청의 칠이 다 벗겨져서 쇠락한 법당에서는 습기 찬 나무냄새가 심하게 났다. 기둥이 썩는 냄새였다. 우리는 법당에서 들리는 목탁 소리를 따라 돌계단을 올라갔다. 스님이 불상 앞에서 목탁을 두드리고 있었다. 금불상은 너무 작고 초라하여 채광이 안 된 법당에서 잘 보이지도 않을 지경이었다. 나는 눈을 비비며 금불상을 찾았다. 금불상은 너무도 볼품없는 모습을 하고 눈을 감고 있었다. 벌써 아침 해가 떠오른 것도 모르고 아직도 잠자고 있었다. 큰 절에 가서 만나는 우람하고 금빛 찬란한 불상과 비교할 때, 땅에서 갓 발굴해 낸 녹슨 골동품처럼 금불상은 아무런 광채도 없었다.

"한번 만져보고 싶어요."

혜미가 내 옆구리를 툭 건드리며 웃었다.

우리는 그날 하루를 청단사 주위에서 활활 타오르는 가을과 함께 뒹굴며 보냈다. 청단사의 내력과 금불상의 이야기를 더 듣고 싶어 스님과 접촉해 보려고 했지만 실패했다. 우리를 고의적으로 피해 다니는 것은 아니겠지만, 무슨 말을 물어도 그저 빙그레 웃을 뿐 통 말이 없었다. 절의 내력이란 흔히, 신라 때로 거슬러 올라가서 무슨 법사 무슨 조사가 창건하여 그 후 병란에 몇 번 소실되었다가 다시 복원되었고, 절에 있는 나무 한 그루 돌 하나 모두 고매한 법사들의 사연이 담긴 그런 것일 테니까 그리 궁금할 것도 없었지만, 금불상은 나의 궁금증을 자꾸 자극했다.

아침에 계곡에서 만났던 늙은 스님을 또 만나면 금불상에 대한 것을 좀 더 자세히 물어보리라 마음먹었지만, 그 스님은 아침 공양이 끝나자 곧바로 출타하고 없었다.

하루를 가을 단풍과 보내는 동안 청단사 금불상이 혜미와 나 사이에서 차츰 어떤 의미를 띠어가고 있음을 느끼게 되었다. 혜미가 금불상을 만져보고 싶다고 했을 때부터 이러한 생각은 더욱 확실감을 지니고 내 앞에 나타나는 것이었다. 우리는 종일 우리들의 미래에 대하여 아무 말도 하지 않았다. 무슨 말을 할 수 있는 것도 아니었다. 이번이 마지막 만남이라는 생각만 들 뿐 다른 생각은 해낼 수가 없었다.

저녁나절이 되도록 절은 조용했다. 흩어지는 가을 단풍잎을 따라 산새들이 지저귀고 풀벌레들이 울 뿐 사방은 조용했다. 물소리와 우리 둘이 절을 지키고 있는 셈이었다. 승방 쪽에서 한낮까지도 독경하는 소리가 웅얼웅얼 들렸지만 저녁나절이 되자 조용해졌다. 혜미와 내가 금불상을 모셔 놓은 법당 안으로 들어간 것은 땅거미가 질 무렵이었다.

"이상하게 생겼지요? 보통 불상하고는 다른 데가 있어요."

혜미가 금불상을 만지며 낮은 목소리로 말했다. 나도 고개를 끄덕였다. 법당 안에서는 나무 썩는 냄새가 독하게 났다.

"참 이상하군. 이렇게 귀중한 금불상을 아무렇게나 버려두다니 말야. 누가 훔쳐 가면 어쩔라구."

나는 금불상에 뽀얗게 앉은 먼지를 닦았다. 먼지를 닦자 누런 빛깔이 났지만 광채가 번뜩이는 것은 아니었다. 내 말을 듣더니 혜미가 금불상을 집어 들었다. 그녀의 얼굴은 묘한 표정을 짓고 있었다. 우리 앞날에 대한 어떤 계획 같은 게 없느냐고 말할 때처럼 그녀는 스스로 막다른 골목으로 다가가고 있는 것 같았다. 나는 그녀의 손에서 금불상을 빼앗을 엄두도 못 내고 그냥 멀거니 지켜볼 수밖에 없었다.

"조심해. 떨어뜨리겠어."

나는 혜미에게 얼떨결에 주의를 주었다. 혜미는 내 말은 아랑곳하지 않고 생그레 웃었다. 저녁 어스름이어서 그렇겠지만 혜미의 얼굴이 검고 무섭게 보였다.

"금불상이 왜 이렇게 가볍죠?"

그녀는 말하면서 금불상을 툭 떨어뜨렸다. 바닥에 떨어진 금불상은 가슴이 뚝 잘려 두 동강이가 나버렸다. 눈앞이 캄캄했다. 나로서는 상상도 못할 일을 혜미가 저지른 것이었다. 어떻게 귀중한 금불상을 깨뜨릴 생각을 한 것일까.

"이것 봐요."

혜미가 당당한 목소리로 말했다. 나는 공연히 가슴이 두근거려서 대꾸를 할 수도, 혜미를 나무랄 수도 없이 서 있었다.

"흙덩이에요."

"뭐야?"

그것은 정말 흙덩이었다. 휘황찬란한 광채를 안으로 숨기고 있는 금불상이 아니라 흙으로 빚어서 거죽에 칠을 올린 불상이었다. 나는 머리가 찡하게 아팠다. 아픔이 사라지자 웃음이 나오기 시작했다. 너털웃음이 아니라 웃음이 침 흘리듯 나오는 것이었다. 우리는 깨어진 불상을 잘 맞추어 다시 제자리에 올려놓았다. 법당 밖으로 나왔을 때는 벌써 어둠이 절을 뒤덮고 있었다. 상쾌한 가을바람이 어둠의 틈을 가르며 불어왔다.

"내일 아침에 떠나십니까?"

우리가 법당 돌계단을 내려왔을 때 승방 쪽에서 목소리가 들려왔다. 마루 기둥에 달아 놓은 등에서 불빛이 흐릿하게 비치고 있었다.

"스님 돌아오셨군요. 낮에는 스님에게 여쭤볼 말이 있어서 찾았었지요."

나는 늙은 스님에게로 다가가며 말했다. 스님은 합장을 하며 나를 맞았다.

"저녁 공양은 드셨는지요? 워낙 우리 절에는 아무것도 없어서 대접을 잘 못했습니다. 그런데, 소승에게 물어볼 말씀이라니?"

혜미가 내 옆구리를 쿡 찔렀다.

"아니에요. 이제 됐어요."

"나무관세음보살."

우리는 그날 밤 계곡의 차가운 물소리에 귀가 젖으며 중대한 계획을 짰다. 서울에 올라가자마자 결혼식을 올리자는 어마어마한 것이었다. 어마어마한, 정말로 나에게 있어서는 어마어마한 일이었다. 나 혼자의 일도 계획을 못하고 늘 타인의 뒷전에 물러앉아 있었던 내가, 한 여자와의 일생을 그렇게 쉽게 계획할 수 있다니 스스로 생각해도 믿어지지 않는 이상한 일이었다.

"후회할지도 모르니 아예 그렇게 못을 박지는 말아요."

내가 결혼식 날짜까지를 못 박자 혜미가 말했다.

"아니야. 이젠 그럴 것 없다."

"어떻게 그래 용감해졌지요?"

혜미가 생그레 웃으며 말했다. 나도 그 까닭을 생각해 보았다. 계곡의 물소리가 차갑게 들렸다.

"나도 모르겠어. 다만, 혜미가 금불상을 깨뜨리는 것을 보고 느꼈어."

"그럼 나를 금불상처럼 깨부수어 보겠다는 거예요?"

"말하자면 그렇지. 나는 혜미를 사랑하지만 내 곁에 붙잡아 둘 수는 없다고 생각했었어. 왜 그랬는지 몰라. 그런데 이제는 자신이 있어. 말하자면 나는 영웅이 된 거야."

"영웅? 다른 사람들은 벌써 모두들 그런 영웅이 됐는데도요?"

"맞았어. 나도 바로 다른 사람들처럼 꼭같이 영웅이 된 거야."

혜미는 방문을 활짝 열면서 까르르 웃었다. 내 손을 잡으며 그녀는 속삭이듯 말했다.

"그건 영웅이 아니에요. 영웅이 그렇게 많으면 어떻게 되죠?"

나는 대답을 하는 대신에 그녀의 볼을 쓰다듬었다. 나는 깨달았다. 대학을 졸업한 지 2년이 되는 남자는 누구나 여자와의 사이에 정신의 거미줄을 치지 않는다는 것을. 그리고 만일 거미줄을 쳐놨더라도 거기에 돌을 던져도 그 거미줄은 끊어지지 않는다는 것을.

"이제 자기도 속물이 된 거예요. 비로소 속물이 됐어요. 나이 먹어서까지 속물이 되지 못하고 방황하는 남자는 가장 보기 싫은 거예요. 여자는 자기가 사랑하는 남자가 어느 시기에 가면 속물이 돼 주기를 바래요. 여자보다 조금 빨리 속물이 돼서 적당히 비웃어 줄 수 있게 되기를."

혜미의 말 중간중간으로 계곡의 물소리가 들리고 잠 못 이루는 산새의 날갯짓 소리도 들려왔다.

혜미의 논리는 엉뚱하게 비약하고 있었지만 나에게는 반론을 펼 준비가 돼 있지 않았다. 곰곰이 생각해 보니 혜미의 엉뚱한 논리가 진실인 듯했다. 중동 지사에 나가려고 영어와 아랍어를 배우며 날뛰는 무리들도, 여자를 사귀면 쉽게 결판을 내어 결혼을 하고 친구들을 초대하여 띵까띵까 노래를 부르다가 곧 아이를 낳는 무리들도 모두 속물이었다. 또한 그들은 모두 영웅이었다. 그러한 대열에 끼이게 된다는 것은 아주 신나는 일이었다.

(뿌리깊은 나무, 1977)

동행

기차가 원주역을 떠나며 기적을 길게 울렸다. 차는 한번 덜커덩하고 무너지는 듯하다가 속력을 내기 시작했다. 나는 폭 파묻히듯 의자에 깊숙이 기대었다. 봉양면에 딱 버티고 앉아 토요일마다 나를 불러 내리는 약혼녀의 얼굴이 떠올랐다. 나는 어깨를 옴츠렸다. 창밖으로 나가 있던 눈길을 급히 잡아당겨 맞은편 자리에 앉은 젊은 여자를 향해 그물을 던지듯 슬며시 던졌다.

그러나 나는 그물을 던져 놓고 나서야, 그녀는 약삭빠른 물고기가 아니라 아주 동작이 뜸하고 우스꽝스런 게라는 생각이 바로 드는 것이었다. 조그만 얼굴이 온통 값싼 화장품으로 칠해져 있어서 흡사 떼각떼각한 딱지에 싸인 게같이 보였다. 붉은 빛깔이 유난히 많이 칠해진 그녀의 조그만 얼굴은 꽃게처럼 앙증스러웠다.

기차가 원주천 다리를 건너, 판자집이 다닥다닥한 봉산동 변두리를 돌아 붉은 벽돌 건물로 된 경찰서를 오른편으로 밀어

붙이며 나왔을 때야 나는 맞은편 여자를 덮어씌웠던 그물을 소리 안 나게 거두었다.

창밖 시가지는 어둡고 무거운 회색빛으로 가라앉아 있었다. 멀리 개운동 쪽으로 흰 학교 건물이 보였다. 포플러 사이로 보이는 하얀 학교는 폐쇄된 병원처럼 적막했다. 나는 다시 눈길을 돌려 기차 안을 돌아보았다.

기차는 썰렁할 정도로 텅텅 비어 있었다. 와글와글하던 승객들이 약속이나 한 듯 원주역에서 우루루 내리고. 이제 남은 승객이라고는 모두들 헐렁헐렁한 사람들뿐이었다.

기차는 시가지를 궁둥이 쪽으로 밀며 치악산 발치로 파고들기 시작했다. 제천역과 청량리역을 오가는 이 기차는 흔히 통근차라고 불리었다. 새벽에 제천역을 출발하여 오전 여덟 시 반에 청량리역에 닿았다가 다시 오후 늦게 제자리로 돌아오는 것이었다. 의자에 구멍이 나고 유리창이 되는대로 어긋나서 깨져 있는 낡은 기차였다. 말이 통근차이지 특급이 오면 비켜섰다가 되는대로 연발착을 해 대는 것이어서, 성질이 빠릿빠릿하거나 돈푼깨나 있는 이들은 아예 탈 생각도 안 했다. 왁자지껄하던 학생들과 군인들이 원주역에서 내리고 난 다음에는 기차는 더욱 썰렁할 정도로 텅텅 비었다.

"이게 치악산이에요?"

입술 화장을 빨갛게 한 맞은편 여자가 창밖을 가리키며 예사롭게 묻는 바람에, 나는 후다닥 놀라서 자세를 고쳤다.

"산이 흉하게 생겼네요."

나는 차창 밖을 내다보았다. 치악산은 머리가 온통 잿빛 구름에 덮여 있었고 드러난 부분도 거무튀튀한 빛깔이어서 기분이 좋지 않았다. 내 눈에도 치악산은 흉하게 보였다. 기차가 숨을 헐떡이며 기적을 짧게 울렸으나 치악산은 찢어진 북처럼 아무런 반향도 하지 않았다.

"담배 하나 주시겠어요?"

내가 담배를 꺼내 입에 물자 그 여자는 새끼손가락을 가볍게 쳐들며 말했다. 재미있다 싶었다.

나는 그녀에게 성냥불을 붙여주었다. 마침 기차가 터널 속으로 들어가고 있어서 어두워진 기차 안에 그녀와 나 사이에 오가는 성냥불빛이 곱게 빛났다. 터널이 꽤 긴 모양이었다. 그녀는 어둠 속에서 담배를 피우며 말했다. 기차 바퀴 소리가 우당탕퉁탕하는 사이로 그녀는 재빠르게 말했다.

"그 짓을 하는데도 글쎄 증명서가 필요하대요. 그래서 고향으로 호적초본을 떼러 가는 거예요."

기차가 터널 밖으로 나왔다. 그녀는 담배를 맛있게 피우면서 나를 보고 눈웃음을 쳤다. 나는 갑자기 그녀에게 충동적인 우정을 느꼈다. 담배를 하나 달랠 때부터였을 것이다. 쓰레기 잡놈들이나 타는 낡은 기차에서 우연히 마주 앉은 젊은 여자, 그것도 값싼 화장품으로 낯짝을 덕지덕지 바른 여자는 보나 마나 빤한 계집이어서 혐오감이나 잘하면 동정심 정도가 생기는 것이겠는데, 그렇지가 않았다. 더구나 묻지도 않은 신세타령까지도 아주 간단하게 하는 그녀는 더럽다는 생각보다는 아주 청순하고 순수한 기분을 자아내게 하는 것이었다.

나도 그녀와 보조를 맞추느라고 담백하게 말했다.

"술 파는 아가씨구만요? 어느 비어홀에 나가요?"

그녀는 기차의 진동 때문에 궁둥이를 들썩하면서 내 앞으로 몸을 내밀며 말했다.

"몸을 팔아요. 밑천이 좀 생겨야 비어홀에 나갈 수 있대요."

기차가 반곡역에 닿으며 한숨을 토해 냈다. 밖은 벌써 어스름이 되어 오른편 너머로 펴져 있는 원주 시가지는 가물가물하니 보일 뿐이었고, 기차가 정거하자 치악산에서 내리닫이로 굴러내리는 산바람이 더 기승을 떨었다. 깊은 가을이어서 산바람은 살을 에는 것처럼 상쾌했지만, 잔뜩 흐린 날이고 더구나 저녁 어스름이었으므로 썰렁하게 느껴졌다.

"아가씨 고향이 어딘데요?"

나는 눈길을 밖으로 돌려, 플랫폼에 서 있는 장난감 병정같이 생긴 역부를 보며 말했다. 그녀를 똑바로 볼 용기가 나지 않았다. 그녀만큼 담백해질 수 없었다.

"제천읍이에요. 손님은?"

"나요? 예, 나는 봉양역에서 내리죠."

차츰 그녀와 자연스러워져 갔다. 서로 초면 인사를 나누고 직장을 묻고 고향을 묻듯.

"한 달도 못 됐어요. 장사를 한 건 열흘이나 될까요? 즉결에 넘어갔던 날 빼고, 멘스 날 빼면, 뭐, 통 장사할 틈도 없었죠. 그러다가 청량리역 지리를 알게 되자마자 보건증 검사에 들켰으니까요."

기차는 방귀를 픽픽 내뀌면서 치악산 허리를 맴돌아 오르기 시작했다. 치악역까지는 오르막길이어서 급행열차도 겨우겨우 힘겹게 올라가는 곳이었다.

나는 담배를 한 모금 빨면서 그녀를 찬찬히 뜯어보았다. 예쁠 것도 미울 것도 없는 조그만 얼굴이었다. 내가 빤히 건너다보아도 그녀는 하나도 이상해하지 않았다. 나는 그제서야 그녀가 창녀라는 사실을 깨달았다. 잔소리 그만하구 얼른 해. 아유 술 냄새. 됐어? 쌌어? 아이, 신경질 나. 그만 나와. 창녀는 뭇 잡놈들과 그 짓을 하면서도 대개 이렇게 나오는 법이다. 사내의 밑에 깔린 채 눈을 말똥말똥하며 껌을 짝짝 씹으면서, 다음 손님을 유혹하러 나갈 생각만 하는 법이다. 엉뚱하고 순해 빠진 사내들이 소주 몇 잔 마신 김에 오백 원짜리 몇 장을 내던지고는 제법 의젓하게, 너 몇 살이니? 고향이 어디니? 수입은 좋고? 내 물건 쓸 만하지? 해 봐야, 창녀들한테는 전혀 먹혀들지가 않는 법이다.

"손님 소주 한 병 살 돈 있죠?"

그녀는 기차가 어두운 터널로 들어가자 이렇게 말했다.

"왜 술 생각나? 그러다가 내가 덮치면 어쩔라구?"

나는 어느새 창녀를 다루는 느글느글한 사내가 돼 있었다. 그녀는 내 말을 아무렇지도 않게 받았다.

"돈이 원수예요. 소주 한 병 살 돈도 없으니 안 그래요? 기차표 살 돈도 없어서 몰래 무임승차를 했다구요."

마침 판매원이 지나갔다. 나는 그를 불러 세워서 소주 한 병과 오징어 한 마리를 샀다. 판매원은 그녀와 나를 다정한 애인 사이인 줄 알고 헤헤거리며 한술 더 뜨는 것이었다.

"삶은 계란도 있고 김밥도 있습니다요. 아가씨께서 골라 보시죠."

그녀는 대뜸 김밥과 계란을 몇 개 집어 들더니 나를 핼끔 쳐다보고는 다시 사이다 한 병을 꺼냈다.

"미안해요. 돈을 쓰게 해서."

"아냐. 자, 술 한잔할까?"

기차가 터널을 빠져나와 바위투성이로 된 산허리를 끼고 올라갔다. 단구를 지나 신림으로 이어지는 국도가 희미하게 보였으나 곧 어둠에 가려 없어졌다.

그녀의 이름은 길자였고 나이는 스물두 살이었다. 소주를 한 잔 마시더니 묻지도 않는 말을 술술 지껄였다. 나는 그녀의 이야기를 들으며, 이번에는 길자가 창녀라는 걸 스스로에게 강조하는 대신에, 고향으로 혜순이를 만나러 가는 내가 어줍잖다는 것을 강조하고 있었다. 아름답고 도도한 약혼녀 혜순이가 만일 나의 이러한 부정한 마음을 눈치챈다면 금방 벼락을 내릴 것이다. 장인 될 오 영감은 담뱃대로 재떨이를 두드리며 야단을 칠 것이다.

그러나 나는 기차가 어두운 터널 속으로 들어가는 것과 때를 같이해서 그러한 혜순이로부터 도피하려는 마음이었다. 치악역까지는 길고 짧은 터널이 많다. 기차는 밖으로 나왔는가 싶으면 어느새 또 우당탕탕하는 바퀴 소리를 요란히 내며 터널 속으로 들어가는 것이었다. 나는 어둠과 소음 속에서 길자에게만 열중하기로 마음먹었다.

그녀는 제천읍의 빈민굴 출신이었다. 창녀로 굴러떨어진 여자들이 흔히 그렇듯 길자도 의부 밑에서 어린 시절을 보내고 철이 들자 공장에 다니고 좀 더 철도 들고 키도 커지자 시외버스 차장으로 취직이 되었다. 제천과 청주를 오가는 시외버스였다.

청주에는 운전수와 차장과 조수들이 묵는 합숙소가 있었다. 차장이나 운전수면 누구나 그 합숙소에서 며칠에 한 번씩은 묵어야 했다. 제천에서 오후에 떠나면 청주에서 자고 이튿날 일찍 돌아와야 했기 때문이다. 길자는 차장 노릇을 하면서 짱구라는 별명이 붙은 조수와 친해졌고 곧 서로 사랑을 하게 되었다. 사랑이란 게 뭔지 알 턱이 없었으나 아무튼 길자는 짱구에게 청주 합숙소에서 남의 눈을 피해 몸을 주었다. 짱구는 기름기가 묻어서 냄새가 펑펑 나는 손으로 길자를 껴안고, 운전면허만 따면 살림을 차리자고 말했다. 길자도 고개를 끄덕이며 눈물이 쭈르르 나왔고 짱구도 눈을 껌벅였다. 별명은 짱구지만 못생긴 편은 아니었다. 그렇게 서로 몸과 눈물을 섞으며 몇 달이 흘렀다.

지난여름 장마철 때였다. 길자의 버스는 그날 늦게야 청주에 도착하였다. 어찌나 비가 쏟아지는지 버스의 구석구석에서 벌레들이 수물수물 기어 나오는 것 같았다. 습도가 높아져서 몸도 군데군데가 근질근질하니 후덥지근했다. 비안개가 자욱하니 낀 도로를 달리는 멋도 있었지만, 그날은 제천을 떠날 때부터 기분이 안 좋았다. 다음 날 아침 일찍 다시 제천으로 출발하는 버스가 바로 길자의 차였다. 그러나 이미 그 버스가 청주 터미널에 도착했을 때는 그들이 지나온 제천과 청주 사이의 국도는 대부분이 비에 끊겨 나가 그들은 꼼짝없이 청주의 합숙소에 갇혀 버리는 꼴이 됐다.

그날 밤 길자의 몸을 도둑질한 사내는 모두 네 명이었다. 하나는 길자가 차장으로 일하는 6080호 버스 운전수 최 씨, 나머지 셋은 조수와 정비공들이었다. 그들은 길자가 짱구의 약혼자라는 사실도 알고 있었고, 특히 나이 많은 최 씨는 제법 어른답게 그들의 장래를 축복해 주면서,

"길자는 아이 낳이는 잘 할기라. 여자는 애를 쑥쑥 잘 뽑아야 하지. 우리 여편네처럼 애를 못 낳으면 서방 팔자 조지는 거야."

하며 훈시까지 하던 위인이었다.

"짱구한테 비밀로 하면 된다. 이미 너도 처녀는 아니니, 까짓 거 한강수에 배 지나가기지, 뭐."

그들은 이렇게 말하며 번갈아 가면서 도둑질을 했다.

"결국 짱구가 그 사실을 알았구만?"

기차가 치악역에 도착하며 덜커덩하고 멎었을 때 나는 나머지 소주를 마저 마시며 이렇게 물었다. 밖은 칠흑 같은 어둠이었고 치악역은 희미하게 불빛이 보일 뿐, 내리고 타는 사람도 없이 적막했다.

길자는 내가 묻는 말에는 대답을 않고 담배를 또 하나 청했다. 나도 그녀의 대답 같은 것은 기대하지도 않았고 그까짓 거는 아무 쓸모도 없는 것이었다. 다만 길자가 자기의 과거를 요약해서 털어놓으면서 나를 낯선 사내로 보는 기색도 없고 부끄러움이나 분노 같은 고상한 감정도 전혀 보이지 않는다는 사실에 조금 감동을 받고 있었다. 길자가 윤간당한 사실을 안 짱구가 칼을 들고 복수를 한다. 그리고 자기도 자결한다. 그래서 길자는 청춘의 한을 안고 창녀의 길로 빠진다? 아니면, 양심의 가책에 쫓긴 길자가 스스로 짱구에게서 도망을 쳐서 서울의 밤거리로 내뛴다? 아무려면 어떠냐. 나에게는 그런 것은 눈곱만치도 중요하지 않았다. 창녀의 신세타령을 듣고 함께 눈물 흘린다거나 등을 두드리며 격려해 줄 만한 여유가 도무지 없는 나였다. 길자는 심드렁하게 말했다.

"짱구는 아무것도 모르고 군대에 갔어요."

봉양에서 국민학교 선생을 하는 나의 아름다운 약혼녀의 얼굴이 어둠 속에서 떠올랐다. 나는 어깨가 옴츠러들었다. 혜순이네 집과 우리 집은 서로 한 집안 같이 지내는 사이였다. 나보다 세 살 아래인 혜순이네는 봉양에서 제일가는 부자로서 농사도 크게 짓고 제천읍에서 미곡상회도 경영했다. 말하자면 혜순이와 나는 벌써 20여 년 전에 약혼을 한 사이였다. 내가 네 살 되던 해 혜순이가 태어났는데 그때 오 영감과 나의 아버지, 지금은 땅속에 묻혀 한 줌 재로 남아 있는 나의 아버지는 서로 축배를 들며 사돈을 맺었다. 이런 사연도 흔히 있는 경우처럼으로야, 나중에는 흐지부지되어서 짓궂은 사람들 입질에나 오르내리게 되는 법인데, 나와 혜순이의 경우는 달랐다.

나의 어머니마저 10년 전에 돌아가시자 완전무결하게 망해버린 우리 집은 고향을 떴다. 맏형은 영월 탄광으로 가고 누나는 우체부와 눈이 맞아 단양으로 갔다. 나는 서울로 뛰어 올라가서 공장에 취직을 했고, 그래도 우리 형제 가운데 내가 가장 쓸개가 있는 놈인지, 누가 시키지도 않았는데 허리띠를 졸라매고 야간 상업고등학교에 다녔다. 그리고 괜찮다 싶은 개인회사에 취직을 했다. 그러는 동안에 이따금 호적초본이나 떼러 내려가는 고향은 내게는 개뼈다귀만 한 의미밖에는 없는 곳이었다. 우리 집이 이렇게 산산조각이 났을 때 혜순이네는 점점 떵떵거리며 잘살게 됐나 보았다.

"객지 생활이 재미 좋니야?"

몇 년 전에 봉양역에서 우연히 마주친 오 영감은 곰방대를 빨며 이렇게 말했다. 나는 그 순간 말할 수 없는 적의를 느꼈다. 그래서 아무런 대꾸도 하지 않고 배에 힘을 쑥 집어넣었다. 방귀나 한 대 뀌려고 말이다.

"너의 아버지 산소가 많이 쇠락해졌더구만. 죽은 애비 섬길 줄도 알아야지."

그때 나의 솔직한 기분은 당장이래도 아버지 무덤을 파헤쳐 뼈를 안고 뒹굴며 울고 싶은 것뿐이었다. 우리 집을 예로부터 빤히 손금 들여다보듯 알고 있는 오 영감이 뱀처럼 싫게 보였다.

지난겨울 내가 군대에서 막 제대를 하여 다시 딴 직장에 취직하느라고 그놈의 호적초본을 떼러 봉양에 내려갔을 때 일은 묘하게 돼 버린 셈이었다. 살금살금 면사무소에 가서 서류만 떼어 가지고 밤차를 타고 서울로 내빼곤 하는 나는 고향에 대하여 무슨 죄를 지은 놈만 같았다. 아는 사람을 만나도 얼른 얼굴을 돌렸다. 그러지 않았다가는, 또 돌아가신 아버지 얘기에서부터 우리 형제들이 서로 씨알머리없게 반목을 한다느니 아버지 산소가 다 허물어져서 산뱀이 그 속에다가 알을 낳았는데도 어떤 자식 하나 돌보는 놈 없다느니 하며, 옛날에는 내노랍시고 살던 우리 집을 떠올리며 심심풀이 삼아 입방아를 찧어 대는 고향 사람들이었으니 말이다.

그때 또 우연히 오 영감을 만났다. 그만 죽었음직도 한데, 몇 년 전보다도 더 건강해 보였다.

"재익이 놈 아니냐? 그래, 오냐. 몸 성히 있었느냐?"

오 영감은 내 손을 잡으며 이렇게 말했다. 능청을 떠는가 싶었다.

"우리 혜순이 알제? 네 색싯감 말이다. 지금 국민학교 선생님이 됐지. 너한테 긴히 할 말도 있고 하니, 하루 묵어서 가렴."

"혜순이가요……."

나는 말끝을 흐렸다. 이제 와서 내 색싯감 어쩌구 하는 말을 나는 도무지 종잡을 수가 없었다.

알고 보니 사연은 간단명료했다. 오 영감의 외아들이 얼마 전에 교통사고로 죽었다는 것이다. 외동딸이 된 혜순이는 그때 이미 봉양에서 국민학교 선생을 하고 있었다. 마을 청년들은 모두들 오 영감의 사위가 되고 싶어 했다.

"다 도둑놈 심보야. 그놈들은 우리 집 재산을 노리고 별별 지랄을 다 하거든. 마음 탁 터놓고 혜순이를 맡길 놈이 없어. 그러니 자네 재익이뿐이지. 그러잖아도 자네 선친과 이미 20여 년 전에 사돈을 맺은 사이니까 더 잘 됐지."

"글쎄올시다요. 저야 객지로 돌아다닌 지가 십 년도 넘고, 있는 거라곤 몸뚱이 하나뿐인데 혜순이처럼 공부도 많이 한 여자를 어떻게……"

나는, 야 이 영감탱이야, 어림 반푼도 없는 개수작 부리지 말라, 내가 어렵게 객지에서 쩔쩔맬 때는 본 척도 않더니만 뭐 이제 와서 데릴사위가 되라구? 이렇게 쏘아주고 싶었지만 그때

마침 혜순이가 과일 접시를 들고 들어왔다.

"얘가 재익이다."

오 영감이 말하자 혜순이는 흰 얼굴을 쳐들고 생긋 웃었다.

"네 신랑감이야. 혼례는 날 받아서 올리기로 하고, 에 또, 재익이 자네도 객지 생활 청산하고 내려오게나. 집안일을 보살펴야지."

오 영감이 자리를 뜨자 혜순이는 내 무릎 가까이로 다가앉으며 말했다.

"왜 그동안 한 번도 고향에 오지 않았죠?"

이상하게도 나는 그때 동물적인 욕정을 느꼈다. 하긴 나를 수캐 한 마리 집안에 들이는 것쯤으로 생각하는 그들에게 이런 욕정을 느끼는 것은 당연한지도 몰랐다.

나는 그날부터 오 영감의 데릴사위로 공인되었다. 이상한 건 혜순이었다. 상식적으로 생각하면 나같이 학력도 교양도 없는 놈을 거절할 텐데, 오 영감을 닮아서 그런지 도통 그런 낌새는 없이 아주 당연하다는 투로 나를 약혼자로 인정했고 약혼녀로서의 그녀의 권리를 주장했다. 만나는 마을 사람들은 모두들 이렇게 말했다.

"재익이 사주팔자가 좋은가 보이. 구두쇠 오 영감의 눈에 딱 들어서 데릴사위가 됐으니 이제 자네는 부러울 게 없지."

나는 이런 말을 들을 때마다 얼굴에 석유를 끼얹는 것 같은 치욕을 느꼈다. 그러나 다른 뾰족한 수도 없었다. 말하자면 오 영감이 쳐 놓은 그물을 빠져나갈 만한 흥미도 기력도 없었다. 나는 그해 가을이 가기 전에 혜순이의 몸을 빼앗았다. 빼앗은 게 아니라, 앞으로 오 씨 가문에 들어와 수문장이 되고 일꾼이 될 나는 수캐로서 첫 봉사를 했다. 혜순이는 아름다운 몸을 떨며 자기가 20여 년 동안 지켜 온 순결을 황공하게도 맛보게 해 주었다.

"토요일마다 내려와요. 안 내려오면 가만두지 않을 거야."

혜순이는 앙도라지게 말했다. 그것은 명령이었다. 나는 그 명령을 지켰다. 경험을 쌓기 위해서 직장에는 결혼할 때까지 나가야 한다고 나는 주장했다. 그래서 지난 몇 달 동안, 토요일 오후가 되면 기차를 타고 봉양에 내려가던 것이었다. 사회경험을 쌓아야 한다는 내 말은 거짓이었다. 나는 혜순이가 나의 아내가 되고 오 영감이 장인이 된다는 사실을 절대로 받아들이지 않는 마음이었다. 너희들이 좋아서 하는 짓이니 그저 못 이기는 체하고 응하기는 한다마는 언제고 그 그물을 송두리째 없앨 시간만 오기를 기다리는 거다. 나는 주말이면 혁명집단의 밀사처럼 혜순이를 만나러 고향에 갔다. 아니, 자기를 만나러 오라는 명령에 충실히 순종을 했다고 해야 옳겠다.

기차가 긴 터널을 빠져나와 신림역을 향해 경쾌하게 미끄러졌다. 이 근방의 철로는 수평으로 돼 있는 모양이어서 속도도 빨랐다. 어느새 길자는 내 옆자리로 와서 달싹 붙어 앉아 있었다. 기차가 덜커덩하고 움직일 때마다 그녀는 내 허리를 껴안았다. 나는 욕정이 일어나지 않았다.

"애를 뱄어요. 어느 놈의 씨인 줄도 모르는 거예요. 내가 그날 밤의 일로 애를 뱄다는 걸 알자 최 씨는 애를 꼭 낳아서 자기를 달라는 거예요. 아주 작은집으로 들어앉으라는 거예요. 애가 없어서 환장을 했거든요."

길자는 잠결에 하는 소리처럼 낮게 말했다. 그럴 때마다 소주 냄새가 훅 풍겼지만 나는 얼굴을 돌리는 대신에 그녀의 머리카락을 한 올 한 올 쓰다듬었다.

"그래, 애를 낳았어?"

"손님도 웃기시네. 내가 미쳤다고 새끼를 낳아요?"

"……."

"갈아 먹어도 시원치 않을 놈들의 새끼를 왜 낳아요? 수술을 받았어요. 의사한테 말해서 내 밑구멍에서 나온 넉 달 된 새끼를 달라고 했어요. 그걸 신문지에 싸 들고 강가로 나가서 밤새도록 돌로 찧어 댔어요. 아주 가루가 되도록 말예요."

이상하게도 나는 길자의 말을 들으며 몸이 후들후들 떨렸다.

"이것 봐요."

길자는 왼손을 쳐들었다. 흐린 불빛 아래 그녀의 작은 손은 벌레 먹은 잎사귀처럼 힘없게 보였다.

"손톱이 셋이나 없어졌어요. 그날 밤 정신없이 핏덩이를 돌로 짓이겨 댈 때 그만 내 손가락까지 이렇게 돌에 찧였어요."

이제 보니 그녀의 손가락은 모두 보기 흉하게 일그러져 있었다. 손톱이 뭉텅 끊겨나간 손가락이 불그스레하게 핏빛을 띠고 있었다.

"손가락을 다시 들어 봐."

나는 진지하게 명령했다. 길자는 귀찮다는 듯이 하품을 하더니 얼굴을 찡그렸다.

"나 좀 숨겨 줘요. 승차권 검사를 하나 봐요."

길자가 말하며 내 품을 파고들었다. 입구 쪽에서부터 승차권 검사가 시작되었다. 승객이 몇 안 되어 곧 우리 차례가 되었다. 길자와 내가 서로 껴안고 있는 모습이 우습고 재미있었던지 승무원은 가까이 와서 허리를 굽혔다.

나는 주머니에서 천천히 승차권을 내밀었다. 길자는 내 무릎에 엎드려 잠든 시늉을 하고 있었다.

"이거, 표 한 장은 어디다 뒀더라?"

나는 능청을 떨며 주머니를 뒤졌다. 승무원은 웃으며 다음 칸으로 갔다. 길자가 배시시 웃으며 얼굴을 들었다.

기차는 기적을 뿡 울리며 봉양역으로 미끄러져 들어갔다.

"손님, 내리세요."

"응, 길자는 제천역까지 갈 거야?"

"오늘 고마워요. 안녕히 가세요."

"혼자 가도 괜찮겠어? 표도 없으면서 역을 어떻게 빠져나가지?"

"손님 웃기네요. 그럼 나를 제천역까지 데려다줄래요?"

길자는 승강구까지 따라 나오며 쿡쿡 웃었다. 승강구에 나오자 가을밤의 바람이 상쾌하게 콧속을 후벼팠다.

"괜찮겠어?"

나는 괜히 가슴이 떨려 떠듬떠듬 말했다. 길자가 그물을 던져 나를 덮어씌우기를 기다렸다. 혼자는 못 가요. 도와줘요. 도와줘요. 길자가 매달리기를 바랐다. 기차가 움찍움찍하며 출발하려고 했다.

"괜찮겠어?"

"웃기네."

길자가 내 등을 훅 떠밀며 말했다. 나는 막 속력을 내려는 기차에서 플랫폼으로 뚝 떨어져 나동그라졌다.

기차가 일으키고 간 더러운 흙먼지가 내 얼굴을 뒤덮어 숨이 막혔다.

(소설문예, 1977)

옛 친구

세탁소를 지나 제일교회 골목에서 하나 둘 셋, 세 번째 집이라고 분명히 들었는데 영 찾을 수가 없다. 나는 도로 세탁소까지 후퇴를 했다가 방향을 다시 잡아 집을 찾기 시작했다. 마찬가지였다. 재천이 녀석의 이름이 대문에 딱 걸려 있어야 할 텐데, 난데없는 최 아무개 문패가 걸려 있는 것이다.

'종점에서 내리면 금방이야. 눈 감고도 찾아올 수 있어.'

재천이는 이렇게 말하며, 세탁소, 제일교회, 하나 둘 셋 하고 말했던 것이다. 퇴근 후에 함께 오기로 돼 있었는데 녀석이 갑자기 회사 일로 먼저 나가게 됐다면서, 다섯 시까지는 집에 들어가서 있을 테니까 퇴근하는 대로 곧바로 찾아오라고 한 것이었다.

나는 퇴근하자 곧바로 장위동 가는 161번 버스를 타고 녀석의 집을 찾아 나선 것이다.

5월의 훈풍은 기분 좋게 향기로왔고, 모처럼 죽마고우네 집을 찾아서, 주말 오후에 낯선 동네로 가고 있다는 사실은 묘하게도 나른한 행복감 같은 것도 안겨 주던 것이다. 퇴근하면 늘 사무실 동료들과 소주를 마시고 곤드레만드레가 되어서 귀가하든가, 아니면 술에 곯아서 속이 쓰리고 설사가 나서 할 수 없이 우거지 낯짝을 하고 집으로 가던 나였는데, 오늘은 맨숭맨숭한 정신으로 오래 못 만났던 죽마고우를, 그것도 시내 술집에서가 아니라 녀석의 집으로 찾아가고 있으니 스스로 생각해도 대견하기 이를 데 없는 일이었다.

마치 세상만사를 무지개 빛으로만 보던 고등학교 시절로 되돌아간 듯한 행복한 착각에조차 빠지는 것이었다.

이러한 나의 엉뚱한 행복감은 161번 버스 종점에서 내려, 가까운 슈퍼마켓으로 들어갔을 때 절정에 달했다.

이제 잠시 후면 만나게 될 녀석의 마누라와 꼬마들 앞에 내놓을 선물을 그만 내 분수에 훨씬 넘치도록 고급으로 많이 산 것이다. 집에 돌아갈 버스값만 내놓고 그날 받은 야근수당을 몽땅 털어서 성냥과 양초에서부터, 꼬마들의 장난감과 과자, 녀석과 내가 마실 조지 드레이크 한 병을 산 것이었다. 8천5백 원이 들었다. 분수없는 나의 씀씀이를 후회한 것이 아니라, 도리어 나에게도 옛 친구를 사랑하고 기쁘게 해 줄 수 있는 순정이 남아 있다는 묘한 행복감과 자신감에 들떠 있었던 것이다.

녀석이 장가를 가서 아들을 하나 낳고 또 몇 달 전에 딸도 하나 낳았다는 말은 들었고 작년 가을에 장위동에 5백만 원짜리 집을 사서 이사했다는 것도 소문으로 알고는 있었다. 격무와 소주에 시달리다 보니 언제 한가하게 녀석을 찾아 나설 틈이 없었던 나로서는, 푸짐한 선물을 안고 떠억 들어가서 나의 묘한 행복감에 도취되고 싶었던 것이다.

"아무한테도 알리지 않았다. 오늘이 우리 둘째 놈 백일이야. 간단히 저녁이나 먹자는 거야."

오늘 아침에 녀석이 몇 년 만에 느닷없이 전화를 한 것이었다.

"벌써 백일이 됐니? 응? 딸이랬지?"

나는 엄벙덤벙 얼버무리면서도, 재천이 녀석과 함께 뛰놀던 고등학교 시절의 잔디밭과 함께 기웃대던 여고 교문 앞이 생각나서 쿡쿡 웃었다.

"우리 집도 알아 둘 겸, 내 마누라도 한번 볼 겸, 꼭 와라. 너만 부르는 거야. 이 자식아."

"참, 새집을 사서 이사했다지? 네가 우리 동창 중에서 제일 낫구나. 나야 뭐 아직도 열세 평짜리 콧구멍만 한 아파트 신세지. 내 마누라는 지독한 여권주의자야. 그래서 나는 딸만 셋이지."

이따위 하나 마나 한 이야기를 주고받는 도중에 녀석을 못 만나고 지냈던 지난 몇 년간이 스르르 없어지고, 금방 옛날과 다름없이 단짝 친구가 돼 버린 기분이었다.

선물을 한 아름 안고 골목을 기웃대는 내 꼴이 수상쩍은지 오가는 사람들이 적의를 품고 노려본다. 모두들 꼭꼭 걸어 잠근 대문 안에서 똥개란 놈도 건방지게 헛기침을 하고 골목에서 뛰어놀던 꼬마들도 이상한 듯 나를 훔쳐보는 것이다.

나는 문패를 다시 확인하면서 제일교회 골목을 한 바퀴 뺑 돌았다. 구역이 그렇게 큰 동네도 아니어서 골목 양쪽을 까뒤집어 보는 데도 시간이 오래 안 걸렸다. 무슨 최 씨들만 이렇게 많은지 도무지 두 집 건너 최 씨인 것 같고, 오재천은 아무 데도 없다.

"얘, 너 이름이 뭐니?"

제일교회 골목에서 셋째 집 앞으로 다시 돌아온 나는, 마침 그 앞에서 세발자전거를 타고 있는 꼬마에게 아주 상냥하게 물었다.

"왜요?"

꼬마는 눈을 말똥거리더니 대답은 안 하고 내가 손에 든 물건을 쳐다본다. 다섯 살쯤이나 될까 말까 한 꼬마이다.

"그럼 너 몇 살이지?"

"아저씨는요?"

요즘 아이들이 어떻게나 영악스러운지 말끝마다 대답은 않고 꼭꼭 되묻는다. 나는 재미도 있고 기도 막혔다.

"과자 하나 줄까?"

내가 이렇게 말하자 꼬마는 세발자전거를 끌고 대문 안으로 쪽 들어가면서 외친다.

"엄마아! 이상한 아저씨가 과자를 먹으라고 했다아!"

나는 그만 민망해서 얼른 골목 밖으로 나와 버렸다.

하긴 유괴범도 있고 불량과자를 만들어 코흘리개 돈을 빨아먹는 장사치도 있으니까, 꼬마들 교육을 이렇게 시켜 놓을 만도 하지만, 이거 기껏 행복한 주말 오후를 보내려고 마음먹었던 나는 그만 낭패였다.

재천이 녀석이 좀 덩둘한 구석이 있어서 집을 잘못 알려준게 틀림없는 모양이다. 여섯 시가 가까워오고 있었다. 나는 다시 버스 종점께로 후퇴했다. 거기서부터 다시 세탁소를 찾아 제일교회, 하나 둘 셋을 해 보고도 실패하면 포기하려는 속셈에서였다.

"야, 임마! 너 여기서 뭘 하는 거야?"

어깨를 툭 친다. 재천이 녀석이다. 녀석은 툭 삐져나온 송곳니를 누렇게 드러내고 웃는다.

"어떻게 된 거야? 벌써 몇 바퀴째 도는지 알아?"

나는 녀석의 손을 잡아 흔들며 웃었다. 몇 년 만에 만나니 반가웠다. 녀석도 이제 서른 살을 넘어서 제법 의젓하니 점잖다.

"제일교회 골목에서 세 번째 집이 아니더구나."

나는 손에 든 선물 뭉치에 힘입어서인지 아주 관대하게 말이 나왔다. 보통 때 같으면, 임마, 집을 알려 줄려면 똑바로 알려 줘야지 그게 뭐야, 하면서 짜증부터 냈을 텐데, 나는 허허 웃기조차 했다. 정말 행복한 주말 오후였다.

"바로 이 집이야."

녀석을 따라가던 나는 깜짝 놀랐다. 녀석이 초인종을 누르는 집은 바로 최 씨 문패가 달린 그 집이었다.

"여기까지 왔었니? 하하, 내가 깜박 잊고 그 말을 빼놓았군. 자, 들어와. 별 볼 일 없는 오막살이야."

나는 얼떨떨한 채로 녀석의 뒤를 따라 들어갔다.

집을 찾느라고 고생을 해서 약간 김이 빠지기는 했지만 아무튼 우습고 즐거운 주말이었다.

"이 아저씨가 과자 먹으라고 했다. 나쁜 아저씨다."

조금 전에 세발자전거를 타고 있던 꼬마가 나를 알아보고 혀를 날름댔다.

"훈이야. 인사드려. 아빠 친구다."

재천이가 꼬마에게 말했다.

"녀석, 아주 영리하구만. 네가 훈이냐? 몇 살이지?"

나는 손에 들었던 선물 뭉치를 방바닥에 내려놓고 나서 꼬마에게 손을 내밀었다.

"다섯 살. 아저씨는?"

꼬마는 마지못해 나에게 안기며 또 되묻는다.

"으응? 나는, 에또, 야, 재천아, 우리가 몇 살이지? 서른 둘인가?"

나는 묘한 기분이 되어 얼버무렸다.

"그냥 오셔도 되는데, 뭘 이렇게 사 들고 오셨어요?"

녀석의 아내가 앞치마에 손을 닦으며 들어왔다. 눈이 커다랗고 목이 긴 여자였다.

"진작 와 봐야 했는데, 염치없구만요. 살림 재미는 깨가 쏟아지죠?"

나도 목례를 했다.

"이 사람이 바로 최영남 씨야. 문패에 쓰인 이름 말이지. 집이 워낙 협소해서 내 이름을 문패에 내걸기가 자존심이 상하거든. 그래서 마누라 이름을 붙여 놨지. 대지 한 이백 평에 이층 슬래브 집으로 이사를 하면 이제 내 이름으로 문패도 해 달 것이네."

녀석은 아주 차근차근 진지하게 말했다. 나는 속이 묘하게 쓰려 왔지만 내색을 하지 않고, 선물 꾸러미에서 꼬마의 장난감과 과자를 꺼냈다.

"집이 아주 좋은데 뭘 그래? 이만하면 평생 살아도 되겠구만."

건넌방에서 애기 우는 소리가 나자 녀석의 아내가 가더니 안아 왔다.

"백일 된 애기구만. 아주 예쁘게 생겼구나."

갓난애기는 잠이 덜 깨서 칭얼대다가 뱁눈처럼 조그만 눈을 뜨고 나를 보더니 낯이 설어서 그런지 결사적으로 울어 댔다.

곧 술상이 들어왔다. 나는 녀석에게 조지 드레이크를 가득가득 부어 주면서 나에게도 옛 친구를 그리워하고 사랑하는 순정이 남아 있다는 사실을 거듭 확인해 나갔다.

녀석은 술이 들어가자 될 소리 안 될 소리를 함부로 하였는데 주로 왕창 돈을 벌어서 대궐 같은 집으로 이사를 갈 계획에 대한 것이었다. 녀석의 아내는 부지런히 안주 접시를 날라왔다. 건넌방에서 백일 난 애기가 목이 터져라고 권주가를 불렀다.

어두워져서야 나는 자리에서 일어섰다. 다리가 휘청휘청했지만 나는 〈옛날의 금잔디〉를 부르며, 나에게도 순정이 남아 있다는 사실을 다시 한번 확인해 나갔다. 주말 오후에 낯선 동네로 옛 친구를 찾아 선물을 한 보따리 사서 찾아가는 놈이 어디 흔하겠는가 말이다.

"우리는 다정한 옛 친구다."

녀석이 혀 꼬부라진 말로 씨엠 송 같은 작별을 했다. 나도 그랬다.

마루로 나왔다. 마루에서 장난감을 가지고 놀던 다섯 살 난 꼬마가 오뚝이처럼 발딱 일어섰다.

"손들엇!"

꼬마는 장난감 기관총을 내 배꼽에다 대며 꽥 소리쳤다. 나는 번쩍 두 손을 들고 현관을 빠져나왔다. 꼬마의 기관총이 내 등 뒤에서 따따따 불을 뿜었다.

버스 종점께로 나왔을 때 갑자기 속이 울렁거렸다. 토할 것만 같았다. 약방으로 가서 드링크를 사 마시려다가 나는 주머니에 동전 몇 푼만 남아 있는 걸 알고 실소를 했다.

재천이와 술을 마시면서도 옛날 고등학교 시절에 함께 뒹굴던 잔디밭에 대한 이야기는 하나도 하지 않았다는 걸 깨닫자, 나의 약한 위장은 드디어 반란을 일으켰다.

나는 전봇대를 붙잡고 서서 웩웩 토해 내면서, 냄새나는 눈물을 흘렸다. 똥개 한 마리가 내 곁으로 오더니 뒷다리를 쳐들고 오줌을 쌌다.

(세대, 1977)

| 작품 서지 |

오탁번 소설 1『굴뚝과 천장』

「처형의 땅」	(대한일보, 1969)
「선」	(현대문학, 1969)
「종소리」	(월간문학, 1969)
「가등사」	(현대문학, 1970)
「국도의 끝」	(월간문학, 1970)
「한겨울의 꿈」	(현대문학, 1971)
「황성 옛터」	(월간문학, 1971)
「실종」	(현대문학, 1971)
「귀로」	(신동아, 1972)
「거인」	(문학사상, 1973)
「아이 앰 어 보이」	(월간중앙, 1973)
「굴뚝과 천장」	(현대문학, 1973)

오탁번 소설 2『맘마와 지지』

「종우」	(기원, 1973)
「아옹다옹」	(여성동아, 1973)

「아이스크림 킥」 (여성중앙, 1974)
「1984년」 (여성동아, 1974)
「우화의 집」 (현대문학, 1974)
「세우」 (세대, 1974)
「어둠의 땅」 (문학사상, 1974)
「쥐와 자전거」 (서울평론, 1974)
「불씨」 (문학사상, 1975)
「망년회」 (*****, 1975)
「내가 만난 여신」 (*****, 1975)
「지우산」 (현대문학, 1976)
「맘마와 지지」 (문학사상, 1976)
「뼈」 (한국문학, 1977)
「작은 바닷새」 (월간중앙, 1977)
「흙덩이와 금불상」 (뿌리깊은나무, 1977)
「동행」 (소설문예, 1977)
「옛 친구」 (세대, 1977)

오탁번 소설 3『아버지와 치악산』

「호랑이와 은장도」 (한국문학, 1977)
「절망과 기교」 (문학사상, 1978)

「달려라 밤 버스」 (한국문학, 1978)
「아버지와 치악산」 (문학사상, 1979)
「인형의 교실」 (문학사상, 1980)
「부엉이 울음소리」 (현대문학, 1980)
「해피 버스데이」 (문학사상, 1980)
「사금」 (한국문학, 1980)
「패배선」 (문학사상, 1981)
「열쇠를 돌리는 법」 (월간조선, 1981)
「정받이」 (현대문학, 1982)
「솔제니친을 위하여」 (광장, 1982)

오탁번 소설 4 『달맞이꽃』

「언어의 묘지」 (소설문학, 1982)
「비중리 기행」 (문학사상, 1982)
「저녁연기」 (문학사상, 1984)
「달맞이꽃」 (현대문학, 1984)
「아가의 말」 (한국문학, 1984)
「낙화」 (샘이깊은물, 1986)
「우화의 땅」 (문학사상, 1986)
「빈집」 (한국문학, 1987)

「절필」 (문학사상, 1987)
「하느님의 시야」 (문예중앙, 1989)
「깊은 산 깊은 나무」 (문학과비평, 1989)
「섬」 (현대문학, 1993)
「반품」 (현대문학, 2010)

오탁번 소설 5『혼례』

「혼례」 (세대, 1971)
「목마와 숙녀」 (문학사상, 1975)
「새와 십자가」 (문학사상, 1977)

오탁번 소설 6『포유도』

「미천왕」 (민족문학대계, 1974)
「겨울의 꿈은 날 줄 모른다」 (현대문학, 1987)
「1억 년 전의 새 발자국」 (문학사상, 2000)
「포유도」 (현대문학, 2007)